釣り鐘塔のてっぺんは霧に包まれていた。

ペチカの小屋は焼けてしまった。

ペチカたちを乗せた馬車は夕焼けの山道を進み続けた。

馬車の中では静かに時が過ぎていった。

赤い森のほとりではすべてがまっ赤だった。

フィツが舞い上がった先には青空が広がっていた。

氷小屋のたったひとつの窓から日が差し込んでいた。

その邪悪な紫の石は炎水晶と呼ばれていた。

童話物語（上）

大きなお話の始まり

向山貴彦・著　宮山香里・絵

幻冬舎文庫

童話物語（上）　大きなお話の始まり

すべての物語がそうであるように、
この物語もまた、両親に贈られる。

向山貴彦／宮山香里　一九九九年春

目次

「その世界についての24行」

誰も知らない
どこにもない
だけど人がいっぱい住んでいる
そんな世界があるという

その世界では
動物、植物、みなしゃべる
木の葉も雲もしゃべるしゃべる
シャベルもしゃべる、よくしゃべる

その世界では
流れる今のこの時も
すぐに茶色く色あせる
あなたが読んでるこの文字も

ほら、もう昔になっている
昔、むかし、はるか昔の昔
一人の小人が旅に出た
彼は遠くのかの地にて
自分の国の本を書く

作り話？　おとぎ噺？
いえいえ残念、はずれはずれ
童話は彼の本らしい

誰も知らない
どこにもない
だけど人がいっぱい住んでいる
そんな世界の物語

その世界の時間

クローシャの時間は基本的に３桁の数字と時間帯で表記される。

(例) 750プレ

百の位に数字が我々の世界に「時」にあたる

残りの２桁が我々の世界の「分」にあたる

プレ、レプ、ダプレのいずれかの時間帯を末尾につける

クローシャの世界にはプレ（午前)、レプ（午後)、ダプレ（深夜)、の３つの時間帯がある。我々の世界では「分」は60で一周するが、クローシャでは100で一周する。また、プレとレプはそれぞれ1000「分」ずつ続くが（我々の時間で10時間)、ダプレのみが400しかなく（４時間)、極めて短い。

【換算表】

0時	0プレ
1時	100プレ
2時	200プレ
3時	300プレ
4時	400プレ
5時	500プレ
6時	600プレ
7時	700プレ
8時	800プレ
9時	900プレ
10時	0レプ
11時	100レプ
12時	200レプ
13時	300レプ
14時	400レプ
15時	500レプ
16時	600レプ
17時	700レプ
18時	800レプ
19時	900レプ
20時	0ダプレ
21時	100ダプレ
22時	200ダプレ
23時	300ダプレ

【換算法】

１.クローシャ時間の百の位の数字に注目する。
(例：750プレ→「７」50プレ)

２.次に時間帯に注目する。プレならそのまま我々の時間に換算する。
(例：「５」00プレ→５時)

３.レプの場合はその数字に10を加えたもの、ダプレの場合はその数字に20を加えたものが我々の時間となる。
(例：「３」00ダプレ→23時)

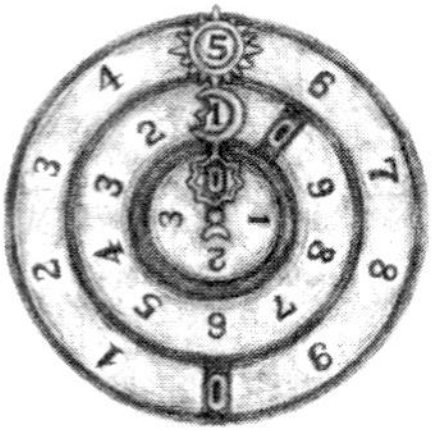

【クローシャの時計】
文字盤の方が回転する。太陽が百の位の数字、月が十の位の数字、星がダプレの時間帯を表す。

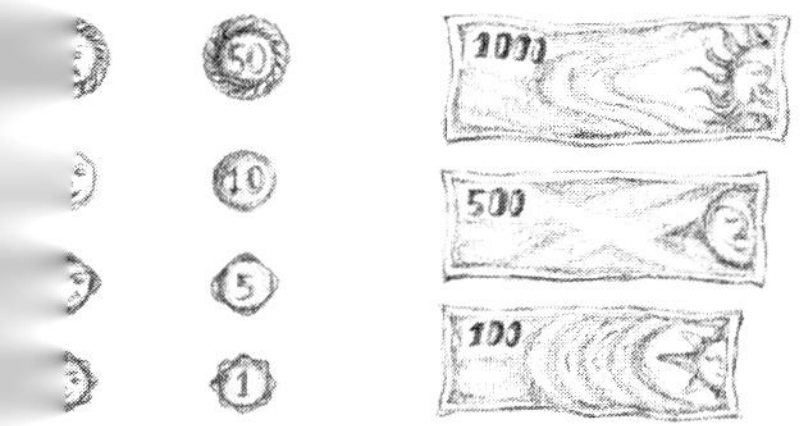

その世界の通貨

【クローシャの主な紙幣と硬貨】

クローシャの世界で使われているお金はビッツと呼ばれている。100ビッツ紙幣、1000ビッツ紙幣などがある。硬貨は太陽、月、星というクローシャのシンボルの形に作られており、1ビッツは約10円程度の価値がある。

【代表的な価格例】
パン：5ビッツ〜10ビッツ＝50円〜100円
本1冊：300ビッツ〜500ビッツ＝3000円〜5000円
家賃（1カ月）：1000ビッツ〜5000ビッツ＝1万円〜5万円

その世界の距離

クローシャ大陸全土に共通した単位は存在しないが、東クローシャを中心にベールという距離単位がもっとも普及している。1ベールは約1メートル。1000ベールを1バリベールと表現する。

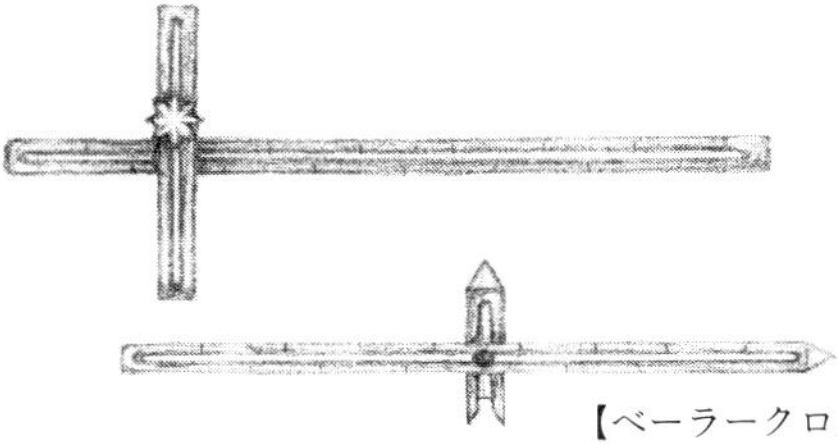

【ベーラークロス】
地図上の縮尺を測るために用いられるクローシャ特有の定規

「お話をしましょう」

お母さんは言いました。

　朝はまだ世界の裏側だった。そり返ってすき間だらけの壁板を吹き抜けて、痛く感じるほど冷たい風が小屋の中に入ってくる。窓枠と木のドアがガタガタと音をたて、壁に吊《つ》るした服がやわらかくはためく。ペチカは寒くて眠れなかった。

　ひっくり返した木箱を三つ並べたベッド。拾った毛布。寒さから身を守るのに十分というにはほど遠かった。おなかを温める食べ物もない。ペチカはうすい毛布を体に引き寄せて、ふるえながら必死に眠ろうとした。体の芯《しん》まで冷えていた。本当に寒い時は心まで凍りつく。十三歳の少女が一人で生きていくには、世界はあまりにも冷たいところだった。

　それでも暗い部屋の中で、ペチカは温かいものを思い出そうとした。マッチも、暖炉も、焼きたてのパンもあっという間に風に吹き飛ばされて、やっと残ったのはお母さんのひざの温《ぬく》もりだけだった。それはずっと昔の思い出だったが、まだペチカの心のどこかに残っていた。

「ペチカ。まだ眠れないの？」お母さんのひざの上にチョコンとのっかって、おなかにもたれかかっている幼い女の子は、まだ三歳だった頃のペチカだ。お母さんは細い指でペチカの髪をすき、頭をさすっている。

「しょうがない子ね」お母さんはこぼれ落ちるようなほほ笑みを浮かべる。「それでは、お話をしましょう」

ひときわ強い風でベッドがガタンとなる。ペチカは一瞬現実に引き戻されて、体をギュッと縮めた。

「ペチカは『妖精《ようせい》の日』という言い伝えを知ってる？」

寒さと寂しさの間のどこかにお母さんの声が入り込めるところがあった。ペチカの気持ちはまた遠い昔、暖炉の前で母親に抱きかかえられていた頃に戻る。

「そう。それじゃ今日はそのお話をしましょう」頭をさすっていたお母さんの手が止まった。おでこに置かれた手のひらの温もりが体じゅうに行き渡るように思えた。お母さんはいつもどおり、「はるか昔の昔、それよりもっと昔……」とお話を始める。

「人間が見ることのできない高い空の上に、妖精の住む国がありました。それは大きなシャボン玉に入っていて、プカプカとあっちこっちの空を旅して回ったそうです。名前もついていましたが、その名前は人間の口では言うことができない名前でした。妖精たちはみんなそのシャボン玉の中では病気をしたり死んだりすることなく、ずっと幸せに生きることができたそうです。

　ある日、一匹の好奇心いっぱいの妖精が月の神の目を盗んで、シャボン玉の外に出てしまいました。そして、そこで山や丘や川のある『地上』を見つけたのです。そのあまりの美しさに、妖精は思わずそこへ降りてしまいました。とたんに羽がとれて、妖精は体が二つに裂けてしまい、二匹の別々の生き物になってしまったのです。

　これをお知りになった月の神は大変お怒りになられました。『二匹とも消し去ってくれよう！』と、すごい剣幕で二匹をお捕まえになり、二匹に問うたのでした。『おまえたちは自分の国にいたなら永遠に生きることができたというのに、なんとたわけたことをしてくれたのか！　自分の姿を地に流れる川に映してみよ！　羽をもがれて、なんたる嘆かわしい姿であるか！　その醜い姿で恥をさらすのなら、いっそ消された方が救われるであろう！』羽を失った二匹の妖精は互いにかばい合いながら、月の神にいっしょうけんめいうったえました。『わたしめは消し去ってもかまいません！　されど、このそばにいる者はどうかお許しください！』二匹はそれぞれの命を差し出して、互いのそれを守ろうとしたのです。

　月の神はひどく驚かれました。このような光景を初めて目になさったのです。これほどまで醜く、愚かな生き物であるはずの二匹の魂は、月の神がごらんになったことがないほど美しい光を放っていたのです。その光は二匹の間を行ったり来たりしていました。強い強い光でした。

月の神はその大いなる御手《みて》をお広げになり、二匹にお告げになったのです。『おまえたちの間には、この私でさえ見たことのない強い光があるようだ。私の目はすべてを見る目。しかし、これほどの光は見たことがない。よかろう。おまえたちがその姿をさらし、生き続けることを許そう。一人一人の永遠の命は失われても、これからはその子、またその子の子を通して永遠の命を持つがよい。

しかし、覚えておくのだ、羽のない妖精よ。いつかおまえたちがその光を失った時、私は天から無数の妖精を遣わし、その歌声で金色の雨を降らせて、おまえたちを消し去るであろう。長く生きよ。賢く生きよ。その光を忘れるでないぞ』

そして、最後に月の神は二匹のうちの力が強い方を『男』、頭がよい方を『女』とお名づけになり、二人の間の光を『愛』と呼ばれました」

お母さんのお話はそこで終わった。お母さんは大きな目でペチカをじっと見つめ、その笑顔でペチカの見えるすべてをおおい隠す。空が大地をおおうのと、それはよく似ていた。

「ペチカ。その妖精が降りてきて歌う日のことを、人間は『妖精の日』と呼んでいるの。その日に金色の雨に当たっても消えないのは、本当の優しさを心に持っている人だけだというわ」

固い木のベッドの上で、ペチカは無意識に「本当の優しさ……」とつぶやきながら寝返りを打った。

「ペチカはだいじょうぶね」お母さんは言った。「あなたは優しい子だから」

誰もいないまっ暗な冷たい小屋の中で、ペチカはそうしていることも分からず、いっしょうけんめいうなずいていた。

「ペチカはだいじょうぶね」お母さんはまたくり返す。ペチカはうっすらと涙を浮かべながら、またうなずく。

「だいじょうぶだよ。だいじょうぶだよ、お母さん」

「ペチカはだいじょうぶね」夜の闇《やみ》がペチカとお母さんの間に広がり始める。ひざの上の温もりがうすれて、北の山脈にあるナマズ岩の上に座っているような、固い冷たさがペチカの心をいっぱいにした。お母さんも、お母さんの言葉も遠くなっていく。

「ペチカはだいじょうぶ。ペチカは……」

「お母さん……」誰《だれ》にも知られることなく、ペチカの目から大粒の涙がひとつほおを流れ落ちて、ペチカが枕《まくら》と呼んでいる小さな丸めた麻袋に染み込んだ。風がガタガタと容赦なくボロ小屋を襲う。

朝はまだ世界の裏側だった。

第一章　釣り鐘の下で

Petika
ペチカ
Loo-Jang
ルージャン
Head Master
守頭
Fitz
フィッツ

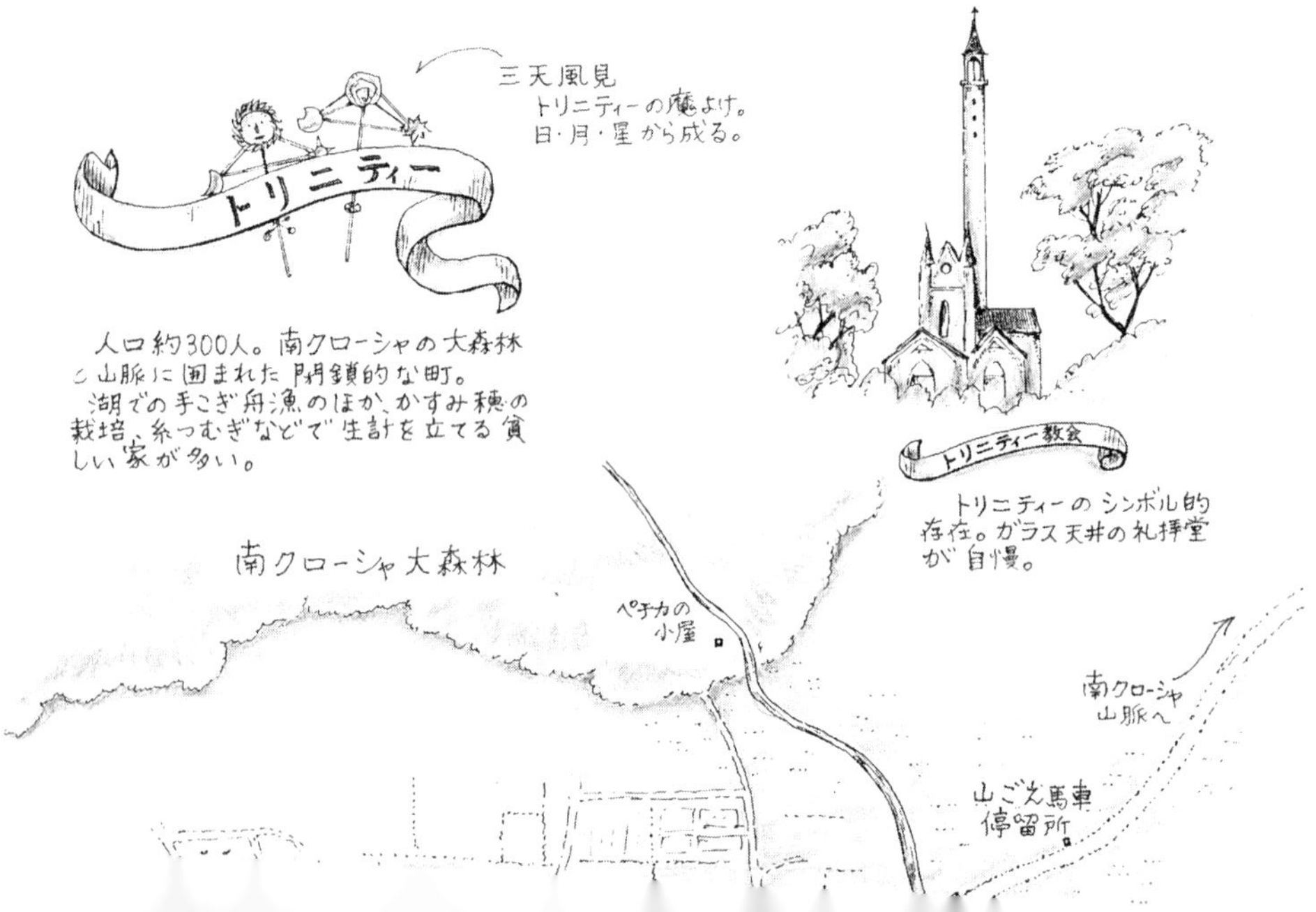

トリニティー
三天風見
トリニティーの魔よけ。
日・月・星から成る。
人口約300人。南クローシャの大森林
と山脈に囲まれた閉鎖的な町。
湖での手こぎ舟漁のほか、かすみ穂の
栽培、糸つむぎなどで生計を立てる貧
しい家が多い。
トリニティー教会
トリニティーのシンボル的
存在。ガラス天井の礼拝堂
が自慢。
南クローシャ大森林
ペチカの
小屋
山ごえ馬車
停留所
南クローシャ
山脈へ

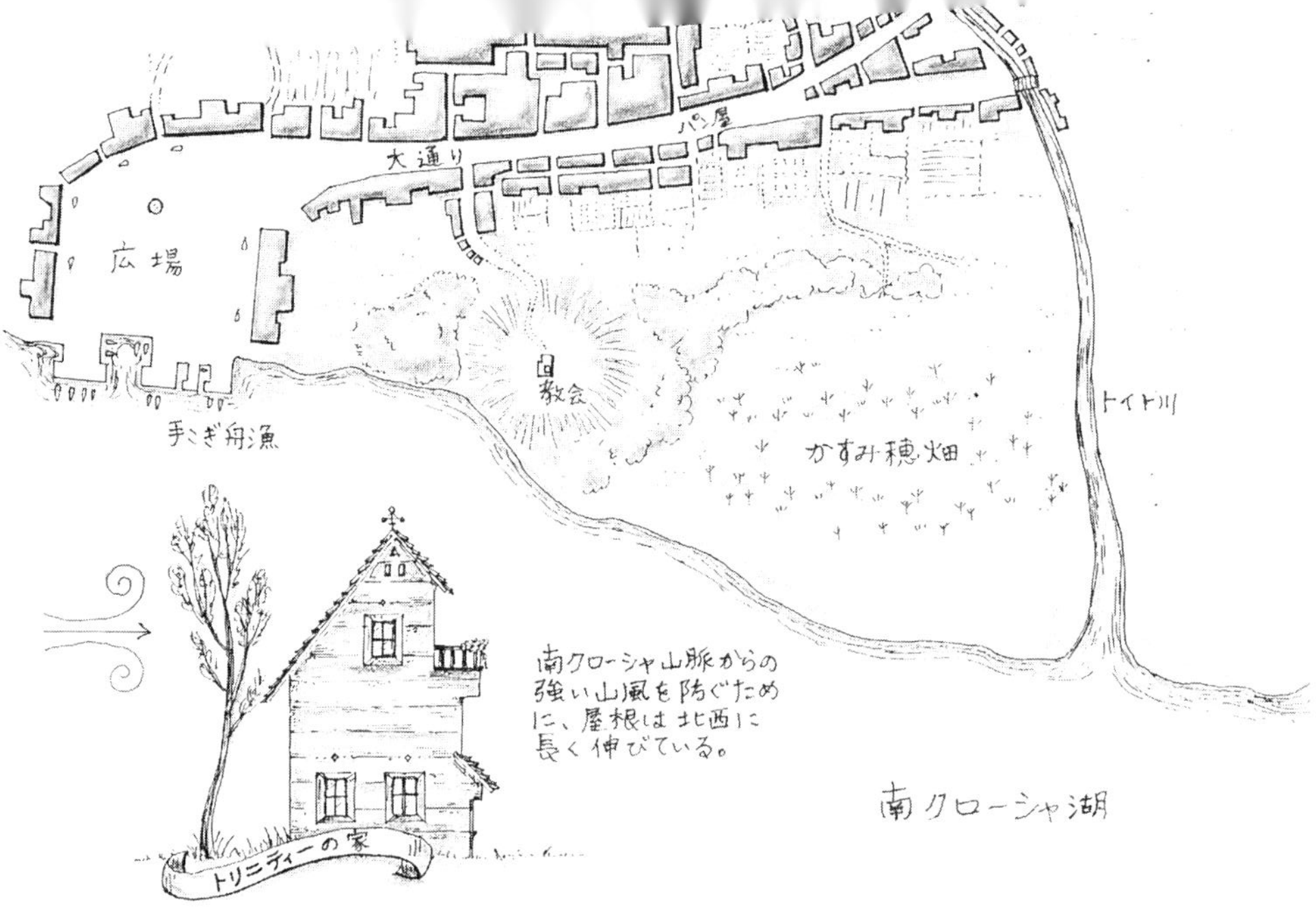
広場
大通り
パン屋
手こぎ舟漁
教会
かすみ穂畑
トイト川
南クロージャ山脈からの
強い山風を防ぐために、屋根は北西に
長く伸びている。
南クロージャ湖
トリニティーの家

朝の訪れを告げる６００プレちょうどの鐘の音がトリニティーの町に鳴り響いた。しかし、本当の朝が来るまでには、まだ少し時間がある。本当の朝は、大通りのパン屋の煙突から焼きたてのパンの匂《にお》いが立ち昇る頃にやってくるはずだ。

トリニティーは人口三百人に満たない、湖のほとりの小さな町だった。雄大な南クローシャの森に囲まれ、北を南クローシャ山脈に守られたおだやかな土地にその町はある。町の人々はみんな南クローシャ湖で捕れるわずかな魚を売って細々と暮らしていて、ほとんどの人が町で生まれ、町で育ち、一度も町から外へ出ることなく、やがて町で死んでいった。

ペチカの住んでいる小屋は、トリニティーの町はずれの森の中にあった。森の中にぽっかりあいた草むらに、小屋は人知れず建っている。その前を流れる小川はずっと北まで続いていて、ペチカは毎朝この小川から水をくんで、小屋の前にたき火をおこしてお湯を沸かした。

ペチカの朝は早い。まだ暗いうちに目覚めたペチカは、眠そうに目をこすりながら小屋を出た。お湯が沸くまでの間、ペチカは川からくんだ水の残りを、小屋の周りの畑にまいて回る。

お湯が沸くと、ペチカは粉末のスープをいくらか鍋《なべ》に振り入れて、お湯が白くなるのを待った。節約して使っていた牛乳スープの粉末も、これが最後である。もちろん、町のお店ではいくらでもスープの粉を売っていたが、ペチカにはもう一番安い牛乳スープを買うお金もなかった。

最後の一杯のスープをでこぼこのお皿にとって、ペチカはたき火のそばの丸太に座ると、一口一口味わいながら、わずかなスープを飲み始めた。

しばらくして、ペチカの足元にどこからともなく一匹の子猫がやってきた。やせ細って、歩くのもやっとというほどに弱りきった子猫は、首輪を付けているので捨てられた飼い猫のようだったが、ずいぶん長い間何も食べていないのか、首輪がダブダブになっていて、まるでネックレスだった。子猫はペチカが飲んでいるスープを見上げて、力なく「ミャー」と鳴く。

「ほしいの？」ペチカはスープの器を後ろに隠しながら聞いた。子猫はもう一度「ミャー」と鳴く。

ペチカは子猫に気づかれないようにたき火に手を伸ばして、火のついた木の枝を一本手に取ると、ふいにその先を子猫に押し当てた。毛の焦げる臭《にお》いがして、子猫は悲鳴をあげて後ろへ飛びのく。「やめて」といっしょうけんめい目でうったえる子猫を怖い顔でにらむと、ペチカは火のついた枝をもう一度子猫の方へ突き出して、「しっ！」と口を鳴らした。仕方なく子猫はやけどした足をひきずりながら、あわてて森の方へ帰っていく。スープを大切にかばいながら、ペチカは子猫が戻ってこないと分かるまで、恐ろしい顔で森の方をにらんだままでいた。大事なスープをほしがるなんて、ひどい猫だと思った。もっと大きな火を投げつけてやればよかったとも思った。

680プレを過ぎる頃、ペチカは小屋を出た。川に沿って、森の中をしばらく歩けば草原に出る。ペチカが住んでいるところから見ると、働いている丘の上の教会は、町を隔てた反対側にあった。草原のまん中を横切って、町中に入る頃には自然と小走りになっている。後ろからペチカが吐いた白い息が追いかけてきていた。

朝の風が軽やかに過ぎていく。町の大通りを急ぐペチカの鼻に、パン屋の店先からただよってくる香ばしい香りが届くと、近くで寝ている人なら起きてしまうほど大きな音で、おなかがグーッと鳴った。パン屋のショーウィンドウにはもう何種類かのパンが並べられている。

しかし、ペチカはそんなことには気づかないふりをして、先を急いだ。大通りには、床屋と果物屋の間に左へ折れる路地がある。そこを曲がると、目の前に丘の上へ続く道が現れるはずだ。小麦色の斜面に浮かび上がる細道は、曲がりくねりながら丘のてっぺんまで続いている。そして、その道のたどり着く先には白い教会と釣り鐘塔が、一番高いところでまっすぐ空を指して立っていた。

７００プレを知らせる鐘の音が高らかに鳴り響く。丘を走るペチカは速度を上げた。教会の裏口の木の扉をバンと押し開けて、勢いよく中へ飛び込む。――扉の内側はすぐ礼拝堂だ。太陽の神が描かれたきれいなガラス天井の礼拝堂は、トリニティーの町の人々の唯一の自慢である。

「何時だと思ってんだ！」扉の中でいきなりペチカを待ち受けていたのは守頭《もりがしら》のおばさんだった。腰に手を当てて立っている太った守頭は、遠くから見ると、まるでビア樽《だる》のようである。「おまえって子は！　あたしが昨日あれほど７００プレって言っただろ！」

予期せぬことに出くわして、ペチカは声を失って立ち止まった。

「やる気がないなら、さっさとやめな！」大きな体を揺さぶりながら出てくる守頭の声は、大の男もたじろぐほどのものである。

「でも、昨日はたしか８００プレだって――」ペチカは心臓をドキドキさせながら、そう言いかけて止まる。昨日ペチカにそのことを教えたルージャンという意地悪な男の子が、守頭の後ろに隠れて、友達二、三人と笑っているのが目に入った。

「なんだい？　あたしの方がまちがってるとでも言いたいのかい？　なんて生意気な娘なんだろうね、おまえは！」守頭の声は天井の高い礼拝堂に何重にも響いた。「おまえは罰としてごはん抜きだ！」

「そんな――」ペチカはどうしても目に涙がにじむのを止められない。ルージャンたち、ペチカと同じ教会守《きょうかいもり》をしている子供たちは、それを見てニヤニヤと笑っている。

「お願いです！」ペチカはとっさにその場にひざまずいていた。「守頭様！　代わりになんでもします。だからお願いです！　ごはんをください。おなかがすいて、ペコペコで死にそうなんです！」

ペチカが必死にそう言っているのを聞いて、ルージャンたちはこらえきれず、「死にそうだって！」などと口々に言いながら、ゲラゲラ笑い始めた。

「おまえはまた大げさなことを言って！」守頭は首を振ってペチカに告げる。「なんでもすると言ったね。じゃあ、今日はおまえ一人で釣り鐘塔の掃除をするんだ」

ルージャンたちが一斉に歓声をあげた。本当なら今日の釣り鐘塔の掃除はルージャンたちの番だったからだ。ルージャンの友達のイアンハンタは、スキップして道具入れのところへ行き、釣り鐘用の掃除道具を持ってくると、「取ってきてやったぜ！」と言いながら、それをペチカの前に放り出した。

ペチカは何か言いかけたが、その前に守頭にほっぺたを力いっぱいはたかれてしまう。体重の軽いペチカは吹っ飛んで、バケツやモップの中に突っ込んだ。

「口答えしたね！　あたしゃ耳がいいんだよ！　罰として、おまえは釣り鐘塔の掃除をした上で、ごはんもなしだ！」

バケツの縁でおでこを強く打って、ペチカは痛みでしゃべれなかった。守頭は大きくため息をついたあと、手を強くパン！　パン！　と二回打って、騒いでいるルージャンたちを仕事へ追い立てる。

「さあ、仕事だ！　あんたたちもさっさと始めるんだよ！」

ルージャンたちはそれぞれ今日の朝の仕事へ向かったが、全員ペチカの横を通る時に、一言ずつひどいことを言っていくのを忘れなかった。ルージャンはつまずくふりをして、ペチカを蹴《け》っていく。泣いているのを見られたくないからか、ペチカだけがいつまで経《た》ってもうずくまったままだった。

「何してんだい！　早く行きな！」礼拝堂の反対側から守頭の声が飛んでくる。ペチカがこれ以上このままでいると、次に飛んでくるのはまちがいなくこぶしだった。仕方なく掃除道具を拾い集めて、ペチカは逃げるようにして釣り鐘塔の方へ走っていった。

屋根裏から屋上へ出ると、下から吹き上げてくる突風で、危うくバケツを持っていかれそうになる。高いところの風は下の風に比べて、また一段と肌を刺す冷たさだった。ペチカが着ているうすい服で、とてもしのげるような寒さではない。上を見ると、細長い釣り鐘塔がはるか上までそびえ立っていて、雲に届きそうである。塔の横についている錆《さ》びたはしごが、これからそれを一人で登らなければいけないペチカをあざ笑うかのように、カタカタとふるえている。そして、はしごは氷のように冷たかった。

釣り鐘塔は遠く離れた南クローシャ山脈からでも見える高い塔で、時を告げる釣り鐘は塔の一番てっぺんの見晴らし台にあった。そこはすごく高くて、寒くて、狭くて、手すりも柵《さく》もついていない、危険なところである。そんなところで大きな釣り鐘をきれいに掃除するのはとても時間がかかった。しかも、ペチカのように背の低い者は、その間ずっと背伸びをして、上を見ていなければならない。ちょっとでも油断したら足を滑らせて、それこそあっという間に地面までまっ逆さまである。

ブワーッと風が吹き抜けていった。ペチカのスカートが狂ったようにバタバタとはためく。怖さで足がふるえた。ペチカにお母さんがいたなら、きっと「もういいから中へお入り」と声をかけてくれただろう。これが悪いことをしたお仕置きだったら、もう許されてもいい頃だった。でも、そんなことは起こらない。ペチカのお母さんはとっくに死んでいた。ペチカは独りぼっちだった。

仕方なく覚悟を決めて、ペチカはバケツとモップの入った布袋を背中に背負って、はしごの一段目に右足をかけた。すり切れた靴底をつらぬいて、痛いほどの冷たさが足の裏に伝わってくる。はしごをにぎると、手は一瞬にして指先まで青くなる。手を放したいのをがまんして、ペチカは手のひらがまひするのを待った。冷たさがじわっと体の中に入ってきて、体温が体の内側から下がり始める。

空腹と冷えでおなかがギューッと鳴った。思いきってはしごを一段登ってみる。冷たさではしごに張りついた手がベリッとはがれる。ペチカは半分目をつむると、そのまま何も考えないようにしながら、十段ばかりはしごを登った。——その時、どこかに隠れてずっとこの様子を見ていたルージャンとイアンハンタが出てきて、騒ぎながらペチカのつかまっているはしごの根元をガタガタと揺らし始める。

ペチカは突然のことに、悲鳴をあげてはしごにしがみついた。ルージャンたちは笑いながら容赦なくはしごを揺らして、「落ちろ！　落ちろ！」と合唱し始める。

「やめて！　やめて！　やめてええ!!」

錆びたはしごはギシギシいいながら波打ち始めていた。

「落ちろ！　落ちろ！　落ちろ！　落ちろ！　落ちろ！　落ちろ！」

ルージャンたちの呪文《じゅもん》のような声が風の中にこだまする。

ペチカは恐怖で叫ぶこともできなくなって、ただただ落ちないように、力をふりしぼってはしごにしがみついていた。やっとはしごを揺らすのに飽きたルージャンたちが「落ちたら死ーぬ！　落ちたら死ーぬ！」と歌いながら走り去っていったあとも、しばらく動けなかった。

かなりの時間が経って、ペチカはグスグス泣きながらもやっと目を開けた。顔にできた涙と鼻水の跡が風でひどく冷たかったが、片方の手でも放すのが怖かったので、それをふくこともできない。それでも降りることは許されなかった。ペチカは再び登り始める。

一段一段、機械のようにただ黙々と登り続けた。両方の手に気持ち悪いほど鳥肌が立っている。はしごの表面はザラザラだったので、手はじきにまっ赤になっていったが、ペチカはそれにまったく気づいていないかのように、はしごを登り続けた。

そろそろ半分ぐらい登っただろうか、と思ったが、もう下を見て確かめることはできなくなっていた。下を見たとたん、あまりの高さに手を放してしまいそうだったからだ。上にはかすみがかかっていて、辺りは夜のようにうす暗くなり始めている。もうずっとずっとはしごを登っていて、夜になってしまったのかと思ったぐらいだ。

とにかくペチカは登り続けた。何もかもがまっ白で、まるで夢の中にいるような気分だった。なんとなく眠たくもあった。寒風が横から吹きつけ、洋服にからみついてひっぱろうとする。髪の毛が目に入ってじゃまをした。

トントン。はしごを登る。トントン。はしごを登る。トントントントントントントン。

ふいに上げた右手が空《くう》をつかんだ。ペチカはびっくりして足を滑らせ、一瞬、体が落ちるのを感じる。

「あっ――」

頭の中もまっ白になった。足がはしごの段にひっかかり、何かにからめようとやみくもに突き出した右手がはしごをとらえる。落下し始めた体はガツン！　という衝撃とともに止まり、ペチカは目も口も開けたまま、必死ではしごにしがみついた。

どれくらいそのまま時間が経ったのか――やっと口を閉じることができた時、ペチカは今、死ぬところだったことを本能的に感じて、自然に涙がこぼれた。

「わあああ‼」すごい悲鳴が喉《のど》からこぼれ出す。「わあああああ‼　わああああああああああ‼」

その声は風の轟《とどろ》きでかき消されたが、ペチカは喉が壊れてしまうほど大きな叫び声をあげ続ける。声がかれて、叫ぶこともできなくなると、いったいなぜ右手がはしごをつかめなかったのかを知るために上を見た。

頂上だった。頂上に着いたのだった。ペチカの目からまた涙があふれた。

釣り鐘を掃除するためには、まずバケツに水をくまなければならない。釣り鐘のあるてっぺんの見晴らし台にはひとりでに雨水がたまるおけがあるので、水はそこからくんでくる。それがすんだら、石鹸《せっけん》石を床にこすりつけて、それをモップで泡立てる。釣り鐘を洗い始めるのはそれからだ。

釣り鐘塔のてっぺんは濃い霧におおわれていて、すぐ目の前もよく見えない。霧はまるで白い闇のようである。

吹き抜けになっている見晴らし台によじ登ったとたん、ペチカは強い横向きの風に吹き飛ばされそうになった。しっかり足元に力を入れていないと、体ごと遠くへ持っていかれそうな風だった。

頭の上には、巨大な釣り鐘が白いもやの中にひっそりと浮かんでいる。

バケツに水をくみ終わって、手が冷たくなっていたせいか、ペチカはつかもうとした石鹸石をうっかり取り落としてしまった。石鹼石は床に落ちて跳ね、霧の中へと消える。――塔から落ちてしまったかもしれない。ペチカはまっ青になって、大あわてで四つんばいになると、石鹼石を手探りで探した。手で冷たい石の床をなでるようにして辺りをはい回ったが、ろくに手元も見えないほどの霧の中では、それは恐ろしい作業だった。いつ自分の下の床がなくなるか分からない。

石鹼石が塔から落ちてしまったものだと思い始めた頃、前方でふいに何かがボーッと光った。

てっきり幻か、そうでなければ太陽の光が霧に映っているのかと思ったが、光は確かにそこにあって、しかもすぐ近くにあった。――同じ見晴らし台の上で何かが光っていた。

「だれ？」

水の入ったバケツが揺れた。ペチカのスカートが風を集めてパラシュートのように広がる。返事はなかった。

ペチカは目をこらして、ゆっくりと用心深く、四つんばいのまま、光の方へ一歩進んだ。その時、光が少し動く。――光の中で何かが動いた。

「だ、だれ――」ペチカは必死に声を出したが、その声はふるえていた。「ルージャンならやめて！」

ペチカは思わず立ち上がって、持っていたモップを頭上に振りかざす。せいいっぱい怖い顔をしているつもりだったが、腕はふるえて、目には涙がたまっていた。風も霧もみんな自分の敵のように思える。

光は少し大きくなる。うすい黄色の光だった。そして、その光の中には小さな人間が倒れていた。まるでミニチュアのようなその体からは、二本の長い虹《にじ》色の羽が伸びていて、それがかすかに小刻みにふるえている。

ペチカはすっかり言葉を失ってしまった。振り上げられたモップが空中で止まったまま、しばらく時間が過ぎる。小人は目覚めかけているのか、ビクッと体を動かした。ペチカもビクッとなって、モップをにぎり直す。

小さなうなり声をあげたあと、小人は二、三度頭を振って起き上がると、まだ周りが見えていないようで、「あいたた……」と頭をさすって、不満そうにつぶやいた。「……まったく、なんで通り道にこんな大きいの……危ないなあ……」

小人は何にぶつかったのかを確かめようと視線を上げて、霧の中にたたずむペチカと目が合った。ペチカは鬼のような形相で、モップを振り上げて立っている。小人は思わず悲鳴をあげた。

「うわあああ!!」

ペチカは小人の悲鳴に驚いて、自分も「わあああああ!!」と叫びながら、モップを振り下ろす。小人がひとはばたきしてとっさに横へよけたので、モップは小人のすぐとなりにベチョッと下りてきた。

小人は防ぐように手を前に出して、目を丸くして叫ぶ。

「ちょ、ちょっと、待って!」

「あっち行け!」

ペチカはモップを横に振ったが、狙《ねら》いは大きくはずれていた。小人は何がなんだか分からずに床の上をちょこまかと逃げ回っていたので、ペチカはもう一度モップを振り上げる。小人はうっかり転んで、ペチカを見上げながら必死の表情で言った。

「ぼくは妖精だよ。怪しい者じゃないよ!」

モップを振り上げたまま、ペチカの顔色が白くなる。妖精はてっきり分かってもらえたのだと思って、一瞬ホッとしたが、ペチカの目を見てすぐに、安心するのが早すぎたことに気づいた。

「わ……」ペチカは体を後ろに引く。そして次の瞬間、そこが地上30ベールの塔の上だということも忘れて、後ろへ走った。

「わあああああ!!」

「ど、どうしたの？」

「あっち行け！　来るなあ！」

危うく見晴らし台から飛び出しそうになって、ペチカはかろうじて止まった。獲物を取り逃がした獣のように、風がビューッと前を通っていく。霧の中にかすむはるか下の教会の屋根を見て、ペチカは少しめまいを感じて、振り返った。

「来ないで!!」

かかとを床の縁ギリギリに置き、追い詰められたネズミがするように、ペチカは妖精をにらみ返して、モップをかまえた。妖精はポカンとしたまま、小さな頭を照れたようにかく。

それから、屈託のない笑顔でたずねた。

「人間さんでしょ？」

「あ、あっち行って。あっち行って」ペチカは消え入りそうな声で妖精に言うのがやっとだった。恐ろしさで涙が目ににじむ。

「どうしたの？」妖精は羽を二度ほどはばたかせて宙に浮かび上がり、ペチカの顔をのぞき込む。

ペチカはポロポロ泣いては、涙を袖《そで》でふいて、またポロポロと泣いた。風が相変わらず「まだか、まだか」とペチカが落ちるのを待って、塔の周りを吹き荒れている。30ベールの何もない空間を、ペチカは背中に感じていた。

「……妖精に会ったら病気になって死ぬんだもん。お母さんが言ってた」ペチカはつぶやく。

「私、まだ死にたくないよ。ひどいよ。不公平だよ」

妖精は口をへの字に曲げて、苦笑いになる。

「それって迷信だよ」

ペチカは涙をふいて、いっしょうけんめい次の涙をこらえ、上目使いで妖精の方を見た。

妖精は再び笑顔になってペチカに告げる。

「仕事で地上世界を研究しに来ただけだよ。——ぼくはフィツ」

「……フィツ……？」疑わしそうにまゆをひそめながら、ペチカはしゃくりあげていた。

フィツはうなずく。ペチカは涙の名残《なごり》を袖でふいて、時々「ひっく」と息を吸いながら、徹底的に疑っている目で、上から下までなめるようにフィツを見ていた。フィツは色鮮やかな服装に明るい笑顔で、とても悪人には見えなかったが、それだけでは納得できなかった。

「……本当に病気にしない？」

「うん」フィツはもう一度うなずく。

「妖精に会うと、肌が黄色くなって死ぬってみんな言ってるよ」

「だって黄色くなってないでしょ」

ペチカは自分の手や足をちらっと確認してから、さらに用心深くたずねた。

「本当に妖精？」

「そうだよ」

ペチカはフィッツをじっと見たまま、しばらくの間考えて、表情を変えずに言った。

「妖精なら魔法が使えるはずだ」

「使えるよ」フィッツは得意げにほほ笑む。

「じゃあ、世界を滅ぼして」

「えっ？」

「私以外の人間だけでいい。みんな消して」ペチカは真剣だった。

フィッツはブルブルと首を振る。

「む、むりだよ。そんな力、ぼくにはないよ」

「妖精ならできるはずだもん」

フィッツはおでこをかいて、ちょっと笑ってからペチカに言った。

「ぼくができるのはこのくらいだよ」

フィッツは手のひらを合わせて開くと、間に小さな光の玉を作って、それをポンと空中へ跳ね上げる。光の玉はシャボン玉のようにパンとはじけて、色とりどりにパーッと散っていった。

「きれいでしょ」フィッツは自信満々で言ったが、ペチカは見ていなかった。

「そんなの妖精じゃない。妖精は世界を滅ぼしに来るんだもん。お母さんが言ってた」

「それって、人間が作ったおとぎ話だよ」

「うそだ」ペチカは思わずつぶやく。「うそだ!!」

「うそじゃないよ。ぼくは――」

フィッツの言葉が途切れた。ペチカの背後の景色が目に入ったのである。にわかに霧が晴れて、日が差し込んできたために、霧のカーテンの向こうから南クローシャの山や森が静かに姿を現していた。初めて地上世界を目の当たりにするフィッツの前に、南クローシャ山脈の高い峰々が誇らしげに浮かび上がる。フィッツは吸い込んだ息をそのままどこかへ忘れてしまうほど驚いて、引き寄せられるようにその景色の方へ宙をただよい始めた。

突然フィッツが近づいてきたので、ペチカは「来ないで!!」と叫んだが、フィッツは眼前に広がる景観以外、何ひとつ目に入っていないようで、悲鳴をあげるペチカの頭の上を通りすぎて、見晴らし台の縁まで進んだ。視界いっぱいに南クローシャの大自然が翼を広げる。小麦色の草原が、透き通るような青い湖が、くすんだ緑の森がフィッツを迎えた。一羽の大羽鳥《おおはねどり》が優雅に空に輪を描《か》いている。

「……これが地上世界……」

ペチカはその間に必死にフィッツの背後に回って、モップをかまえた。フィッツはペチカに背中を向けたままで、完全にペチカのことを忘れてしまったようである。ペチカはモップをにぎる手にグッと力を込めて、しっかり狙いをつけ、渾身《こんしん》の力でモップを振り下ろす。ちょうどその時、フィッツが大羽鳥を追って右へ動いたので、モップは大きく空を切って、ペチカは思わず前へつんのめった。倒れまいとバランスをとるために足を踏み出したまではよかったが、その踏み出したところに、探していた石鹼石があった。ペチカはそれを力いっぱい踏んでズルッと滑り、後ろ向きに転んだ。

その間じゅう、フィッツは催眠術にかかったように景色に見入っていたが、やっと正気に戻ったのか、肩ごしにペチカの方へと振り返る。

「きれいなと――」フィッツは止まった。ペチカが頭を押さえてうずくまっている。「――どうしたの?」

ペチカはあっけらかんとしているフィッツをキッとにらみ、落としたモップを再びつかんで、持ち上げようとしたまま凍りついた。――カランという音でモップの先がとれる。ペチカは言葉を失って、二つになったモップを茫然《ぼうぜん》と見た。そして、冷たくなった両手でそれぞれを拾い、合わせてみたが、もう元には戻らない。よく見ると、初めからとれるように細工しておいた跡がある。そのモップを取ってきたのがイアンハンタだったことを思い出して、わなにはまったことに気づいた。足から力が抜けていって、床の上に座り込んでしまう。――もう一度下まで道具を取りに行かなければならない。

「どうしたの？」ペチカがまったく動かないので、フィツはペチカのところへ近づいてくる。

塔の周りを音をたてて吹き荒れる風が、ペチカにはルージャンたちの笑い声のように聞こえた。泣いてしまえば、ルージャンたちの思うつぼだと考えて、涙をがまんしようとしたが、まだ手に残っているはしごの冷たさを思い出すと、こらえきれなかった。

フィツはペチカのところへたどり着くと、ペチカのスカートのすそをひっぱってみる。

「だいじょうぶ、人間さん？」

ペチカは泣きながら、モップの柄をやみくもにフィツの方へ投げた。フィツは「ひっ！」と、すんでのところで頭をかがめてかわす。モップの柄は床に跳ねて、鐘にカーンと当たり、そのまま霧の中のどこかへ消えた。

「あっち行けって言ってるでしょ!!」ペチカはまっ赤になった目でフィツにどなる。

フィツはそうした。すばやく鐘の上に逃げると、その陰に隠れて、逆さまになってペチカの様子をのぞき込む。ペチカが追ってくるかと思ったが、ペチカは同じ場所にうずくまったままだった。さっき踏んだ石鹸石が床にこすれて、白い半円をペチカの周りに描いている。

まだ９００プレを過ぎたばかりの朝――ペチカの前には、長い一日が待っていた。


「ついてくるな！」

夕焼けの長い影を重そうにひきずりながら、ペチカは屋根の縁からおそるおそるこっちをのぞくフィツを見つけてどなった。これで六回目である。フィツは頭をすぼめて、小さな声でペチカに言う。

「だから仕事で……」

ペチカは足元にあった小石を拾って、フィツに向けて投げつけた。石はずいぶん離れたところを通ったが、フィツはびっくりして頭をひっ込める。ペチカはプイッと顔を背けて、またとぼとぼと家へ帰り始めた。

８００レプの鐘が暗くなりかけた空にこだまする。大通りの店はもうほとんどが店じまいをしていて、残っている店も閉まりかけていた。沈んでいく太陽が山々の間からかざす黄昏《たそがれ》色の光は、悲しいほどトリニティーのさびれた町並みに似合っていた。かつては南クローシャ湖の漁で栄えた町も、今では水位の下がった湖を抱えた貧しい村だった。大通りに並ぶ手こぎ舟も土で埋められて、花壇の代わりになっている。舟のこぎ棒はちょうどいいシャベルだった。

ふらふらになった体と、狂ったように鳴るおなかとともに、ペチカは人通りの少なくなった大通りを足取り重く小屋へ帰る途中だった。小屋に戻ったところで、食べるものは何もない。今日はもう寝るだけだった。

パン屋の前まで来た時に、ペチカはフィッツがついてきていないか、もう一度後ろをちらっと振り返った。何かがサッと建物の陰に隠れる。ペチカはどなりかけて、周りにわずかに人通りがあることに気づき、仕方なくフィッツの方をにらむだけにする。今すぐ走って逃げたかったが、そうするにはあまりに体が疲れていた。

ため息をつき、再び歩き出そうとしてパン屋の前を通りすぎて、ペチカはすぐに引き返してきた。パン屋のパーカットがいやそうな顔をして、手で追っ払おうとしたが、ペチカはかまわず、じっと窓の中を見る。棚のパンはあらかた売り切れていたが、『古パン』と書かれた札がついているカゴには、パンが二、三個残っている。ペチカはそれを見て、安心した笑みを浮かべた。

ペチカが突然パン屋の裏手に回ったので、こっそり見ていたフィッツも、店の屋根の上を飛び越えて追いかけた。パン屋の裏手はすぐに畑が広がっていて、うす暗く、人が入ってこないところである。畑の端がなだらかな丘になっていて、ペチカがちょうどそこに腰を下ろすところだった。フィツは見つからないように脇《わき》から回り込んだつもりだったが、すぐに発見されてしまう。

「なんでついてくるのよ！　向こう行って！」

フィツはペチカから少し離れた空中でピタッと止まる。

「研究するなら、誰かほかの人にしてよ！　こんなとこを人に見られたら、私が町の人に殺される！　お願いだから、私のことはほっといて！」

ペチカはまた近くの石を手に取って、今にも投げそうな格好で振りかぶる。

フィツはあわてて言った。

「できればほっといてあげたいけど、ぼくらは地上では、最初に話した人としか言葉が通じないんだよ。だから――」

「そんなの関係ない!!」ペチカは石を投げようとしたが、疲れた体の方がそれをいやがった。思った以上にクタクタだった。なんだか突然どうでもよくなって、石を落とすと、ペチカはドサッとその場に座り込む。

「お願いだからほっといて！」

ペチカはそう言ったきり頭を垂れて、ひざを抱き寄せ、じっと黙り込む。フィッツは宙に浮いたままで、しばらくその様子を見ていた。

そうこうしているうちに日はとっぷりと暮れ、辺りは暗くなる。じっと固まっているペチカも、闇の中に溶け込んでしまった。――ペチカが座っているところは木の陰になっていて、特にまっ暗で、これだけ離れると、そうと知らなければペチカがいるのが分からないほどである。フィッツはパン屋の屋根の上に腰かけて、しばらく待ってみることにした。

地上に来てから、すでに空が何度も色を変化させていた。フィッツはこのままずっと変わり続けるのかと思っていたが、どうやら黒に落ち着いたようだった。少し残念に思ったが、しばらく経ってもう一度空を見ると、まっ黒だと思っていた空に、いつの間にか無数の小さな光が輝いている。数えても数えきれない数の光はひとつひとつがまたたき、それぞれの秘密の物語を語っているように空に浮かんでいた。すっかり心を奪われて、フィッツはじっと夜空をながめた。

下でガチャッという音がする。次いでドサッという音。そしてバタンという音。フィッツが屋根の縁から下をのぞくと、ペチカが走ってきて、パン屋の裏口に置いてある袋を何やらあさり始めた。そして、しばらくすると、「ひどい。生ごみと一緒だ。わざとだ」とつぶやいたが、それでも必死に袋の中を探っていた。なんだかいやな臭いがフィッツのところへ昇ってくる。フィッツは鼻をつまんで、もう一度空を見上げた。——地上から遠く離れて、満天の星々が限りなく美しく輝いていた。

古くなったパンはとにかく石みたいに固かったが、ペチカはそれをやわらかくする方法を、だいぶ前に発見していた。

たき火の上にスープを作る鍋をのせて、お湯を沸かし、木の枝で鍋の上に網を組んで、そこにパンをしばらく置いておくだけでいい。この日拾って帰ってきたパンは生ごみにまみれていたので、ペチカはていねいに汚れたところを取り除き、食べられそうなところだけを網の上に置いた。そうやってやわらかく戻したパンを、夜遅く、ペチカはたき火にあたりながら少しずつ食べ始める。

森は夜になると、昼間よりも騒がしくなる。フクロウの声や、虫の音や、遠くの山々から聞こえてくる獣たちの遠吠《とおぼ》えで、まるで自然の合唱だった。

ペチカのこしらえたたき火は、時々パチンと枯れ木をはじけさせる。フィッツはペチカから少し離れた木の根元に隠れて、釣り鐘にぶつけてできたたんこぶをさすりながら、そのたき火にずっと見とれていた。赤と、濃い赤と、うすい赤が複雑に混ざる炎の色と、その中で次々にものが燃えてなくなっていく様が、妖精のフィッツには不思議だった。

「いつまでいるつもり？」

ペチカが突然言ったので、フィッツはドキッとして答える。

「気づいてたの？」

「光ってるから、分かるよ」たき火に枝を一本くべながら、ペチカはつぶやく。

フィッツは木の後ろから姿を現して言った。

「すぐ帰るよ。ほんの何日かだけ」

「やだ」ペチカは強く言う。「今すぐ帰って」

「そんなことしたら規則違反だよ」

「そんなの、私には関係ない」

ペチカはむくれて、また石をつかみ、フィッツに投げようとした。フィッツはあわてて飛び上がる体勢をとったが、ペチカは気が変わったらしく、石を落として、パンを食べ続ける。フィッツはホッとして、羽から力を抜いた。

しばらくして、どこからともなく小さな鳴き声がした。ペチカが自分の足元を見ると、今朝の子猫がまた来ている。今朝見た時からさらに弱って、後ろ脚がどうやらまともに動かないらしい子猫は、ペチカの方を見たくても、もう首を上げる力もないようだった。仕方なく子猫はただ小さく「ミーミー」と鳴いている。ペチカは何も言わず、持っているパンの残りを腕の下に隠した。

子猫はごはんをもらえないと分かっていても、やっと見つけたそのたき火の暖かさに安心しているようだった。たき火のそばの暖められた地面の上に小さく丸まって、力を失った体を休めている。よほど寒かったのだろう。やせた子猫の表情は、たき火の熱を受けてうれしそうだった。

「あっち行け！」ペチカは突然足元の子猫を蹴飛ばした。子猫はまるでぬいぐるみのように宙を舞い、たき火からずいぶん離れたところにボトッと落ちる。体を小さくふるわせてから、子猫はペチカの方を見て、「お願い。たき火のそばにいさせて」というように目でうったえた。

「あっち行け！　あっち行け！　私のものをとるな！」

ペチカは悲鳴をあげるように子猫に叫んだ。雲が月の前を通って、子猫のいた辺りをまっ暗にしてしまう。次に月が現れた時、いったいどうやって動いたのか、子猫はもうどこにもいない。ペチカは辺りを探して、子猫が隠れていないことを確かめてから、やっとたき火のところへ戻ってきた。そして、またパンを食べ始める。

フィツは木の根元で茫然とこの様子を見ていた。羽も驚いているのか、力なく地面に垂れている。たき火の赤い光を半身に受けて、何もなかったかのように、ペチカは黙々とパンをほおばっていた。

フィツは口をぽっかりと開けたまま、子猫を探して周りを見渡したが、子猫はとうに姿を消している。胸の奥でおかしなざわめきが起きていた。ペチカの姿が目に入るたび、そのざわめきが大きくなる。フィツはなんだか気分が悪くなって、元どおり木の陰に引き返すと、そこにペタリと座った。——まるで何かの塊のように、蹴られて宙に舞った子猫の体が再び頭をよぎる。そして、生命のないボトッという音。頭の中で何度もそのボトッという音がやまびこのようにこだまして、フィツは頭が痛くなって耳を押さえた。

しかし、音はおさまらなかった。

ずっとおさまらなかった。

一夜が明けて、朝が来る。

ペチカの小屋の屋根にあった鳥の巣の中で、フィツは600プレの鐘の音を聞いた。もともとそこに住んでいた鳥の一家は、とっくに暖かいところを目指して旅立っていた。空になった巣は、一晩の宿としてもってこいだったのである。

明るくなりかけた空から、森の木の間をぬって、一日の最初の光がフィツの上に降りそそいでくる。森の木の葉が日の光をさえぎって、屋根の上に木陰を作っていた。フィツは「うーん」と背伸びをして、首をほぐし、あくびをひとつした。

下の小屋の中からペチカが動き回る音がする。フィツが上にいることを知ってか知らずか、小屋の扉が開く音がして、ペチカの足音が外へ出てきた。とりあえず降りていってみようかとフィツは考えたが、そう思ったとたん、また昨日感じたざわめきがよみがえってきて、元どおり寝転んでしまう。「あっち行け！」というペチカの声が何度も頭の中で鳴り響いていた。フィツは頭をブルブルと振って、もうしばらくしたら様子を見に行ってみることにした。

ひまつぶしに手のひらの間に光のボールを作り出して、フィツはそれをお手玉にして遊んでいた。すると、ペチカが薪《たきぎ》をかついで歩く音がしたので、フィツは火をおこすのだと気づいて、煙が昇り始めたら、ちょっとのぞいてみようと思う。

だが、煙はいつまで経っても昇らない。なんだかだんだん気になってきて、ついに好奇心を抑えきれず、フィッは屋根の縁から下をのぞいてみた。ペチカはすぐ下にいた。いつもたき火を作っている辺りでフィッに背を向けて、じっとたたずんでいる。しばらくの間、その様子をこっそりのぞいていたフィッだったが、いくら時間が過ぎても、ペチカは一向に動く様子を見せない。

フィッはゆっくりと起き上がると、ペチカのところへ向かった。

「どうし――」フィッはペチカに言いかけて、ペチカの足元のたき火の跡が目に入って、同時にそこに小さく丸まっているものに気がついた。思わず空中でピタッと止まってしまう。とうに消えて冷たくなっているたき火の燃えかすのそばに、それでも、そこに残っていたかすかな温もりに触れようとして、子猫は小さく丸まっていた。本当に小さな小さな塊だった。そして、その形のまま息絶えていた。

フィッに気づいてペチカは静かに振り返る。

「私のせいじゃないよ。勝手に死んだんだから」

ペチカはそう言って小屋の中へ走っていった。ペチカの言ったことが聞こえたような、聞こえなかったような、フィッの意識は子猫の死体に釘《くぎ》づけだった。

寂しそうに体を固く引き寄せて、独りぼっちで子猫は死んでいた。フィッは子猫の横に降りると、子猫の体をつついてみる。――冷たい。

子猫は逃げていく地面の暖かさを最後まで求めて、顔をピッタリと地面に押しつけて死んでいた。火を消すためにかけられた水が、子猫のほおに氷となってくっついている。フィッツは胸のざわめきがいちだんと大きくなるのを感じた。

後ろで小屋の扉がバタンと開いて、ペチカが仕事に出かけていったが、フィッツは子猫が再び動き出すのを待って、その場にじっとたたずんでいた。そして、さらに待った。待ち続けた。――しかし、いつまで待っても、子猫は決して動くことはなかった。胸のざわめきがどんどん大きくなっていく。

ペチカが出かけていった方を見て、フィッツは真剣な目つきになると、スーッと空中へ浮かび上がり、そのまま森の木々の上にまで飛び上がった。まだ残っている鳥たちが一緒にバサバサと飛び立つ。フィッツは上空へ出ると、体をひるがえして、森の向こうに目をこらした。ペチカがちょうど草原を町の大通りの方へ走っているところである。フィッツはそっちへ向けて加速し、昼間でもかすかに見えるまぶしい光の筋を引いて、あっという間にペチカの前へ出た。フィッツが突然目の前に現れたので、走っていたペチカはびっくりして立ち止まる。

「何よ！　じゃましないで！　急いでるの！」

フィッツはわざとペチカの行く手をさえぎるような位置に浮かんで言った。

「あのままでいいの？　死んでるんでしょう、あの生き物さん！」

「あんなとこで死ぬなんて迷惑よ！　おかげで私、遅刻しそうなんだから！　早くどいて！」

ペチカが強引に横を通ろうとするのを、フィッツがまた前に回り込む。ペチカの言うことを聞くたび、フィッツの胸のざわめきは大きくなって、今や最高潮に達していた。抑えきれずにフィッツはつい大きな声を出す。

「せめて埋めてあげたら！　地上ではそうするんでしょ！」

「自分で埋めたらいいじゃない！」ペチカも大声でどなり返した。

「そうしたいけど、ぼくは地上世界に絶対に干渉しちゃいけないんだ。規則なんだ！」

「だったらどいて！」

ペチカは平手でフィッツをパン！　とはじき飛ばした。フィッツは体ごと吹っ飛んで、近くの草むらに頭から突っ込み、その衝撃でめまいを起こした。ペチカはフィッツの方を見向きもせずにさっさと走り出して、あっという間にフィッツの視界の外へ消えていく。

頭を強く打ったフィッツは、めまいがおさまるまで地面に四つんばいになっていたが、立てるようになると、もうペチカがどこにもいないことを知った。フィッツはよほどペチカを追いかけようかと思ったが、もうすでに規則違反スレスレをやっていることに気づいて、どうしようもなくあきらめる。少しでも冷静になるように、フィッツは服についた泥を払って、胸が落ち着くのを待った。

少しざわめきがしずまると、フィッツは一度ペチカの小屋へ引き返してみることにした。ペチカを見失うことも規則違反だったが、どこにいるのかは分かっているので、見失ったことにはならないと、ずっと自分に言い聞かせ続ける。

子猫の体は同じ場所にあった。近くに寄ると、なんだか胸のざわめきがひどくなるので、フィッツはそのまま空中から子猫の体をぼんやりと見ていた。ざわめきがおさまらない。さっきまでは体がおかしいのかと心配していたフィッツだったが、ペチカにひっぱたかれた時、そうではないことに気づいた。

「ごめんね……」フィッツは目を細めて、たき火跡に横たわる子猫につぶやく。「ぼくは何もしてあげられないよ」

森の上空に出てしまえば、トリニティーのような小さな町を横切るのに、1プレも必要としなかった。フィッツは教会への坂道を走っているペチカに追いついたが、下には降りずに、一足早く教会の屋根の上に舞い降りる。ペチカはそんなことには気づかず、７５０プレを２プレ過ぎて、教会の裏口に到着した。

　扉を開けて中へ入ったペチカは、着くなり、待ちかまえていた守頭に殴り飛ばされた。びっくりしてはって逃げようとするペチカを、守頭は大きなこぶしで説明もなしにもう一度殴りつける。

「ごめんなさい！　ごめんなさい！」ペチカは口の中を切って、必死に謝りながら手で顔だけは守ろうとしたが、その手をはじき飛ばして、守頭はペチカの横っ面に力いっぱいこぶしを入れた。にぶい音がする。ペチカはあごを押さえて叫んだ。守頭はそのペチカのあごを返す手でもう一度殴る。

　ルージャンも守頭の迫力に恐れをなして近寄れず、祭壇の上部の小窓から、この様子をこっそりとのぞいていた。イアンハンタたちはペチカが殴られるたびに小さな歓声をあげていたが、ルージャンだけがなんとなく不安な顔でこの様子を見ていた。

「おまえはクビだ！」守頭は大きな重たい足でペチカを踏みつけてから告げた。「二度と顔を見せるんじゃないよ！」

　ペチカは小さな声で何かを言っているようだったが、守頭にほっぺたをぶたれて黙る。

「この泥棒猫！　教会に仕える身でありながら、おまえはなんて恥知らずなことをしてくれたんだい！」

　ペチカはなんのことかよく分からないまま、泣き声でうめく。

「何かの……まちがいです……」

「うそを言うんじゃないよ！」

　腰に手を当ててペチカを見下ろす守頭の後ろから、町のパン屋のパーカットが不機嫌な顔で現れる。

「そうだ。私はちゃんと見てるんだぞ。おまえは昨日、私のパンを三本盗《と》って帰ったはずだ」パーカットはペチカをつらぬくように指さす。「それも昨日だけじゃない。私が知らないとでも思っていたのか。今までは見逃してやっていたが、もう許せんね」

「そんな……だって捨ててあったから……」

「捨ててあるなんて誰が言った！　あれは置いてあったんだ！」

　ペチカはすすり泣きながら、周りに助けを求めて見回したが、全員が冷たい目でペチカを見下ろしていた。

「それに私が精魂こめて焼いたパンを、おまえみたいないやしい娘が口にするのが私は許せないんだ」

　ペチカは床に丸まったまま、パーカットをすがるように見上げたが、パーカットは汚いものでも見るように、いやがって目をそらす。

「とにかく夕方までに返しに来い」

「む、むりです！」ペチカは声にならない声でつぶやいた。「……昨日、ひとつ食べたし……」

「じゃあ、代金の20ビッツを持ってこい」

「そんなお金、ないです」

「知ったことじゃないね。髪の毛でもなんでも売って作るんだな。今日じゅうに持ってこなかったら、保安官に牢《ろう》にぶち込んでもらうだけだ」

「お願いです。許してください！」

パーカットに向かってペチカはふるえる手を上げたが、それを守頭が横から踏みつぶした。

「パーカットさんの言うとおりにするんだよ、泥棒猫！」守頭は足に体重をかけて、ペチカの手のひらをグリグリとねじりつぶした。ペチカは悲鳴をあげる。「泥棒猫にやる金は教会にはないね。さっさと消えな。おまえの給金はあたしがちゃんともらっといてやるよ」

ペチカは声をあげて泣き出す。パーカットは「夕方までだぞ。忘れるな」と念を押してから振り返り、廊下を出口の方へ歩き始めた。守頭はそのパーカットのあとをついていく。体じゅうが痛くて動けないペチカだったが、守頭とパーカットの会話は耳に届いていた。

「パーカットさん、あの子と教会とはなんの関係もないんで、寄付の方はこれからも――」

「分かってる。私もディーベで死にたくはないからな。寄付は惜しまんよ。ただ、あの子をちゃんと追い出すことが条件だ。泥棒がいる教会じゃ、三天様《さんてんさま》に見捨てられるといけないだろ」

話し声は廊下の角を曲がって消えていく。ペチカの頭上の天井付近で、フィッツは横柱の一本に腰かけ、こっそり下の様子をのぞいていた。人間たちの会話の意味をよく呑《の》み込めなかったフィッツも、ペチカのひどい殴られ方には言葉を失った。体を押さえてうなっているペチカを見ているうちに、フィッツは思わず出ていって声をかけたい衝動にかられたが、自分の役目を思い出して、奥歯をかみしめてじっと観察を続ける。

やがて、廊下からルージャンたちがペチカの方へやってくる足音が聞こえてきた。フィッツはてっきり助けに来たのだと勘違いして、少しホッとしてしまう。

「パン泥棒！」その声の調子は助けにはほど遠い。

守頭とパン屋のパーカットがいなくなって、待ちかまえていたルージャンたちは隠れ家から躍り出てきた。ペチカを取り囲み、「パン泥棒！　パン泥棒！」と手をたたきながらみんなではやしたてる。ペチカはうなだれたままで、それが聞こえているのかいないのか、動こうとしなかった。

「泥棒は妖精の光でまっ黒焦げに焼かれるんだぞ!」ルージャンはペチカの目と鼻の先まで顔を突き出して、大声で叫んだ。ほかの子供たちはみんな「そうだ! そうだ!」と合いの手を入れる。

「泥棒は妖精の日が来たら、黄色くなって死んじゃうんだ!」

ルージャンが再び叫ぶと、「そうだ! そうだ!」とかけ声もくり返される。イアンハンタは持ってきたモップの先でペチカの横顔をつつき、ペチカがそれを嫌って顔をそむけると、鼓膜が破れそうなほどの大声でペチカの耳に叫んだ。

「バーカ! 売れ残りのパンなんか盗んでんじゃねえよ! そんなに腹がへってるんならこれでも食え!」

そう言って、イアンハンタはペチカの口の中にモップをむりやり突っ込んだ。ペチカは逃げようとしたが、後ろが壁だったので、後ろ頭を壁に押しつけられて、まっ黒のモップをさらに口の奥に押し込まれる。イアンハンタはモップをグリグリ回しながら叫び続けた。

「パン返せよ! パン返すんだよ!」

ペチカは息ができずに「ううっ! ううっ!」と声をあげて、ひどく苦しそうに涙を流した。イアンハンタの「パン返せ!」の声にかぶせるようにして、他のいじめっ子も「パン返せ!」と合唱を始める。ペチカは何もできずに足をバタバタさせるしかなかった。

「パン返せ！　パン返せ！　パン返せ！　パン返せ！　パン返せ！」

ルージャン一人が合唱に加わっていなかった。イアンハンタがモップまで持ち出してくるとは思っていなかったルージャンは、少しとまどって一歩引いていた。しかし、ペチカが泣きながらもがいているのを見ているうちに、だんだんイアンハンタに対して腹が立ってくる。イアンハンタが「おい、ルー。バケツ持ってこい」と言った時点で、ルージャンは一歩前に出て、イアンハンタの手をつかむ。

「それ以上やったらやばいよ」

「何言ってんだよ。おまえがやろうって言い出したんだろう」

「だからもういいよ。苦しがってんだろ！　やめろよ！」

本気で止めているのを知って、イアンハンタはルージャンの方をにらんだ。そしてモップを放すと、ルージャンをドンと両手で突き飛ばす。

「おまえ、いつからこいつの味方になったんだよ」

ルージャンは少しあとずさって首を振った。

「そんなんじゃないよ。だけど――」

「かっこつけてんじゃねえよ」

イアンハンタはもう一度ルージャンを強くドンと突き飛ばす。ルージャンは尻もちをついて、あわててこぶしをにぎりしめた。しかし、イアンハンタの方が二つ年上で、背も体格もルージャンより大人だった。イアンハンタがつかみかかってくれば、ルージャンに勝ち目はない。

ちょうどその時、８００プレの鐘が鳴って、仕事の時間になる。８００プレを過ぎてさぼっていれば、すぐに守頭のげんこつが飛んでくるはずだった。

「けっ」イアンハンタはルージャンを蹴るだけでやめておいた。「あとで覚えてろよ、ルー」

イアンハンタたちが「行こうぜ」とお互いに言いながら仕事場へ引き上げていくと、ルージャンはペチカと二人っきりでとり残された。ルージャンはチラッとペチカの方を見る。

――ペチカはうなだれていたが、なんとかだいじょうぶそうだった。ルージャンは起き上がると、黙って立ち去りかけたが、いったん止まって、ペチカに一言、「バカ」とつぶやいてから、あわててイアンハンタたちのあとを追っていった。

ペチカは体を丸めたままほとんど動かなかったが、すすり泣く声が聞こえたので、気絶していないことはフィツにも分かった。天井でずっとこの一連の出来事を見ていたフィツは、そのペチカの姿がなぜかさっきの子猫の姿と重なって仕方がなかった。フィツは柱から空中へピョンと跳んで、しばらく浮いていたあと、ペチカのところへ向かいかけたが、半分の距離も行かないうちに止まって、引き返してくる。

「……規則、規則と……」

フィッは再び天井の横柱にのっかってペチカを見ていたが、ペチカはうなっているだけで、ちっとも動かない。いつあの太ったおばさんやいじめっ子らが戻ってくるか分からないんだから早く動かなきゃ、とフィッは少しいらだちながらながめていた。2、3プレも過ぎたところでフィッはしびれを切らし、再びペチカの方へ向かったが、途中で「うーん、でも規則が——」とうなって戻ってきた。しかし、そのまま横柱をクルッと一周して、三たびペチカのところへ向かった。

「だいじょうぶ?」

フィッはペチカの肩からちょっと上のところに浮かんだまま、遠慮がちな小さな声でささやく。しばらく間があってから、うつむいたままのペチカのそっけない返事が戻ってきた。

「ほっといて」

フィッは少しほほ笑む。

「だいじょうぶそうだね」

「なんで私につきまとうのよ」泣き声まじりの口調で、ペチカは独り言のようにつぶやいた。

「私が殴られるの見て満足した?」

「地上を研究して戻るのがぼくの仕事なんだよ」フィッは落ち着いた口調で言う。「ぼくだって早く帰りたいよ、こんなとこ」

「おまえなんか死んじゃえばいいんだ」が、ペチカの返事だった。

ちょうどその時、いったんは仕事場にまで行ったルージャンが、こっそりペチカの様子を見に引き返してきた。階段を下りて、廊下の角を曲がって、ペチカのいる廊下が目に入った瞬間、ルージャンは思わず持っていたぬれタオルをボトッと落としてしまう。――ペチカのすぐ上に何か光るものが浮いていた。それには羽が生えていて、透明な羽は、うっすらと七色の光を放っている。ルージャンはすぐに昔読まされた聖典の絵を思い出して、まっ青になった。そして、気づくと腹の底から大声で叫んでいた。

「よ、妖精だ!! 妖精がいる!!」

ペチカとフィッツは同時にルージャンの方を見た。

「妖精だ！」ルージャンは口に手を添えてわめき散らす。「ペチカが妖精と話してる！ 黄色い光を出してるぞ！ ディーベだ！ ディーベにかかる!!」

「――しまった！」フィッツは逃げようとして、一瞬あせって方向を見失ってしまう。

「ちがう！ ちがうの！」とペチカはルージャンに必死でうったえたが、ディーベ疫病を運んでくるとされる妖精の存在は、ルージャンをパニックにおとしいれるには十分だった。そして、ルージャンだけではなく、その声を聞いた教会じゅうが一気に大騒ぎになる。まっ先に部屋からムチを持って飛び出してきたのは守頭だった。

「なんの騒ぎだい！」

混乱しながらルージャンはフィッツを指さして守頭に叫ぶ。

「あそこ！　あそこーっ！」

守頭はフィッツを見つけて目をむき、「なんてこったい」と一瞬驚いてみせたものの、次の瞬間には、もうフィッツの方へムチをかまえて走り出していた。やっとの思いで正気に戻ったフィッツは、あわてて飛び上がろうとしたが、それよりも少し早く守頭のムチが飛んでくる。フィッツはよけたつもりだったが、ムチの速度は予想よりもずっと速く、左足の先に痛みが走った。

フィッツはそれでも歯を食いしばってそのまま飛び上がり、屋根裏の木組みの間をすり抜けて、天窓から脱出した。守頭は間に合わないことを知りながらも、もう一度ムチを天井に向けて打ったが、ムチは当然のごとく、空を切る。守頭がフィッツの逃げた天井をくやしそうに見上げていると、騒ぎを聞きつけたほかの教会守たちが集まってきた。ルージャンは必死に見たものの説明を始める。守頭はしばらくフィッツが戻ってこないか天井を見上げていたが、どうやらむだだと分かると、鬼のような形相でペチカをにらんだ。

「ペチカ。どういうことかよーく説明しな」

守頭は二つに折ったムチをパチン！　と鳴らしながら、ペチカにつめ寄る。恐怖で顔色をなくしたペチカは全員の冷たい視線にさらされて、ただ必死に首を振るしかなかった。


「言いな！」

守頭の部屋に連れていかれると、ペチカはみんなが見ている前で守頭に首をつかまれ、きつく絞められた。

「あんた、あたしたちを疫病にして殺そうとしたんだろ！　そうだね！　お言い！」

ペチカは上下に激しく揺さぶられて、泣きながらうったえた。

「違います！　知りません！　勝手に私についてきただけなんです」

「誰がそんなことを信じるってんだい！　言いな！　あの虫はどこに行ったんだい？」守頭はペチカの中指をつかむと、それを曲げてはいけない方向にひっぱって言った。「言わないと、一本ずつ指を折っていくよ！」

そう言って守頭がさらにひっぱる手に力を入れると、ペチカは「痛い！　いやあああああ!!」と悲痛な声をあげる。守頭の部屋のすぐ外でそれを聞いていたルージャンは、耐えられずに耳をふさいだ。

ちょうどその時、呼ばれた保安官が部下のロッパを連れて入ってきたので、ルージャンはあわてて道をあける。保安官はペチカの声に驚いて、泣き叫んでいるペチカを見て守頭に言った。

「おい、ベス。そりゃまずいよ!」

「うるさいね!」守頭にどなられて、保安官は貝のように口を閉ざす。「妖精がいたんだよ! 下手《へた》したら町じゅうがディーベになって死んじまうかもしれないって時に、何言ってるんだい! あんたは黙ってそこで聞いてな!」

あまりの痛さに声も出せずに「あ……あ……」と口をパクパクさせているペチカに、守頭はもう一度迫った。

「言いな! 虫はどこだい!?」

ペチカは痛みから解放されたい一心で、唯一頭に浮かんだことを口にする。

「わ……私の……小屋……」

守頭はそれだけ聞くと、ペチカを突き飛ばして、硬直している保安官に命令した。

「聞いたね! さっさと行って、小屋ごと燃やしちまいな! 早くしないとディーベが広がっちまうよ！」

　ペチカはそれを聞いて必死に顔を上げたが、「あ……」ともらすだけでせいいっぱいだった。保安官は「しかし――」と逆らってみたが、守頭に身も凍るほどの恐ろしい目でにらまれて、ロッパと一緒にたじろぐ。

「黄色くなって死んじまうんだよ！　このウスノロ！」守頭は圧倒的な威圧感で保安官に告げる。「あんたのお酒のくせをみんなにばらされたいのかい!?」

　脅されるまでもなく、保安官はすでに守頭の言いつけどおり、「ロッパ、行くぞ」と言って、廊下を玄関の方へ向かい始めていた。守頭はそのあとを追いかけるようにルージャンの名前を呼ぶ。

「ルージャン！　ルージャン！　ちょっと来な！」

　ルージャンがびくびくしながら戸口に現れると、守頭は保安官たちが消えた方を指さして、「あんた、保安官をペチカの小屋まで案内してきな！」と命令する。ルージャンは「はい」と返事をしたつもりだったが、その声はかすれて消え、けんめいに保安官たちのあとを走っていく足音だけが響いた。

　守頭はそれを見届けると、腰に手を当ててペチカの方へ振り向く。ペチカはその隙《すき》に少しでも逃げようとしてはっていたが、あっさり行く手を守頭の太い足にふさがれた。

「どこ行こうってんだい？」守頭は猫にするようにペチカのえり首をつかんで、むりにひっぱり上げた。「こい！　バケモノの丸焼けが届くまで、おまえは地下室にぶち込んどいてやる！」

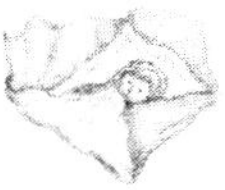

教会から逃げ出して、ペチカの小屋まで飛んでいる間じゅう、守頭に打たれた足が痛んだ。フィツは足がどうなっているのか想像もつかず、無事にペチカの小屋に着くまで、あえて下を見ないようにしていた。いったん小屋に入ったフィツはドキドキしながら、ペチカのおんぼろベッドに降りて、つばをゴクッと飲み込んでから足を見る。――足は少し赤くなっていたが、意外なほどなんともない。フィツは不思議に思って、足をついてみて、痛みで飛び上がった。小屋じゅう飛び回っているうちに痛みはいくらかおさまったので、そのことがまた不思議で、フィツはベッドに戻ってからも、しばらく赤くなった足をじっと見つめている。――かなり時間が経ってさわってみると、前ほど痛くなかった。さらにいくらか経って、またさわった時には、ずいぶんと痛みが引いていた。――不思議だった。フィツは不思議で仕

方がなかった。

落ち着くと、フィッツは小屋の中を見回して、ベッド以外はほとんど何もないことに気づく。壁には干した植物がいろいろぶら下げられていたが、服の替えもない。隅の方に固められて、鍋や木の枝が少し積まれていたが、それくらいのものだった。

フィッツは床板のひとつが少しめくれていることに気づいて、ベッドから降りると、そのすき間から床の下をのぞいてみた。何かが緑色の布に包まれているのが見える。フィッツは手を突っ込んでそれを取ろうとしたが、届かなくて、仕方なく床板をずらすと、その間から体ごと中へ降りる。そして、布をていねいに開いてみると、その中に一枚の紙切れを見つけた。自分の体が上からの光をさえぎっているために、よく見えなかったので、少し頭をそらすと、その紙切れは写真だと分かった。写真は古ぼけて茶色くなっていたが、そこに写っているものははっきりと見てとれる。とても優しそうな顔をした人間の女の人だった。きれいな家の前で、女の人は手に本を持って立っている。

フィッツはなんとなくその人の顔を見ているうちに、昨日釣り鐘塔のてっぺんから見た地上の美しい景色が心をよぎった。不思議な表情だった。いつも目がつり上がっていて、まゆの間にしわを寄せているペチカの顔とは、大変な違いである。

バチ、バチバチという音がどこかで聞こえる。

フィツは床の下で長い間その写真にみとれていたので、小屋が炎に包まれていることに気づかなかった。やっとそのことに気づいた時には、燃え落ちる天井が、頭の上から雷のような音を轟かせながら降ってきていた。


「放して！　放してえ！」

地下室へひきずられていくペチカは、歩くのを拒否して守頭に抵抗したが、守頭は体重の軽いペチカなどものともせず、カバンでも持っているかのように易々《やすやす》とペチカをひきずっていく。抵抗するのがむだだと分かったペチカは、仕方なく守頭に必死に許しを乞《こ》おうとした。

「お願いです、守頭様！　家はいいです！　写真だけは燃やさないでください！　たった一枚のお母さんの写真なんです！」

守頭は鼻歌を歌って、ペチカの言葉を聞いてもいないように、ペチカをひきずり続ける。

地下に通じる木のドアまで来ると、守頭は重いドアをいともたやすく片手で開けて、じめじめと湿っている石の階段へペチカをひきずり下ろした。ペチカはどうにもならないと分かって、「お母さん……お母さん……」とうわごとのようにくり返す。これに少しいらだったらしく、守頭は階段の一番下まで下りたところで、「黙りな！」とペチカにどなる。そしてそのあと、半分独り言で、「どうせ、とんだあばずれだろうよ」とつぶやいた。

ペチカは一瞬だけ守頭をにらんだが、「なんだい」とにらみ返されて、くやしそうに目を伏せる。ひきずられるのはもういやだったので、自分から歩き出した。

「まったくこんなバカ娘を残して死んじまうなんて、あんたの母親は本当に無責任な女だよ。あんたみたいなしょうもない娘を世話してやってるあたしの身にもなってほしいね」

守頭はブツブツ言いながら、地下室の扉にたどり着いた。ペチカがじっと黙って待っている間、守頭は懐から金属でできた大きなカギを取り出して、それをカギ穴に差し込んで扉を開けようとする。が、扉はガンと音をたて、何かにひっかかったらしく、中をやっとのぞけるぐらいのすき間だけ開いて、それ以上動かなくなった。

「なんだいね、このボロが！」守頭は扉を蹴飛ばしたが、やはりびくともしない。

地下室はもう何年も使われていなかったようで、どこにも人が入った形跡はなかった。長い間閉じ込められていた空気は独特の古い臭いを放ち、石でできた床や壁や天井は、どこを見ても湿気でカビがびっしり生えている。空気の中の湿り気はじわじわと着ている服に乗り移り、ペチカのまとう布は、すでにかすかに湿り始めていた。

　守頭はさんざん扉を力任せに押してから、扉のすき間に手のひらを突っ込み、何がひっかかっているのか調べるために、手を上下に動かし始めた。その時、ペチカがとっさに取っ手をつかんで扉を思いっきり引いたのは、ほとんど無意識の行動だった。もし考えてからやっていたなら、守頭は楽に手を引くことができたはずだ。

「うぎゃああああ!!」重い金属の扉と、壁の枠組みとの間に指をはさまれて、守頭は教会じゅうに聞こえるものすごい悲鳴をあげた。つぶされた指から扉の縁を伝って血が流れ落ち、ペチカに自分のしたことの重大さを思い知らせる。

　守頭は「よくも――」と殺意のこもった目つきでペチカの方へ振り返った。半分つぶれた指を扉のすき間から抜き出して、守頭はペチカにつかみかかろうとする。ペチカは考えるよりも早く、その守頭に肩から体当たりした。体当たりを正面からくらった守頭は、痛みでふらついていたため、ペチカの軽い体重でも十分後ろへ吹き飛ばすことができた。「がっ!」という声を残して泡を吹き、守頭はカビだらけの床に転がる。

　ペチカは自分がやってしまったことに対する恐怖から、気づいた時には地上への階段を駆け上っていた。もし捕まったら、本当に殺されると思った。カビで足が滑って一回転んだが、なんとか地上に出たペチカは、まだ誰も気づいていないことを知って、近くの窓から裏庭へと逃げ出す。外に出ると、トウモロコシ畑の高い穂の中にまぎれるようにして町の方へ向かった。後ろから「ベス！　ベス！　どうしたんだ！」という守頭を呼ぶ神父の声が響いてくる。ペチカはその声に追い立てられるように、かつて走ったことがないほどのスピードでうす茶色の丘を駆け下りた。大通りに出ると、保安官たちとかち合うといけないので、裏通りを選び、森がにじんで見えるほどの全速力で小屋の方へ走る。

「お母さん——！」息が切れても、足が焼けるように痛くても、ペチカはひたすら走った。幸い、昼前の一番人通りの少ない時間帯だったので、すんなりと町を通り抜けることができた。草原の入口までたどり着いたところで、さすがに体の方が限界をうったえ始め、やむを得ず、少しスピードを落としたが、走るのはやめなかった。森の方へ折れる道が見えてくる。ペチカは今走っている道をあきらめ、背の高い枯れ草の中に突っ込んで、斜めに曲がり角を横切った。再び道に合流したところで、前から来た人とまともにぶつかって、ペチカはバランスを失い、ひざをすりむきながら一回転する。——ぶつかった相手はルージャンだった。

「ペチカ！」ルージャンは一瞬びっくりしたようだったが、すぐに落ち着きを取り戻して、いつものいじわるな口調で告げた。「もう行ったって遅いぜ。見ろよ」

ルージャンが指さしたのは、ペチカの小屋がある方向だった。森の木々の間から、まっすぐ上空へ黒い煙がもうもうと立ち昇っている。ペチカは凍りついた。

「おまえは今日から宿なしだ。家なし娘だ」ルージャンは笑ってから、一度わざとらしく咳《せき》払《ばら》いをして、少したどたどしい口調で言った。「な、なんだったら、おれが父ちゃんに頼んで、しばらくおれん家《ち》に住まわせてやってもいいんだぜ」

　ペチカにはルージャンの言ってることなどまるで聞こえていなかった。すべての意識は、前方で立ち昇っている恐ろしい色をした煙に集中していた。ペチカは起き上がって、守頭の時と同じように、考えることなくルージャンに体当たりした。そんなことを予期していなかったルージャンは跳ね飛ばされて、「うわああ！」と近くの溝の中に落とされる。ペチカはルージャンなど存在さえしていないように、無視してそのまま走り出した。

「お母さん！——お母さん!!」

　すごい煙だった。森に一歩入ったとたん、立ち込めている煙で息もろくにできなくなった。激しく咳込みながらも、走るのをやめずに、両手で煙を振り払いながら、小屋のある方角へ森の中を進み続ける。視界はほとんどないに等しかったが、足元の川の流れだけがかすかに見えたので、それだけでペチカは自分の小屋の位置を判断した。

「お母さん!!」叫びながら、ペチカは小屋のある広場に出たが、やはり何も見えなかった。ものすごい熱で肺がカーッとなる。ペチカは母親を呼んで、その煙の中、ひたすら自分の小屋を探した。——だが、いくら探しても小屋が見つからない。まったく見当はずれのところを探しているのかと思いかけた時、下を見たペチカの目に、背筋が凍るようなものが飛び込んできた。

　そこだった。そこが小屋だった。ペチカは自分の小屋の上に立っていた。足元にはまっ黒になった大量の炭と、何かの形がかすかに残っているだけで、それが自分の小屋の燃えかすだと気づいたのも、唯一燃え残った鍋がまっ黒になって転がっていたからだった。

「お母さん！」ペチカは熱さもがまんして、その場にうずくまり、転がっていた木の切れ端で灰の山を猛烈な勢いで掘り返し始める。その間もずっと「お母さん！」とくり返しくり返し、泣きじゃくりながら呼び続けた。

　どれだけ掘っても、そこには灰の山しかなかった。絶望的な気持ちで涙をこぼしながら、ペチカはそれでも掘り続ける。たった一枚残されたお母さんの写真だった。命よりも大切な宝物だった。あまりにも不公平だった。あまりにも、あまりにも不公平だった。

　そのペチカの足元で、ゆっくりと音もなく、掘っていたところがボコッと盛り上がる。ペチカは後ろを向いていて気づかなかったが、ペチカが重い燃えかすを払ってくれたおかげで、やっと脱出できたフィツが、次の瞬間、上から下までまっ黒になって灰の山から飛び出してくる。

「アチチチ！」お尻から煙が出ているフィツは、そのままものすごい勢いで空中高く飛び上がり、思いっきり空気を吸い込んでから降りてきた。そして驚くペチカの前を通りすぎると、川のほとりに降りたって、水面にジューッとお尻をつける。

「危ないとこだった……」

フィツはお尻の火が消えたことに安心して、ふうっとためていた空気を吐き出し、ペチカの方を見る。ペチカもフィツを見ていたが、その目は息を呑むほどに冷たく、無表情だった。

「……なんで……」ペチカは血が出るほど唇をかんで、純粋な怒りだけに支配されて叫んだ。

「……なんでおまえなんかが助かって――お母さんが！　お母さんが！」

フィツは意味が分からずにキョトンとしている。

「おまえなんか死んじゃえばよかったんだ。不公平だ！　なんで妖精だけが死なないのよ！　なんでお母さんだけが――お母さんだけが――!!」

ペチカはあまりの興奮に言葉が途切れてしまう。つばを飲み込んで、こらえてもあふれ出してくる怒りでわなわなとふるえながら、ペチカはフィツにどなり続けた。

「なんでおまえだけが不死身なのよ!?　なんで妖精だけが特別なの!?」

「……ぼくも地上じゃ人間と同じだよ」

「じゃあ、死んじゃえ!!」

ペチカはあと先考えず、フィツに飛びかかった。逃げるつもりはなかったが、フィツがとっさに飛び上がったので、ペチカはつかみそこねて後ろの川に落ち、水柱を上げる。フィツは振り向いたが、その時にはもうペチカは水の中から立ち上がって、頭の上のこぶしを振り下ろしていた。こぶしは命中はしなかったが、フィッツの背筋に寒気を走らせるほどの勢いで羽をかすめる。逃げようとしたが、ペチカが水しぶきを上げて、一呼吸早く、フィッツの行く手をふさいだ。怒りと悲しみで完全に自分を見失って、ペチカは川原の石をつかむと、それをフィッツの上にたたきつけるべく振り上げる。

「許さない！」ペチカは石を振り下ろした。

「そりゃ、あたしのセリフだよ」

守頭がペチカを後ろから蹴飛ばした。ペチカは突き飛ばされて倒れる。いつの間にか、ペチカは守頭と保安官たちに囲まれていた。保安官とロッパはペチカを捕まえようと前へ出たが、フィッツが突然上空に舞い上がって、黄色い光を辺りに放ったため、悲鳴をあげて後ろへ飛びのいた。

「まったく、男ってのはだめだねえ！」守頭は吐き捨てるように言って、保安官たちにさげすんだ視線を送る。

「だって、ベス。あの黄色いのに当たったらディーベに――」

「当たんなきゃいいんだよ！」

守頭はフィッツに向けてムチを放ったが、フィッツは難なく上空へ飛び上がってかわす。フィツが森の木の上へ逃げていくのを見届けてから、守頭はペチカの前にかがんだ。

「味方は逃げちまったみたいだねえ」

「味方じゃない！」ペチカはうつむいたままどなる。

「あの虫はあとで始末してやる。まずはおまえだ」守頭は髪の毛をひっぱってペチカをむりに起こすと、まっ赤な包帯で包まれた右手をペチカの前にぐいっと突き出した。「見な！あたしのきれいな指がこんな醜いことになったよ。おまえのおかげさ。医者がもう元に戻らないって言ってるよ」

ペチカが目を上げないので、守頭はもっと強く髪の毛をつかんで引き上げた。

「おまえにもお礼をしなきゃね！」

守頭は血走った目でペチカにつかみかかったが、ペチカの手の中にはまださっきつかんだ石がにぎられたままだった。守頭のつぶれた手に向かって、ペチカはその石をたたきつける。何かが砕ける音とともに、守頭の指から血しぶきがはじけた。一瞬、守頭の指が伸びたように見える。すさまじい痛みは悲鳴すらも押しつぶし、守頭の巨体を倒れさせた。

瞬時の出来事にあっけにとられていたほかの男たちの隙をついて、ペチカは小川を飛び越え、森の中へ突っ込んだ。まっ黒な地面を痛みでのたうち回る守頭に「追え!!　殺せーっ!!」とどなられて、初めて保安官たちはペチカのあとを追った。しかし、自分の家の庭のような森の中では、ペチカの方が断然有利だった。あっという間に保安官たちをまいてしまい、保安官たちがそれに気づいた頃には、ペチカは森から草原に抜けていた。

守頭はダラリと不自然な長さに垂れ下がった指をつかんで、そのあまりの痛みと途方もない怒りから天に向かって吠える。

「殺してやる!!　ペチカ!!　絶対に殺してやる!!　どこへ逃げても、必ず見つけ出して、この手でひきちぎってやる!!」

枯れ草をかき分けながら草原を逃げるペチカの耳にも、その声ははっきりと響いていた。


フィツは離れられるだけ上空に離れて、はるか下の草原を進むペチカの小さな姿を見ていた。地面よりも雲の方が近くにある高さだというのに、森の中の守頭の声はフィツにもほとんど聞き取れる。だが、フィツがキョトンとした顔をしているのも、手のひらにまだ汗をかいているのも、そのせいではなかった。ペチカのあの目。あまりの憎しみで、かえって透き通るように澄んだ目。そのペチカの目が頭にこびりついたまま、離れなくなっていた。──

ペチカはずっと「お母さん」と叫んでいたが、小屋の中にそれらしい人はいなかった。フィツは不思議に思いながら、上空からペチカを追いかける。

ペチカは草原を横切り、町はずれにある小さな小屋のようなところへ入っていった。フィツの位置からでは分からなかったが、小屋は横から見るとほとんど草に埋まっていて、建物とは名ばかりのものである。

ペチカはどうやらそこに隠れる腹を決めて、中に閉じこもったようだった。フィツは弱ったという顔で頭をかき、下へ降り始めたが、またさっきのペチカの目を思い出して無意識に止まる。そして、なかなか次の行動に移れず、空中であぐらをかいて、ほおづえをつき、気流に乗って考えた。

保安官たちはやっと森から出てきたようで、相変わらず守頭が騒いでいたが、一行は森の出口で立ちすくんだままだった。

その時、何か冷たいものがポタッとフィツの頭のてっぺんに落ちてくる。フィツが上を見ると、今年初めての雪がゆっくりとらせん状にトリニティーの空に舞っていた。無数の小さな雪の粉が空一面から降ってきて、フィツを知らぬ間に取り囲んでいた。何ひとつ音はしない。限りなく静かな光景だった。てっきり雲がちぎれて降ってきているのかと思って、フィツは目を大きく開ける。雪はフィツの期待にこたえて、寒期の訪れを語るように、優しく大地を白に染めていった。

「――雪!?」

ペチカは立ち上がって、小屋の外に出た。いつの間にか雪が降っている。どうりで寒いはずだ。さっき川にはまった時にぬれた服がどんどん冷たくなっていた。じき、凍り始めるだろう。

ペチカの目に絶望的な思いが現れて消える。これでは山を越えるのはむりである。やっと守頭たちの声が聞こえなくなったと思って安心していたが、あれは雪のために引き上げていったからだったのだ。

空から降ってくる美しい雪は溶けることなく積もり始め、そうしている間にもどんどん気温が下がっていくのが肌で分かった。たとえようのない無力感に打ちひしがれて、小屋の奥へとペチカは引き返す。

小屋はもともと山越え馬車の停留所だったが、今はもう使われていなかった。ペチカが生まれる前、トリニティーにも一日一回は山越え馬車が来ていたのだが、町がすたれていくにつれて、馬車の来る回数は二日に一回、三日に一回、十日に一回と減っていって、ついにはめったに来なくなった。今では停留所の壁は腐りかけ、半ば倒れている。吹きさらしの停留所にはどんどん雪が入ってきて、中にいるのも外にいるのもほとんど変わらなかった。

ペチカは少しでも暖かそうな草むらの中にかがみ込んで、寒さでカタカタとふるえる歯をなんとか止めようとしたが、むだな努力だった。そのうち手もふるえ始める。最後に全身がふるえ出すと、もはや歯のふるえを気にしている余裕はなくなった。目だけは必死にどこか避難できる場所を探して辺りを見回したが、まるでペチカの絶望感にとどめを刺すように、辺りは一面平たい雪の野原と化していた。ペチカの息の根を止めるべく、寒さはじわじわとその力を強めている。そして、寒さがひどくなるたび、周りの風景がよりいっそう美しくなっていった。

「なんてきれいなんだ……」

一面すべての色を閉ざし、大地をまっ白に塗りつぶしていく雪を、フィツは停留所の屋根の上でながめていた。今まで見た地上の様々な風景もそれぞれにすばらしかったが、この景色の前では、ほかのすべてがかすんでしまう。美しいという言葉はもはや当てはまらない。雪の降り積もる世界は神聖ですらあった。まるですべての汚れをきれいにするかのように、白い雪は空から絶え間なく舞い散っている。――フィツはその幻想的な光景を、魔法でもかけられたように、ずっとながめ続けた。

あまりにそれが気持ちよくて、フィツはなんだか眠くなっていた。――とても眠くなっていた。雪が周りにどんどん降り積もり、羽がいつしか埋もれてしまっていたが、なんとなく遠くの出来事のように思えた。気持ちのいい、安らかな気分が全身に広がっていく。

ぼやけた意識の向こうから、何か声が聞こえたような気がした。屋根の下から聞こえてくるかすかな声。――ペチカの声。ペチカは相変わらずお母さんを呼んでいるようだった。

「……お母さん……」小さな弱々しい声だった。「お母さん……」

ペチカは火をおこそうと木の棒をちぎれた壁板にすりつけていたが、木が湿気《しけ》っていて、まるでうまくいかなかった。手がかじかんで言うことを聞かず、全身がふるえていて助けにならない。むだだと知りながらも、ペチカが必死に棒を回し続けたのは、今ここで火をおこさなければ、もうだめだということを本能的に感じていたからかもしれない。

「……お母さん……寒いよ……寒いよ……」

それが火をおこす呪文であるかのように、ペチカはずっとそうつぶやいていた。スカートのすそはすでに凍りついていて、すれると肌が痛い。ふくらはぎも赤くなっている。木のトゲが刺さって、手の皮がすり切れていた。ペチカはつい力を入れすぎて、木の棒をボキッと折ってしまった。ペチカの中でも、その時、何かはりつめていたものが一緒に折れた。――ついに雪の上にお尻をついてしまう。疲れていた。眠たかった。

ペチカは壁にもたれかかると、雪の中に体を沈めていく。冷たいはずの雪がなんだか暖かく感じられて、「なんだ、平気だ」と思って、よりいっそう雪の中に体をうずめた。どんどん眠くなる。足を動かそうと思ったが、どれが足なのかよく分からなくて、まあいいや、と思った。——眠気が加速していく。ペチカの小さな息づかい以外、何の音もしなかった。静寂と白銀の野原だった。まるでまっ白の海でおぼれているようである。

「……お母さん……私……疲れた……」

ペチカのほおを一滴涙が走って、唇のところで凍りつく。いつの間にかずいぶん時間が経っていた。少しずつ周りが暗くなっていくのは日が沈んだからだろうか、とペチカは漠然《ばくぜん》と考える。じゃあ眠る時間だ。少し眠ろう、と思った。少し眠ったら、なんとか山を越す方法を考えよう。——そう思いながら目を閉じる。

ドサッと何かがペチカのすぐ横に降ってきた。ペチカの閉じかけた目が少しだけ開く。なんで地面が傾いているのだろうと思ったが、それはいつの間にか、体が横倒しになっていたからだった。胸元の少し前のところに、何かが落ちた跡が雪についている。

しばらくして、その中からもぞもぞとまっ白になったフィツがはい出してきた。ペチカはその様子を見ていたが、もう何が起こっているのかは分かっていなかった。

「……落ちちゃった……」フィツは眠そうに目をこすって、半分だけの苦笑いを浮かべてから、倒れているペチカを見つけた。「なんだ。人間さんも寝てたのか」

フィツはふらふらしながら、しばらくペチカの顔を見ている。まっ白の雪に埋もれて眠るペチカは、いつもと違うおだやかな顔をしていた。まゆは優しく垂れ下がり、緊張し続けていたほおはゆるんで、口元にはうすく笑みのようなものさえ浮かんでいた。フィツはふと、それによく似た顔をどこかで見たような気がして、すぐにそれがどこだったか思い出す。服の内側に手を突っ込んで、小さく折りたたんだ写真を取り出すと、それを広げてみた。フィツは写真の人物とペチカを見比べて、不思議そうに首をかしげていたが、眠気が限界に達してきたので、眠ってしまう前にペチカに言った。

「これ……大切なものなんでしょ」フィツは頼りない足取りで、雪の中をズボズボと二、三歩ペチカの体に近づくと、「本当は規則違反なんだけど……」とつぶやきながら、ペチカのポケットにその写真を入れた。ペチカの目はかすかに開いていたが、フィツの動きを追ってはいない。

「うんと眠いから、少し寝るね」フィツはニコッとして、そのまま雪の中へ前のめりに倒れ込む。七色に輝いていた羽も薄いねずみ色に変わって、雪の上に広がっていた。体から絶えず出ていた黄色の光がすっかり消えている。フィツの上にもさっそく雪が積もり始めていた。

深いところに潜むペチカの意識が、そのフィツをぼんやりとながめていた。少しずつ雪に埋まっていくフィツの体を、細いまぶたのすき間から長い間見つめていた。そして、最後に雪に埋もれた手を動かすと、ペチカはフィッツをつかんで自分の懐に押し込んだ。
雪は夜半過ぎに吹雪《ふぶき》に変わる。真夜中には、停留所は雪で埋まっていた。

第二章　ランゼスの一日

Tedye
テディ
Grandma
おばあちゃん

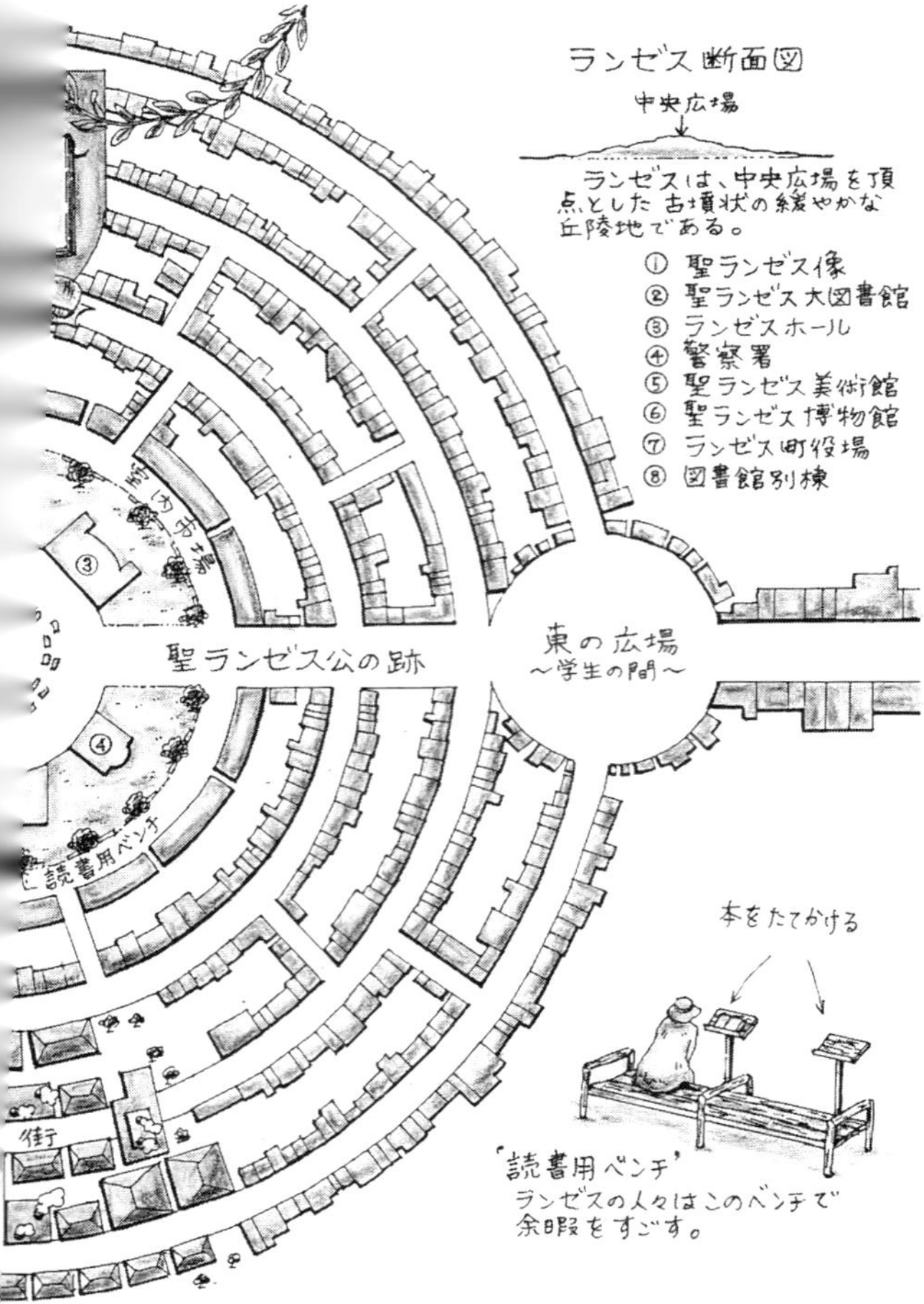

ランゼス断面図
中央広場
ランゼスは、中央広場を頂点とした古墳状の緩やかな丘陵地である。
① 聖ランゼス像
② 聖ランゼス大図書館
③ ランゼスホール
④ 警察署
⑤ 聖ランゼス美術館
⑥ 聖ランゼス博物館
⑦ ランゼス町役場
⑧ 図書館別棟
野外市場
③
聖ランゼス公の跡
東の広場
～学生の間～
④
読書用ベンチ
街
本をたてかける
'読書用ベンチ'
ランゼスの人々はこのベンチで余暇をすごす。

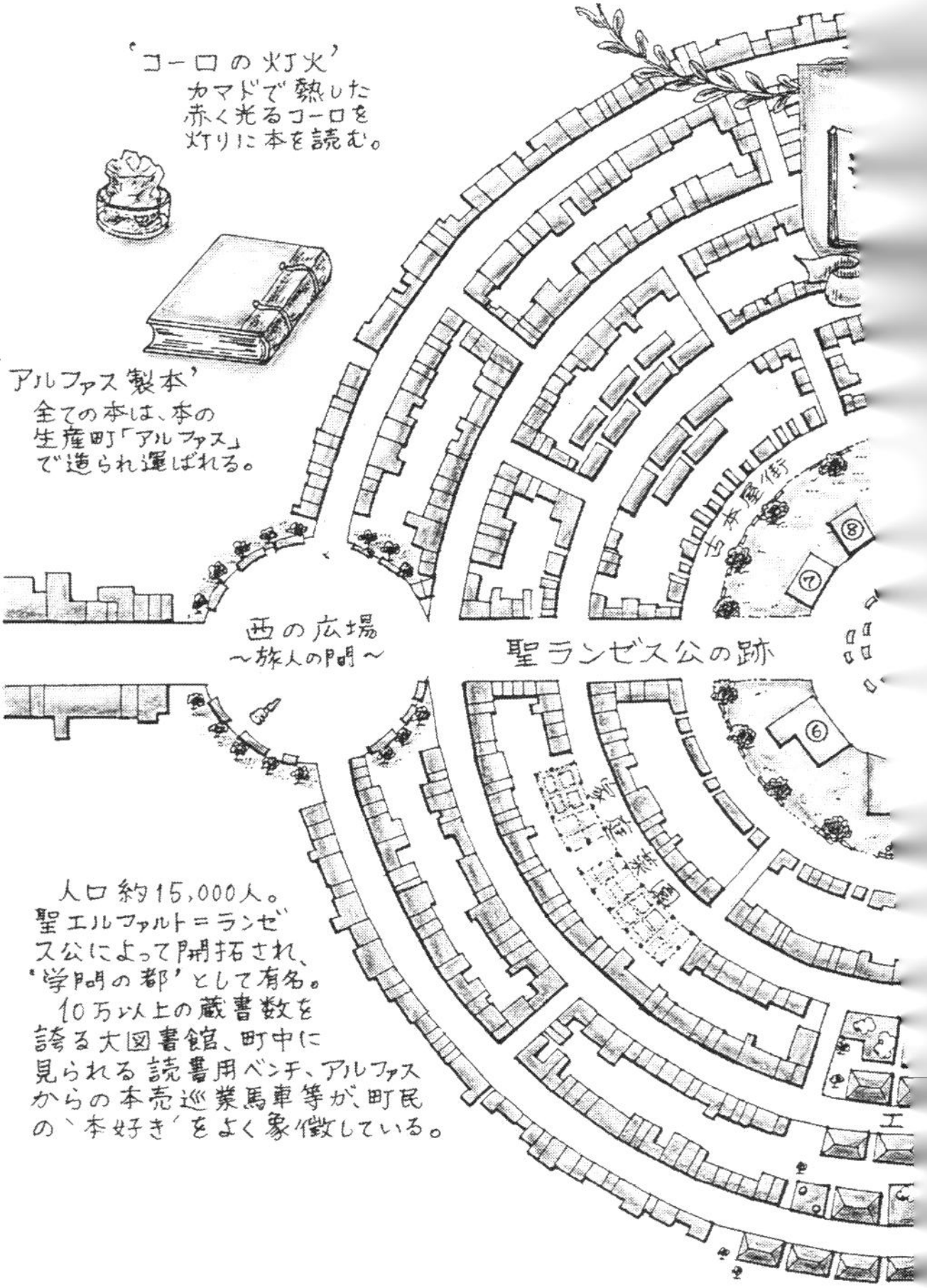
'コーロの灯火'
カマドで熱した
赤く光るコーロを
灯りに本を読む。
'アルファス製本'
全ての本は、本の
生産町「アルファス」
で造られ運ばれる。
古本屋街
西の広場
〜旅人の門〜
聖ランゼス公の跡
家庭菜園
人口約15,000人。
聖エルファルト＝ランゼ
ス公によって開拓され、
'学問の都'として有名。
10万以上の蔵書数を
誇る大図書館、町中に
見られる読書用ベンチ、アルファス
からの本売巡業馬車等が、町民
の`本好き´をよく象徴している。

日の出は南クローシャの大地に一面の銀世界を映し出した。朝までに降り積もった雪は、一番ひどいところでひざの高さを上回り、トリニティーの人々の動きを止めている。唯一、まっ白の大地から突き出した釣り鐘塔が、まるで急に生長した木のようだった。

ルージャンはその日の朝、６００プレになる頃には、雪かき靴をはいて町の外へと向かっていた。夜のうちに荷馬車が通ったらしく、幸いにも大通りのまん中にはいくらか歩きやすい道ができていたので、ルージャンはそのわだちを転ばないように進み、一目散に森を目指した。

雪はほとんどやんでいたが、たまに思い出したようにパラパラと名残がこぼれ落ちてくる。ルージャンは普段の倍の体力を使っているのに、半分しか進ませてくれない雪道にいらだったが、それでもなんとかペチカの小屋へ折れる角までたどり着いた。降り積もった雪も周りの草の丈は越えていなかったので、畔道《あぜみち》の位置は一目で分かる。――しかし、いったん森の中へ入ると、雪は腰の高さまで積もっていて、モグラのように掘って進むしか手がなくなった。ルージャンはヘトヘトになった上、かなりの時間を使って、ペチカの小屋があった広場まで抜け出た。

　灰でまっ黒だった辺り一帯は、まっ白の雪の湖に変わっていた。ここで昨日火事があったことを示すものはもう何もない。うろ覚えで、ペチカの小屋が建っていただいたいの位置に目星をつけ、ルージャンはぼんやりと辺りを見た。

　雪がやんだら、また町の男たちがペチカを探しに出るらしい。そろそろその仕度が始まっている頃だ。だが、ルージャンが昨日こっそり立ち聞きした大人たちの話によると、こんな雪の夜を外で過ごしては、ペチカはまず生きてはいないだろうということだった。

　雪の中でルージャンの足にコツンと何か固いものが当たる。袖をまくり上げ、雪の中に手を突っ込んで、ルージャンは足に当たったものを拾い上げてみた。古い錆びた鍋だった。

――ルージャンの家もトリニティーのほとんどの家と同じく貧しかったが、それでもここまでボロボロの鍋なら、迷うことなく捨てたはずだ。

　ルージャンは足が冷たさでまひするのも気づかずに、長い間その鍋を見つめていた。雪に閉ざされた森には動くものもなく、音もなく、まるで時が止まってしまったかのようである。

　しばらくやんでいた雪が、また頭上からかすかに降り始めた。

「どうだ？」

「いや。そっちは？」

「こっちもだ。この雪じゃ本当には分からんがね」

両方向から来た町の男たちは、森の入口で合流して、互いの成果を報告し合った。ペチカがもう死んでいるものと確信していたので、ほとんどの男たちは、昨日手にしていた武器を持ってきていない。代わりに全員が、人間がちょうど一人入る大きさの麻袋を持っていた。

「屋根のあるところは全部閉めてあるし、どこかでもうくたばってるだろう」

「死体が見つかるまでは気が抜けん」一番重装備の保安官が言うと、ほかの数名は肩をすくめたり、大きなため息をついたり、口々にこんな朝に外を歩き回らなければならない不幸を呪《のろ》い合った。

不満の声に負けて、保安官がつぶやく。

「まあ、とりあえずもう少し雪が溶けるまでは休もう。あらかた探せるとこは探したことだし」

男たちはほっとしたようにうなずき合い、朝食の待つわが家へ戻り始めたが、保安官の助手のロッパがつぶやいたことで、全員がまた足を止めた。

「山越え馬車の停留所はどうですかね？」

「あんなもの、まだあるのか？」誰かが聞く。

ロッパが答えた。

「草に埋もれてるから分かりにくいんですけど、まだありますよ」

「よし。じゃあ、それだけ見て帰ろう」

一行は少しだけ引き返し、半分近く雪に埋もれた停留所を全員で囲んだ。停留所は道から一段下がったところにあったために、なおさら雪が深くなっていたが、保安官とロッパをはじめとする数人が代表で雪をかき分けながら中へ入った。

「誰もいないぜ。こんなとこ」

誰かがそう言うと、保安官とロッパも肩をすくめる。確かに、とても人がいるようには見えなかった。この雪の下にいるとしたら、もうとっくに凍死しているはずだった。

「よし、いいだろう。帰ろう」保安官がそう言う前から、みんな引き返し始めていたが、ロッパだけが停留所の一番奥に、ほかよりも少し盛り上がったところがあることに気づいた。見方によっては、人が寝ているような形にも見える。ロッパは「まさかね」というように首を振って、みんなのあとを追おうとしたが、ふと思いとどまり、手に持っていた鋭いやりをかまえた。そして、盛り上がった雪の中に何があっても、それをつらぬくほどの勢いでやりを突き刺した。ロッパの手に、何かが刺さる確かな手ごたえが伝わってくる。驚いたロッパが力任せにやりをひっこ抜くと、その先に停留所の壁板が一枚、両端で折れて刺さっていた。どうやら、奥の壁を突いてしまったらしい。

ロッパは独り相撲《ずもう》を取っていた自分に思わず赤面して、ごまかすように笑ってから町へ引き上げていった。

——お母さんが糸を紡《つむ》いでいる。

三歳のペチカは糸つむぎの前にしゃがみ込んで、編み棒を引いてはパタンと下ろす、お母さんの姿を見ていた。糸つむぎの出す音は空洞の丸太を打つような心地いい音で、ペチカはその音が部屋の中にこだまして消えていく感じが大好きだった。

パタンパタンと一定のリズムで音はくり返される。

お母さんが糸つむぎの向こうからペチカにほほ笑んでくれた。

ペチカもほほ笑む。

パタン。パタン。パタン。パタン。パタン。パタン。パタン。パタン。

目を開けると、布張りの天井が見える。ペチカは横になっていて、まっすぐ上を向いて眠っていた。体がかすかに揺れている。何か乗り物に乗って動いているようである。遠くからまだ糸つむぎの音がしていた。

ペチカの頭の中はまっ白で、眠る前にどこで何をしていたのか、さっぱり思い出せなかった。そのペチカの視界に、フィッツの小さな顔が入ってくる。

「気がついた？」

「――フィッ？」

「ぼくだよ」フィッツは羽をパタパタさせて返事をした。

「ここどこ……？」

「乗り物の中だよ」

「乗り物――？」

ペチカはゆっくりと体を起こした。体にかけてあった毛布がパサッと落ちる。

小さな馬車の中にペチカはいた。大人が三人も入れば身動きがとれなくなるほどのスペースに、必要最小限の家具が並べてあって、全体が屋根代わりのホロにおおわれている。進行方向はカーテンで閉ざされていたが、後ろから外が見えていた。過ぎていく外の景色は少ししか見えなかったが、見覚えのある場所ではなかった。糸つむぎの音だと思っていたのは、どうやら馬車の車輪の響きだったようだ。

「どうなったの？　なんでこんなところに——」

「しっ！　聞こえるよ！」と、フィツが忠告したが、すでに遅かった。カーテンが開いて、向こう側から年齢が分からないほどしわくちゃなおばあちゃんの顔がのぞき込んできた。フィツがペチカの耳元に近寄ってささやく。

「この人間さん、目が見えないみたいだよ」

おばあちゃんの目は閉ざされていたが、おばあちゃんは馬車の中を見回すような動作をした。そして、ペチカの方へスーッと手を上げて、空間を手探りし始める。おばあちゃんがゆっくり自分の方に近づいてくるのを見て、ペチカは青ざめて、その場に凍りついた。息を殺して、ピクリとも動かなかった。おばあちゃんがさらに一歩、ペチカの方へ歩み寄る。

ペチカのほおを一滴、冷や汗が流れ落ちた。フィツまでが緊張で固まってしまう。ペチカはちらっと外を見て、一瞬逃げようかとも考えたが、その時間がないと判断して、あわててまた横になる。

　フィッはおばあちゃんにぶつからないように、ペチカのそばから逃れた。飛ぶ時に羽音をたてないように気をつけるのも忘れない。おばあちゃんはフィッの存在には気づいていないようで、ペチカの枕元に座ると、そっとペチカの額に手を添えた。その動きはまるで目が見えているように正確である。ペチカは毛布をにぎりしめて、おばあちゃんに顔をさわられている間、じっとがまんした。床板との間で跳ね回る心臓の響きを悟られないか心配だった。心配すればするほど鼓動は速まり、それだけもっと心配になる。

　しかし、やがておばあちゃんはまた立ち上がり、カーテンの間から外の御者台《ぎょしゃ》へと戻っていった。カーテンが閉まったのを確認してからペチカは飛び起きて、あくまで音をたてずに馬車の後ろから外をのぞく。

　辺りは見たこともない険しい山道である。細く曲がりくねった道の右側は切り立った岩肌で、左側は底の見えない谷間だった。南クローシャ山脈のどこかだということ以外、ペチカは自分がどこにいるのかまったく見当がつかなかった。見える限り誰もいない山道で、動いているのは谷間の空をのびのびと旋回する大羽鳥だけだった。

　ペチカの横に飛んできたフィッに、ペチカは鋭いささやき声で聞き返す。

「私、どのくらい寝てたの？」

「今日で二日目だよ」

「そんなに！」

「あの人間さんが看病してくれたんだよ。いい人みたいだね」

「バカ！　違うよ！　そんなはずないでしょ。人買いよ、私を売り飛ばすつもりなの！」

「あの人間さんが？」フィツは口元をへの字に曲げる。

「目も見えないし、声も出さないし、すごく怖いじゃない！　絶対人買いだ！」

「でも、おうまさんはいい人だよ」

「おうまさん？」ペチカは自分の声がだんだん大きくなっていることに気づいて、あわてて口を手で押さえて言い直した。「おうまさんって何？」

「この乗り物を引いているおうまさんだよ。名前はたしかロバって言ってたよ」

「それ、名前じゃないよ」

「とにかく、ぼくたちが倒れてるのを見つけてくれたのがそのロバさんだよ」

「そんなことどうだっていい！　早く逃げなきゃ売られちゃう――」

フィツは馬車の外の恐ろしい山道を見た。

「逃げるって、こんなとこで？」

「バカ！」ペチカは大声でどなってしまって、また口を押さえた。「こんなとこで外に出たら死んじゃうでしょ！――でも、町まで入ったらきっと売り飛ばされちゃうから、町に近づいた時を見はからって逃げなきゃ！」

フィツはペチカを見て心配そうにつぶやく。

「本当にあの人、そんなに悪い人なの？」

「フィツはなんにも分かってないんだから！　守頭が言ってた。人買いは初め、わざと優しいふりをするんだって！」

「――そうなんだ」

不安そうなフィツをよそに、ペチカは音をたてないように目で馬車の中をくまなく探し回っていた。ペチカの視線は枕元のすぐそばにあった壺《つぼ》を一回通りすぎて、すぐにそこに戻ってきて止まる。壺の中は小銭ばっかりだったが、それはかなりの量だった。

「お金だ！」ペチカは壺の前にひざまずき、目を輝かせて壺の中をのぞき込む。

フィツはあわててペチカの後ろから叫んだ。

「だめだよ！　いくら相手が悪い人でも、泥棒は――」

「誰も盗むなんて言ってないでしょ」フィツにそう言いながらも、ペチカは真剣な顔で壺の中をのぞき続ける。「いい。私寝る。まだしばらく町に着きそうもないし、今のうちに寝とかなきゃ」

ペチカは再び毛布の下にもぐり込もうとしたが、その前にもう一度だけ壺の方に目をやった。しかし、フィツに気づかれる前に、あわてて視線を戻して毛布の下で小さくなる。

「ぼく、どうしたらいいの？」

フィツがペチカにたずねる。ペチカは目を閉じたまま、どうでもいいように答えた。

「好きにすれば」

いじけるフィツをよそに、ゴロンと横向きになってから、ペチカは大事なことを思い出した。フィツの視線を気にしながら、こっそりポケットを調べてみる。お母さんの写真が入っていた。――夢じゃなかった。ペチカはフィツに気づかれないように、そっと写真を元に戻す。

疲れていたのか、ペチカはあっという間にまた眠りについて、そのまま死んだように眠り続けた。フィツはしばらくそばでボーッとペチカを見ていたが、やがてホロから外に出ると、馬車の上にチョコンと座って、周りの景色をながめ始めた。外はもうすぐ夕暮れである。赤みを増した太陽が、徐々に重くなっていく空に押し込められて、静かに谷間へ沈んでいく。昼間にはなかった様々な色が光の中から姿を現し、それが幾重《いくえ》にも重なって、美しい夕焼けを作り出していた。フィツにとって、それはどんな魔法よりもすばらしい光景だった。

その夜、星空をながめながら眠ったフィッツは、星でお手玉をする夢を見た。途中から星のボールはどんどん速く動くようになったので、それについていこうと必死に右へ左へ動き回って、ハッと気がついた時には、馬車の屋根から転げ落ちていた。

羽を高速ではばたかせ、フィッツは地面に墜落する前になんとか浮かび上がる。冷や汗をふいてから、フィッツは誰にも見られなかったかと周囲を見回し、辺りが山道から平坦《へいたん》な草原地帯に変わっていることに気づいた。幸いにも人気《ひとけ》はない。

どうやら南クローシャ山脈を越えて、目指す町に近づいているようだった。太陽が真上にあることから考えて、ちょうどレプに入った頃だろうか。いい天気で、空はきれいに澄んでいた。馬車は相変わらず年老いたロバに引かれて、人間の歩く速さとさして変わらぬ速度で進んでいる。しばらくして道端に矢印の形をした、くたびれた木の看板が現れた。矢印は馬車の進む先を指していて、消えかかった白い文字で『ランゼス・6バリベール』と記されている。

フィツはそっと馬車の前方に回り込み、御者台のおばあちゃんの様子をのぞいてみた。おばあちゃんは二枚の毛布に顔の下半分までくるまって、まだ御者台で眠っている。その上を飛び越えて、フィツはロバの鼻先へと舞い降りた。ロバのテディーはフィツに気づいて、ブルブルと鼻を鳴らしてあいさつをする。

フィツとテディーは三日前のあの雪の夜に知り合った。半分雪にうずもれかけたペチカに気づいたのはテディーだった。おばあちゃんがペチカに気づくまで、テディーがてこでも動かなかったので、ペチカとフィツは助かったのである。

「疲れてない、ロバさん？」フィツが聞くと、テディーはまたブルブルと鼻息をたてる。たぶん「だいじょうぶ」という意味なのだろうが、聞いただけではさっきのあいさつと区別がつかなかった。

フィツは「また来るね」とテディーに告げたあと、ペチカの様子を見に、今度は馬車の後ろへ回った。――ふと、あの雪の夜に目覚めた時のことを思い出す。目が覚めるとペチカの懐の中だった。ペチカの体温でフィツは凍らずにすんだのである。意識が戻った時、ペチカの体に接していた側だけが暖かかった。どうしてペチカがそんなことをしたのか、フィツにはさっぱり分からなかった。

考え事に気をとられたまま、ペチカの姿を求めて馬車の中をのぞき込む。――ペチカはいなかった。

しばらく茫然としていて、フィッツは馬車に置いていかれそうになる。

「し、しまった――」

我に返ったフィッツは、急いでホロの中に入って、お金が貯《た》めてあった壺を探した。しかし、思ったとおり、その壺の中身はきれいさっぱり消えていた。

「逃げられた」

フィッツは青ざめてホロを飛び出し、馬車の上空へ昇って、遠くまで見渡せる高さまで達すると、四方八方に目をこらした。だが、どのくらい前に逃げたのか、もう見える範囲内にペチカの姿は見当たらない。フィッツは下唇をかみしめる。

「どうしよう……見失っちゃった……」

フィッツはなんとか心を落ち着けようと首を振る。

遠方の地平線にランゼスの町らしきものが浮かんでいた。フィッツなら数レプほどで着きそうな距離である。

馬車は何事もなかったかのように、のんびりと下の道路を進んでいる。フィッツは一度だけ馬車に視線をやってから、ランゼスの町に向かって一気に加速し、光の線を残して消えていった。

フィッツが寝ていることを確認したペチカは、太陽が昇りきらないうちに、馬車から逃げ出した。壺を持ち出そうとしたまではよかったが、大きな計算違いはお金が重いということだった。そして、それ以上に入っている壺が重かった。

けっきょくお金を麻袋に丸ごと移してから、ペチカは一路ランゼスの方へ走り出した。お金と一緒に馬車の中にあった食べ物も少し持ち出していたので、町までかなり距離があってもだいじょうぶだとは思っていたが、それでも早くたどり着きたいことに変わりはなかった。幸い、町に向かうサーカスの一行と遭遇したので、大道具車に忍び込み、昼過ぎには順調にランゼスの町へ入った。

クローシャ大陸第三の都市で、『学問の都』と呼ばれるランゼスは、トリニティーとは似ても似つかない大きな町だった。高さにしても大きさにしても、ランゼスの建物はどれもペチカの常識をくつがえすほどのものばかりである。様々な店が列を成す大通り『聖ランゼス公の跡』には、今までペチカが見たこともない数の人間が歩いていた。道は石畳で舗装されていて、色とりどりの飾りが所狭しと町並みを彩っている。馬車以外にも、人間がこいで動かす変な乗り物が走っていた。

怖くて大道具車の中に隠れていたペチカも、『中央広場』にサーカスの一行が着く頃には外へ出る勇気をふるい起こし、一行が完全に止まる前に人ごみの中へ降り立った。広場では音楽隊がにぎやかな音楽を演奏していて、いろいろな店が立ち並んでいた。紙芝居や射的など、ペチカが見たことのない露店も出ている。ペチカは麻袋を大事に胸元に抱きしめて、キョロキョロしながら歩いていたので、あっちこっちで人にぶつかってどなられた。あまりの人の多さと、たくさんの種類の音が混ざり合うにぎやかさについにめまいを覚え、立っていられなくなって、ペチカは大きな建物の前にある階段に座り込んだ。そうやって低い視点から広場をながめると、すべてはいっそうすごい光景に見える。

広場の中心では、空中にフワフワ浮いている、糸のついた色とりどりの不思議な玉を売っていた。ペチカよりいくらか年下の子供たちが、それを持って広場のあっちこっちを走り回っている。

トリニティーとの一番の違いは、人の多さもさることながら、物の多さだった。すぐ近くにあるごみ箱はごみでいっぱいである。その中には少しかじっただけの食べ物も捨てられていて、ペチカはあとでそれを拾っていくことを忘れないように心に留めておく。

ペチカはゆっくりと後ろを振り返り、これまで見た中でも一番大きな建物と出会った。ペチカには読めなかったが、建物の正面には『聖ランゼス大図書館』と記してある。高そうな服を着た人々がさかんにその建物に出入りしていた。彼らはすれ違う時、妙な顔をしてペチカを見ていったが、別に誰にもとがめられはしなかったので、とりあえずもう少し端の方に寄って、ペチカはそのまま石段から広場をながめ続けた。

あまりのにぎやかさで自分の考えていることすら聞こえない。とにかくどこか静かなところへ移動して、これからどうするのか考えようとペチカは思った。

だが、そうする前にもう一度麻袋の中をのぞき込んでみた。お金と食べ物はちゃんとある。

――うれしそうな笑みがペチカの顔をよぎった。

ランゼスの町はずれには工場の長い煙突が何本も立ち並んでいた。そのうちの一本の陰からフィッツは顔を出して、辺りを見回す。担当の人間とはぐれただけでも問題なのに、こんなところをほかの妖精にでも見つかったら大変なことになってしまう。

フィッツは煙突の陰から出て、ランゼスの町へ南側から侵入を始めた。すぐにランゼス中央市場が眼下に現れて、想像したこともないほどのにぎやかさが、フィッツの目に飛び込んでくる。どこを見ても、人間ばっかり。人、人、人で地上はごった返していた。てっきり人間社会ではトリニティーぐらいの大きさの町が普通だと考えていたフィッツにとって、ランゼスの大きさは衝撃的だった。そこにいる人間の数だけで、妖精の国の全人口ぐらいある。

下の様子に見とれたまま、フィッツは町の中心へ向かった。やがてほかよりもいっそう大きくて立派な建物が前方に見えてくる。どうやらランゼスの中心地に差しかかったようだ。中央広場も姿を現した。——広場は一段とすごい人ごみで埋もれている。さすがのフィッツも、上空からペチカを見つけることはむりだと判断せざるを得なかった。

ランゼスの建物はどれも大きくて、独特の形をしていたが、どの建物のてっぺんにもひとつずつ石像が立っていた。フィッツの目の前に立ちはだかる一番大きな建物の屋根にも、本を手にした人間の石像が突端から突き出ている。フィッツは羽が疲れたこともあって、とりあえずその石像の手の中に降り立った。なんとなく上を見上げると、石像の空虚な目と視線が合ってしまい、フィッツは思わず赤くなって「おじゃまします」とつぶやく。それからもう一度広場を一通り見渡してみたが、どうしてもペチカの姿は発見できなかった。それもそのはずで、ペチカはその時、フィッツのまっすぐ20ベール下、ちょうど死角になる位置——聖ランゼス大図書館の正面階段に腰かけていたのである。

フィツは肩をすくめてもう一度石像を見上げ、お礼を言ってから、また辺りを見回して、すばやく石像の手から飛び立った。

「フィツじゃねえか」

ふいに後ろから呼び止められて、フィツは体が裏返しになるほどびっくりして振り返った。今しがたフィツが隠れていた石像の頭の上に、まっ赤な髪にまっ赤な服、そして、まっ赤なマフラーをした妖精が立てひざをついて座っていた。フィツは青くなる。

「……ヴォー」

炎の妖精ヴォーはマフラーをキュッとひっぱって、ニヤッと笑う。

「久しぶりだな、フィツ。おまえもこの辺だったのかよ」

「えっ？――そ、そうだよ。山向こうだけどね」フィツは激しく打つ鼓動を悟られないように、必死に苦笑いを作った。「ヴォーこそ、この辺なんだ」

ヴォーは首筋をほぐすように、頭をクキクキと左右に動かしながら言った。

「おれは森を越えた向こうさ。ちょっと調べ物があって来てんだよ。地上生活も長くなるとくわしくなっちまってな」

「そっか。ヴォーはこっちは長いんだよな」

「体、なれたか？　いろいろ変だろ、ここじゃ。定期的に眠くなったり、腹が減ったり」

「まあ、だいたい……」フィッツはそう答えたが、それがうそなのは自分が一番よく分かっていた。

「言っとくけど、おれたちも地上じゃ人間と同じで死ぬんだからな。むちゃするなよ」

ヴォーは意味ありげに笑う。フィッツは上の空でうなずくのがせいいっぱいだった。

「おまえの『人間』はどこにいるんだよ」

一番恐れていたことを聞かれたので、フィッツの顔色は青を通り越して白になる。フィッツが一瞬「えっと……」と言ってしまったために、勘のいいヴォーは何かに気づいたらしく、視線が鋭くなった。冷や汗をかきながら、フィッツはあわてて言う。

「そ、その辺にいると思うよ」

ヴォーは細めた目で、フィッツの周りをちらちら怪しそうに見た。

「見当たらないじゃないか。下の広場にいるのか？」

「――えっ？」フィッツは下を見ることなく指さした。ちょうどその指先にペチカが一人で座っている。「うん。ペチカっていう名前の女の子なんだ」

「ふーん」汗をかくフィッツをどうにも怪しいというふうに見つめながら、ヴォーも下を見た。

フィッツはぐっと目をつむる。ちょうどペチカが立ち上がったところだった。

「あれか。なんか、しけたガキだな――まあ、がんばれよ」

ヴォーは憎たらしい笑みを浮かべて、バカにしたようにフィツの頭をポンポンとたたくと、「じゃあ、またな」と言い残し、上空へ昇っていった。フィツはおそるおそる閉じていた目を開いて、去っていくヴォーの後ろ姿にこっそり舌を出す。

「べーだ。二度と会いたくないよーだ」

そのあと、フィツは胸をなで下ろし、止めていた息を吐き出して下を見た。だが、その時にはペチカはもう人ごみにまぎれてしまっていたので、フィツにはけっきょくヴォーの言葉の意味は分からなかった。


懐かしい匂いに魅《ひ》かれて、ペチカは階段から立ち上がった。広場にはたくさんの匂いが立ち込めていたが、その中でひとつだけ、ほかの匂いを打ち消してまで鼻に届いたものがあった。それはほとんど忘れかけていた匂いだった。でも、どれだけ長い間かいでいなくても、どれだけたくさんの匂いと混ざっていても、ペチカがそれに気づかないはずはなかった。

匂いのする方向を目指して、鼻をクンクンさせながら人ごみの中へ入ったペチカは、やがてその匂いを追って、また人ごみから抜け出た。広場の片隅には食べ物屋さんばかりが何軒も並んでいて、匂いはそのうちの一軒からただよっている。黄色と赤のストライプ模様に塗られた、華やかな建物の中からもれていた。看板に書かれている『オムレツ』という文字は読めなくても、何の店かは匂いだけで分かった。

ペチカは小走りになって、店の前に駆けつけ、目を輝かせて窓から中をのぞき込んだ。窓のすぐ内側のテーブルでは、おばさんが大きな黄金色のオムレツを食べている。――ペチカはそれを見て、いよいよ窓に顔をくっつけた。まばたきさえも忘れて、大きく見開いたままの目で、おばさんの食べているものに見とれる。おばさんはギョッとして、ペチカの汚い身なりを見るやいなや、あわてて近くのウェイターを呼び止めて何かを伝えた。ウェイターは店の奥へ走っていったが、ペチカはそんなことにまったく気づかず、おばさんのオムレツを宝石でも見るようにながめ続ける。ペチカの目に涙があふれた。――中のおばさんはいよいよ気味が悪くなって、席を立って移動する。

ペチカはふと、大事に抱えている麻袋のことを思い出して、それを開いた。お金は十分ある。何年かぶりに心がはずんだ。オムレツが食べられるかもしれないと思ったとたん、ほかのことはどうでもよくなった。もう何年も食べていない、オムレツのふっくらとした卵の味が舌によみがえってきて、口はよだれでいっぱいになる。値段がいくらなのかは分からなかったが、これだけお金があればきっと足りるはずだ。

うれしさで息が乱れるペチカの脇で、突然店のドアがバンと開いて、コック帽をかぶった太ったおじさんが出てきた。ペチカはびっくりしておじさんを見る。

「何してるんだ、このガキ！」

おじさんはペチカを見つけるなり、ドンと突き飛ばした。ペチカはかなり強く尻もちをついたが、袋は抱きしめて離さない。

「何のぞいてんだ。お客様が気味悪がってるだろう！　そんな汚ねえ服なんか着やがって！　となりの店の嫌がらせか⁉」

ペチカはなんで怒られるのか理解できずに、おじさんを見上げて必死に言った。

「違います。私、オムレツが食べたいだけで――」

「何言ってやがる！」おじさんは足でペチカを蹴った。ペチカはおなかをかばって腕を組んだが、守りきれずにゴホッと咳込む。

「オ、オムレ――」

「うちは物乞《ものご》いに恵んでやるような料理は作ってないんだよ！　食いたいんなら金を持ってきな！」

あわてて抱えていた麻袋の口を開いて、ペチカはおじさんに中を見せた。普通ならまちがってても人にお金を見せるようなことはしなかっただろうが、今はオムレツで頭がいっぱいだった。

「お金、これで足りる?」

おじさんは袋の中のお金を見ると、おそるおそる聞いたペチカの声など耳に入らなかったように黙ってしまった。不安そうなペチカの顔とお金を見比べて、おじさんはしばらく口を閉じたままでいる。——だが、しばらくしてニヤッと笑うと、急に優しい口調になって、ペチカに手を差し伸べた。そして、周りを見て、何人かの通行人が立ち止まっているのに気づくと、あわててつけ加える。

「いや、悪かったね。てっきり一文無しだと思ったんでね」

おじさんはペチカを立たせて、服についた砂を払い落としながら言った。

「本当はちょっと足りないんだけど、特別にうちのオムレツを食べさせてあげよう」

「本当!?」

ペチカは夢がかなったかのような笑顔になった。

「本当に食べさせてくれるの!?」

「ああ、いいとも。でもその格好で表から入られても困るから、ちょっと裏においで。特製のオムレツを焼いてあげるよ」

　ペチカは大きくうなずいて、手招きするおじさんのあとを飛び跳ねるような足取りでついていった。おじさんはちゃんとペチカがついてきているかどうか確認しながら裏口を開けて、ペチカが先に入るのを待つ。ペチカはよだれが止まらなかった。オムレツはおろか、卵も三年前に食べた一個を除くと、覚えている限り、食べたことはなかった。足取り軽く、ペチカは建物の中に入る。

「そこで待ってな」

　おじさんはペチカにそう告げて、近くの木箱を指さした。ペチカは素直にうなずいて、木箱に腰かけ、おじさんがキッチンの中へ消えていくのを見守っている。おじさんを待つ間、ペチカはオムレツの中身をいろいろと思い浮かべた。――ひき肉とポムルの炒《いた》め物かもしれないし、干しチーズにクルスクスの種を混ぜたものかもしれない。でも、どれであってもペチカはかまわなかった。何が入っているのか想像するだけでも、おなかは狂ったように鳴り響く。ランゼスではそれほどぜいたくな料理ではないのかもしれないが、ペチカが育ったトリニティーではオムレツはめったに食べられない高価なものだった。たっぷりの卵を軽く泡立てて、大きな鉄のフライパンで焼く。そしてこんがり黄金色に焼き上がった卵の中に、いろいろな具を入れて熱々で食べる。お母さんがまだ生きていた頃にたまに作ってもらったオムレツの味は今も忘れられなかった。

やがておじさんが戻ってきたので、ペチカは興奮を抑えきれずに立ち上がってオムレツの登場を迎えたが、おじさんは何も持っていなかった。代わりに背の高い男を一人連れている。

——ペチカは何がなんだか分からずに口を開けて、ポカンと二人を見た。

「オムレツは？」

と聞いたペチカの前へ、背の高い男は無表情でやってきて、黙ってペチカを見下ろした。ペチカから見たその男は、まるで塔でも見上げているような感じである。背の高い男はチラッとおじさんの方へ振り返り、おじさんが冷たい表情でうなずくと、いきなりペチカの髪の毛をつかんでひっぱった。ペチカは痛みで思わずお金の入った麻袋を落としてしまう。小銭が床の上に散らばった。おじさんはあわててかがんで、それをかき集めて袋に戻し始める。

髪の毛を容赦なくひっぱられたまま、ペチカはまだ何が起きているのか分からずに聞いた。

「……オムレツは？」

背の高い男は髪の毛をつかんだまま、ペチカを近くの壁に強くたたきつけた。細い髪がひとにぎりちぎれる。ペチカは床の上を転がった。

「たたき出せ」

ペチカの麻袋をにぎりしめて、おじさんは背の高い男に命令した。背の高い男は無言でうなずき、まゆひとつ動かさずに再びペチカの髪をつかむと、ドアの方へひきずっていった。痛みに耐えられず、ペチカは悲鳴をあげながら必死にはった。ドアまでたどり着くと、背の高い男はまた髪をひきちぎりながらペチカを外へ放り出す。そして、ドアをバンと閉じた。それでもまだ口の中のふっくらとした卵の味をあきらめられないペチカは、よろめきながらもドアに飛びついて叫ぶ。

「オムレツ！　オムレツは!?」

「うるさいぞ！」と中から声がする。ペチカはドアノブを引いたが、カギがかかっていたので、ドアをたたいて泣き叫んだ。やっとだまされたことに気づいたが、それでも想像していた味は消えなかった。

「オムレツ！　オムレツは!?」

返事はなかった。ペチカはこぶしから血が出るまでドアをたたいて、悲鳴のように「オムレツ！」とくり返し叫び続ける。みじめさとくやしさと怒りがうず巻く中でも、オムレツの味は決して消えなかった。

「オムレツ！　オムレツ！　一口でいいから！」

くやし涙がペチカのほおを流れ落ちた。またこうなるんだ、とペチカは思う。ひっぱられたところが焼けつくように痛い。肩にはちぎれた髪の毛がついていた。

ふいにペチカは首筋を誰かにつかまれた。振り返ると、警官がけげんな表情で立っている。

「店の裏に頭のおかしい子供がいるっていうから、冗談かと思って来てみたら——なんだおまえは?」

「お金!」ペチカは警官にしがみつく。「ここの人たちが私のお金盗ったの!」

「うそつけ! 金なんか持ってないくせに!」

「違う!」ペチカは警官をにらみつける。「オムレツのお金を——私のお金——!」

ペチカの態度にムッとした警官は、ペチカのほおをひっぱたいた。大きな音が路地裏に鳴り響く。

「なんてことを言うんだ、おまえは!」警官はペチカのえり首をつかんで引き寄せる。「名前はなんて言うんだ。うそつくとためにならんぞ」

顔の筋肉がまひして、ペチカは答えられなかった。再びムッとして、警官はまたひっぱたく。

「名前は!?」

ペチカはうなだれて、蚊の鳴くような声でつぶやいた。

「……ペ……ペチカ……」

鼻血で顔がまっ赤になったペチカをもう一度ひっぱたいてから、警官は重ねて聞く。

「どっから来た？」

「ト……トリ……ニティー……」

「あの貧乏村か。どうりでな。誰がおまえの面倒見てるんだ？」

気絶してしまったのか、立っている力もなく、ペチカはえり元で支えられていた。警官は息を吸い込んで、耳元で「答えろ！」と叫ぶ。それでもペチカは少しも動かなかった。

「ちっ。誰か引き取りに来るまで牢屋に入れとくか」

警官は荷物でもひきずるように、ペチカをズルズルと表へひっぱっていった。裏口のドアがわずかに開いて、にやけた顔で店屋の主人が現れる。そして、ひきずられていくペチカの姿をこっそり確認してから、中へひっこんだ。

表通りまで出たところで、警官は目を閉ざしていることを確かめて、ペチカをドサッと地面に放り出した。それからゆっくりとオムレツ屋の玄関へ報告に行く。出てきた背の高い男に、ペチカを捕まえたことを報告した警官は、一歩引いて、倒れているペチカを指さそうとして、ペチカがいないことに気づいた。

警官はあわてて周りを探した。ちょうど人ごみの中へ逃げようとしていたペチカの背中が見える。

「待て！」と笛を吹いて、警官はペチカのあとを追った。その様子を見たペチカは、倒れ込むように前へ走り出す。辺りの風景が、舟にでも乗っているように回っていたが、右へ左へふらふらと、人や物にぶつかりながらもかろうじて倒れずに走り続けた。なるべく人の波にまぎれるように、何度も方向を変えてひたすら走り続ける。もしかしたら方向を変えすぎて、元の方向へ戻っているのではないか、と思うと怖かったが、とにかくやみくもに走るしかなかった。広場のどこかから警官の笛の音が聞こえてきたが、それが近くなのか遠くなのか分からない。途中、風船屋の露店にぶつかって屋台を倒してしまっても、気づかずにペチカは走り続けた。

この様子をオムレツ屋の屋根の上からずっと見ていた妖精ヴォーは、誰にも気づかれず、冷たい笑みを浮かべていた。

「だめだーっ!!」

フィツは両手と同時に音《ね》もあげた。

「むりだよ。見つかるわけないよ！　みんな動いてるもん！」

図書館の屋上から広場をじっと見続けていたフィッツは、いつまで経ってもペチカを見つけられないのでイライラしていた。いらだちを外に出すように、フィッツはバタバタとその辺りを飛び回って暴れる。

「せめて、みんながしばらくじっとしててくれればなあ！」

到底むりなことを考えてため息をつき、フィッツは上空へ舞い上がった。空のまん中であぐらをかき、風の流れに身を任せて、腕を組んで考えてみる。気流に流されるまま、あっちへふわふわ、こっちへふわふわただよっていたが、元の場所からだいぶ離れたところまで運ばれても、いい知恵はわいてこなかった。

「このまま見つからなかったら、どうしよう……」

ふいに何か紫色の玉のようなものが、フィッツのすぐ前を横切った。目の錯覚かと思ったが、もうひとつオレンジ色の玉が続いて空へ昇っていく。そして、さらに黄色の玉、青の玉、赤の玉――下を見ると、たくさんの色とりどりの玉が一斉にフィッツの方めがけて、勢いよく昇ってきていた。

「わわわわわ！」

無数の風船が上昇気流に乗ってフィッツに襲いかかり、サーッと通りすぎていく。フィッツは考える間もなく、必死で風船の群れをよけて、やっとの思いですり抜けた。びっくりしたまま上を見て、フィッツは青空高くに溶け込んでいく何色もの風船に出会い、思わず目を丸くして「わあ……」と声をもらす。――しかし、その直後に、自分の姿が下から丸見えなのに気づいて、大あわてで建物の陰に飛び込んだ。広場の人たちはみんな風船に見とれて、空を見上げていた。しかし、幸いにも注目は風船に集まっていたので、誰もフィッツには気づかなかったようである。

全員が風船に注目して、立ち止まっていた。

必死に走っている一人を除いて。

フィッツは思わず叫ぶ。

「見つけた!!」

ペチカは字が読めなかったので、そこが図書館であることが分からなかった。仮に読めたとしても、図書館が何であるか知らなかった。

警官に追われて、適当に近くの建物に飛び込んだペチカを待っていたのは、まるで巨大な迷路のように立ち並ぶ本棚だった。そこが何をするところなのか考えるひまもなく、ペチカはなんとか警官を引き離そうと奥へ逃げ込んだ。図書館の突き当たりまでたどり着くと、さらに奥まった部屋へつながるドアを開けて、その中へ飛び込む。中はほとんどまっ暗だった。ペチカはかまわずに内側からドアを閉め、乱れた息を整えようと、ドアの前でうずくまって待った。しばらくして、ドアの向こう側を走り去る警官の足音が響いてきて、その音が遠くなると、やっと止めていた息を吐き出すことができた。

手のひらを床につけて、ゼエゼエと肩で息をしていると、徐々にくやしさがこみ上げてきて、ペチカは激しく床をたたいた。仕返ししてやりたかったが、どうにもならない。もうこの町にも長くはいられない。――自分の居場所など、どこの町にもなかった。

まっ暗闇《くらやみ》の中で、ペチカは涙と鼻水をズルズルと流した。この闇の中へ消えてしまえたら、どれだけ楽だろう。なんで自分なんかが生まれてきたのか、ペチカには分からなかった。分からないことだらけの中で、ただ涙を流し続けることしかできなかった。まだ舌の隅には、想像したオムレツの味が残っていた。

ガタンと部屋の奥から音がして、まぶしい光が一瞬中へ差し込んできたあと、また暗くなった。ペチカはビクッとなって、背中をドアに押し当て、音のした方へ目をこらす。闇の中に光が浮かび上がった。釣り鐘塔のてっぺんで見たのと同じ光だった。

「……フィ……フィッ？」

「そうだよ」

闇の中からフィッが姿を現した。ペチカはため息をついて、体の緊張を解く。フィッはペチカのそばによってきた。

「……な、なんでこんなとこにいるの？」ペチカはうつむいたまま、ささやき声で聞いた。息はまだ乱れていたが、泣いていたことを知られたくないからか、いっしょうけんめい声のふるえを抑えている。

「人間さんがこの建物に入っていくのが見えたんだ。裏に回ったら、小さな入口があったから、そこに入ったら、ここだったんだ」

「小さな入口――？」

二人ともそれが本の返却口だとは知る由もない。

「なんか私に用なの？」

フィッはムッとして、腰に手を当てて言う。

「――だから、ぼくは人間さんを研究しなくちゃいけないんだって言ってるでしょ！」

「なんで私なのよ。誰でもいいじゃない」

「だって、最初に会った人としか――」

「何度も聞いた」ペチカはフィツの言いかけた言葉をさえぎる。「——だから、なんで私なの?」

「そんなこと言われたって——」フィツはごまかされていることに気づいて、むりに話題を変えた。「そんなことより、やっぱりあの人のお金盗っただろ!」

どうせ暗くて見えないだろうとは思ったが、ペチカは反射的に目をそらした。

「盗ってないよ。現に私、何も持ってないでしょ!」

フィツは体から出る光を少し強めて、周りを見回した。小さな倉庫の中である。ペチカの周りには本の山しかなかった。——フィツはもう一度光を元の強さに戻してから続ける。

「どこかに隠したな」

「違うよ!——わた——!」と思わず何かを言いかけて、ペチカは途中でつまってしまい、開き直った口調で告げた。「だいたいフィツには関係ないでしょ! 妖精は人間に干渉しちゃいけないんじゃなかったの!?」

痛いところをつかれて、フィツの声が少し小さくなる。

「そりゃそうだけど、でも、人のものを盗むなんて——」

「だから盗んでないって!」

ペチカが感情に負けてそうどなると、二人はしばらく暗闇の中でにらみ合った。目がいいフィツにはペチカの姿がはっきりと見えていて、その時初めてペチカがあざだらけだということに気づいた。だが、二人ともまっ向から視線をぶつけ合ったまま、一歩もゆずらない。ペチカは恐怖心をすっかり忘れていた。

先に視線を下げたのはフィツの方である。フィツはうつむくと、少し迷ったような目をしてペチカに言った。

「あの雪の夜……なんで、ぼくを胸に入れてくれたの？　あのままほっといたら、きっとぼくは……」

今度はペチカが目を伏せた。お互い目を合わせないまま、時間はさらに過ぎていく。部屋の外から何か音が聞こえてきていたが、暗い書庫の中はただひたすら静かだった。フィツの放つ弱い光がやかましく感じられるほどの静けさである。――しばらく経って、ペチカは目線を上げることなくつぶやいた。言い捨てるような冷たい口調だった。

「湯たんぽの代わり――湯たんぽの代わりになるかと思ったの。助けようと思ったんじゃない」

フィツの羽の動きが止まった。フィツの体はスーッと地上に落ちていく。

「……そうだったんだ……どうせそんなことだと思ってたけど……」

「そうよ！」ペチカはフィツの方へ舌を出して、吐き気をもよおしたような声で告げた。

「おまえなんか助けるもんか！　ばーか。死んじゃえばいいんだ。死んじゃえ！」

「言ったな！」

フィツが小さな目を大きくしたその瞬間、フィツの入ってきた返却口がもう一度バタンと音をたてた。二人はその場に凍りついて、じっと返却口の方を見る。そこを通り抜けてきたフィツは、その入口がどれほど小さなものかを知っていた。人間では到底入れない大きさである。入れるとしたら、人間よりもずっと小さな生き物だけだった。

小銭が流れ込むジャラジャラという音が鳴り響いて、ペチカとフィツを驚かせる。しばらくそれが続いたあと、今度はフィツの放つ黄色い光とはまったく異なる、赤くて強い光が部屋の中で燃え上がった。その色を見ただけで、フィツはすぐに誰か分かる。

「ヴォー!?」

「じゃまするぜ」ヴォーのにやけた顔が赤く照らし出される。フィツとヴォーの光で、部屋の中はずいぶん明るくなった。

「な、なんでここに――」

フィツの口からはそれしか出てこない。フィツとは違う妖精の出現に、ペチカはどう反応していいか分からずに固まっていた。ただ、直感的にフィツにはない、何か危険な空気をヴォーから感じ取った。フィツに出会うまでに抱いていた妖精のイメージに、ヴォーは近かった。

「ほら。これ、おまえのだろ」

ヴォーは手に持っている麻袋をペチカの前に落とした。ペチカの持っていた麻袋だった。小銭は先に返却口から流し込んであったので、中身は空である。ペチカの目が丸くなる。

「隙を見て取ってきてやったよ」

フィツとペチカは、二人とも返却口の下のお金の山をじっと見ていた。やがてペチカはあわててその小銭の山をかき集め始め、フィツはヴォーに不審な目を向ける。

「なんでヴォーが――」

「何言ってんだよ」ヴォーはフィツのおでこを指ではじいて言う。「おれは正義の味方、ヴォー様だぜ。ペチカちゃんを助けてやっただけじゃないか」

「――人間に干渉しちゃ――!」

「なんだ?　また、自分だけいい子ちゃんか?　固いこと言うなって。誰にも見られちゃいねえよ」

ヴォーはフィツの髪の毛をクシャクシャにかき回す。フィツはいやがって顔をそむけた。

「まあ、気にすんな。あいさつ代わりだよ」ヴォーは小さな火の玉を手のひらに出して、それをフィツの顔めがけてはじく。フィツは驚いてよけたが、髪の毛が何本かチリチリと焦げた。

「じゃあな」

二人を残して、ヴォーはサッと手を振って、入ってきた返却口の方へ飛んでいった。だが、出ていく前に、もう一度だけペチカとフィツの方を見ると、何やら意味ありげな笑みを浮かべて、首をかしげながらつぶやく。

「あの店にも、そのうち天罰が下るかもしれないぜ」

そう言って、ヴォーは一瞬の炎をひるがえし、いなくなった。

それから10レプ以上、ペチカは倉庫の外の音に耳をすませていたが、いつまで経っても警官は探しに来なかったので、ドアを少し開けてみた。図書館は静まりかえっていて、騒ぎの気配はこれっぽっちもない。勇気を出して外へ一歩踏み出すと、ペチカはおそるおそる倉庫のドアを閉じた。フィツもついて出てくる。

「ねえ」小さな声だったが、フィツが突然しゃべったので、ペチカはびっくりしてフィツをにらむ。

「シーッ！」

「しばらくポケットに入れてよ」

「なんで私がそんなことしなくちゃいけないのよ」

フィッはふくれっ面になる。

「別にいいけどさ。誰かがぼくを見て、また大騒ぎになっても知らないよ」

ペチカはいまいましそうにフィッをにらんだあと、仕方なくポケットをひっぱって、「早く！」と言った。フィッはサッとポケットに入って、首だけ突き出す。そろりそろりと壁沿いに歩き始め、本当に誰もいないことを知ると、ペチカは徐々に速く歩き出した。警官の姿はない。

「あきらめたのかなあ……」

ペチカが独り言をつぶやくが早いか、ふいにポケットのフィツが本棚と本棚の間を指して言った。

「あれ！」

棚の陰になった見えにくいところで、本棚がひとつ横倒しになっていた。本棚はとなりの本棚にもたれかかる形で倒れていて、その棚にあった何千冊という本は流れ出して、床の上で山になっていた。そして、その山の下敷きになって、ペチカを追いかけていた警官の足の先だけが見えている。

ペチカとフィツは目を見合わせた。フィツは「まさか、ヴォーが……」とつぶやいて、胸が騒ぐのを感じた。ペチカはとにかく逃げるようにしてその場から走り出し、一目散に出口の方へ向かう。脈が速くなるのがはっきりと分かった。ヴォーが最後に見せたあの不敵な笑みと、不可思議な一言が頭をよぎる。いやな予感でさらに脈が速くなった。出口に近づくにつれて、胸のドキドキはいっそう激しくなっていく。

煙の臭い。

何かが焦げる臭いがどんどん濃くなっていく。

広場がひどく騒がしかった。人の声が建物の中まで聞こえてくる。悲鳴のようなものも耳に届いてきた。

ペチカの脈拍もどんどん速くなっていく。入ってきた時にいた人たちが、みんないない。玄関には人だかりができていて、みんな不安そうに外を見ていた。

ペチカとフィツはいやな予感にとらわれたまま、玄関口の人ごみをかき分けて外に出た。

広場は大変な騒ぎになっていて、人々が逃げまどっている。悲鳴が飛び交い、警官の笛があっちこっちで鳴り響いていた。そして、ペチカがさっきたたき出されたオムレツ屋が、燃えさかる火の海に包まれていた。どんどん焼けていく建物からは、黒い煙が柱のように空へ立ち昇り、人々が必死になって火を消そうとしていたが、むだな努力だった。炎は見る見るうちに広がっていく。ひどく赤い炎だった。

ペチカはあぜんとして広場へ踏み出し、ふらふらと火事の方へ近づいていった。灰が霧のように広場全体に舞っていて、髪の毛はすぐにまっ白になってしまう。オムレツ屋の前では主人がこめかみを両手で押さえて、狂ったように叫んでいた。

「息子が！　息子がまだ中に！」

ペチカはまったく声が出なかった。フィッもである。二人は魔法でもかけられたように立ちつくしたまま、天まで燃やす勢いでうねり狂う炎を見上げていた。——警官二人が、オムレツ屋の主人を安全なところへ連れていこうと説得している。

「息子を！　息子を助けてくれ！」

まっすぐ店へ伸ばされた主人の手の先で、オムレツ屋の屋根はもろくも内側へ燃え落ちた。主人は警官たちのえり首をつかみ、狂気の混じった声で叫ぶ。

「あのガキだ！　あのガキが火をつけたに決まってるんだ！　あのガ——！」

オムレツ屋の主人の叫び声がピタッと止まった。振り向いた拍子にペチカと目が合ったのである。ペチカは蛇ににらまれたカエルのように、一瞬その場から動けなくなる。

「あいつだ！　あいつが火をつけたんだ！」オムレツ屋はペチカを指さし、警官たちを殴りつけるようにどなった。警官たちはなんのことか分からずにためらっていたが、ちょうどその時、ペチカが何歩かあとずさって逃げ出すような姿勢をとったので、反射的に捕まえようと前に出る。

「捕まえろ！　あいつを捕まえろ!!」オムレツ屋は腕を上下に振って大声で叫ぶ。

いったん走りかけたペチカだったが、あまりの恐ろしさと、理解できない事態に、足がすくんでしまった。走り出すきっかけを完全に失って、やってくる警官たちをおびえた目で見るだけでせいいっぱいになってしまう。視線だけが逃げる方向を探して辺りを飛び回っていた。右手の大通りが町の外へ向かっている。逃げるとしたらそっちの方向だったが、頭で考えてはみるものの、足がもつれるだけだった。

突然、鋭い声でフィッツが叫んだ。

「逃げなきゃ捕まるよ！」

思わぬフィッツの声でビクッとなったペチカは、もたつきながらも、やっと大通りの方へと駆け出した。警官二人はペチカが動き出したのを見て、小走りになる。警官たちの後ろではオムレツ屋の主人が、「捕まえろ！」と飛び跳ねながら叫んでいた。

ペチカは懸命に走ったが、すでに疲れが足にきていた。抱えている小銭の袋がやたらと重い。たびたび転びそうになりながら、やっと大通りまで出た時には、もう警官たちにだいぶ距離をつめられていた。フィッがペチカの肩越しに後ろを見て、「追いつかれちゃうよ！」と警告したが、ペチカはもうそれ以上走れそうになかった。

警官たちが迫ってくる。ペチカは仕方なく右に曲がって行方をくらまそうとしたが、そこも大きな通りで隠れられるところはなかった。

「あれ！」

ペチカがあきらめかけた時、前方からやってくる馬車を指さして、フィツが声をあげた。馬車を引いているのはロバのテディーだった。――おばあちゃんの馬車がちょうど到着したのだ。ペチカは最後の力をふりしぼって馬車まで走ると、馬車の後ろへ回るふりをして、警官たちの死角に入った隙にホロの中へ飛び込んだ。フィツはその勢いでホロの中へ飛ばされて、空中で羽を広げ、一回転しながら、なんとか体勢を立て直す。お金の入った袋は投げ出されて、ジャラッと小銭がこぼれた。

警官たちはペチカが馬車に乗り込んだことに気づかずに通りすぎていく。ペチカは昨日の夜寝ていた毛布の中へもぐり込み、姿を隠した。

警官たちが次の角を曲がったのを確認したフィツは、毛布の下のペチカをつついて「行ったよ」と教えたが、ペチカは出てこなかった。フィツは聞こえなかったのかと思って、もう一度くり返す。

「もう出てきてもいいよ」

フィツは待ったが、ペチカは毛布の下にもぐったまま、出てこようとしない。まだ聞こえていないのかと思って、もう一度呼びかけようとしたフィツは、毛布の縁からはみ出している手がふるえていることに気づいた。かすかに歯がカタカタと鳴る音も、毛布を通して響いてくる。フィツはスーッとペチカから離れた。

馬車は広場に入る。また、いやな煙の臭いがホロの中まで染み込んでくる。火はおさまっていたが、騒ぎはまだおさまる気配すら見せていない。フィツはまっ黒になった広場の一角をホロの陰からのぞきながら、ヴォーが最後に言った言葉を思い出して、背筋が凍る思いがした。

夕方になっていた。

ペチカが毛布の下から出てこないのをいいことに、フィツは麻袋の中の小銭をいくつかある壺のひとつに戻した。フィツの体では小銭を二、三枚ずつ持つのがせいいっぱいだったので、袋いっぱいの小銭を移し終えると、クタクタになっていた。

馬車は中央広場を通りすぎて、町はずれの、旅の馬車ばかりが停《と》まっている別の広場にたどり着いた。おばあちゃんは馬車の列の中に自分の馬車を並べて停めたあと、テディーの体を水に浸した布でふいてやっていた。

フィツは見つからないように注意しながら、ホロのすき間から行き交う人々をじっと見て、物思いにふけっている。いつまで経っても人の群れは途切れることなく、かえって増えていくばかりだった。

「ねえ」

久しぶりにペチカがしゃべった。ペチカはまだ毛布の下に隠れていたので、声はこもって聞こえる。

「呼んだ？」

「今、どこにいる？」

「よく分からないけど、町のはずれの大きな広場みたいだよ。周りにも同じような乗り物がいっぱい停まってる」

「警官いる？」

「追っかけてきた人？」

「うん」

「さっきから何回か通ってるけど、今はいないよ」

ペチカは毛布の下から出てきて、フィツと目を合わせる。いつの間にか、辺りはうす暗くなっていた。何かを料理する匂いがかすかにただよっている。

「さっきの妖精……なんなの？　友達？」

フィツは顔をそむけた。

「違うよ。友達なんかじゃないよ。ヴォーっていういやなやつなんだ」

「妖精ってみんなフィツみたいなのじゃないの？」

「そんなことないよ。妖精だってそれぞれ性格があるんだから。悪いやつだっているよ。でも、あいつは特別悪いけどね」

ペチカはしばらくじっと黙ったあと、まだ少しふるえている声で、怖さを隠しきれずに言った。

「最後に天罰がどうのって言ってたよね」

フィツはびっくりしてペチカを見る。

「あいつの言ってることが分かったの？」

ペチカは別に不思議に思っていない顔でうなずいた。フィツはポンと手をたたく。

「そうか。妖精一人としゃべれると、どの妖精ともしゃべれるんだ」

「ヴォーが火をつけたのかな?」

フィツは黙った。しかし、フィツの顔は明らかに事実を隠しきれていない。ヴォーは炎の妖精だった。フィツが光をおこせるように、ヴォーはあの程度の火事ならたやすくおこせるはずだった。

「ねえ、どうなの?」

フィツはペチカの射ぬくような視線に負けて口を開きかけたが、その時、ホロの後ろからおばあちゃんが何やら平たい皿を持って現れた。フィツはあわてて物陰に隠れ、ペチカは息を止めた。おばあちゃんは物音が聞こえたのか、一瞬、耳をすましたあと、中へ入ってくる。

ペチカは横になって、また寝たふりを決め込もうかと思ったが、このままの方が安全だと考え直した。——何しろおばあちゃんは目が見えないのだ。

おばあちゃんはホロの中に入ってくると、ペチカの真正面で急に止まった。そして、銅像のように固まってしまう。まぶたこそ閉ざされていたが、おばあちゃんはペチカが見えているかのように、じっとペチカの方へ顔を向けていた。ペチカは一瞬、見えているのかと思って緊張したが、どう見てもおばあちゃんの目は開いていなかった。

　おばあちゃんはしばらくそのまま、時が止まったかのようにじっとしていたが、ペチカもフィツも動かないでいると、持ってきたお皿を足元に置いて、続いてエプロンのポケットから木のスプーンを出し、それをお皿の横に並べた。そして、何も言わずにまた出ていってしまう。お皿からはかすかに湯気が立っていた。

　フィツはお皿の上まで降りてくると、ペチカに報告する。

「食べ物みたいだよ。食べろってことかな？」

　金縛りが解けて、ペチカも四つんばいでお皿に近寄る。野菜《テイルガッツ》スープか何かのようだった。香ばしい匂いがしている。おなかがグーッと鳴った。

「食べたら？」フィツが聞く。

「バカ！」ペチカはおなかが鳴るのを無視して、フィツに言う。「毒が入ってるかもしれないじゃない！」

「見えてるのかな？」フィツが腰に手を当ててつぶやいた。

「分かんないよ」

　二人はまた黙って、しばらくスープを見つめていた。ペチカのおなかはグーッと二度目の催促をする。少なくとも、見た目にはスープはおいしそうだった。

「フィツ、味見して」

フィッは目を丸くする。

「やだよ！」

「だって妖精って死なないんでしょ」

「地上じゃ死ぬよ」

「ちょっとぐらいならだいじょうぶだよ」

「じゃあ、人間さんが飲めばいいじゃない」

ペチカはムッとしているフィッと、さらにしばらく目を合わせていたあと、ゆっくりと視線を皿に落とした。おそるおそる手を伸ばしてみる。生つばを飲んで、ペチカはお皿を手に取りかけたが、最後の一瞬にサッと手を引いて、また毛布まで後退した。

「やっぱりやめとく」

「あっそ」フィッはあっさり肩をすくめ、元どおりホロの陰に戻っていく。ペチカもまた毛布の下にもぐり込んだ。

フィッはため息をついて、再び人間の世界の観察に没頭し始めたが、何レプかあとにカタンと音がして振り返った。いつの間にかペチカがお皿を持って、スプーンから一口スープを飲んでいた。

「ちょっとだけ」

ペチカはそう言ってから、フィツに背中を向けて、スプーンのスープを飲み干した。そして、しばらくそのままじっと様子を見ていたが、やがてすごい勢いでスープを飲み始める。

フィツはペチカの前へ飛んでいった。

「おいしい？」

何も言わずに、ペチカは黙々とスープを飲み続ける。フィツはちょっと興味を覚えたようで、ペチカの耳元で「ぼくもちょっとほしい」と言ってみたが、ペチカはすぐに角度を変えて、フィツに背中を向けた。フィツはもう一度くり返す。

「ぼくにもちょっとちょうだい」

ペチカは無視して飲み続ける。フィツはペチカの耳元で大声で言った。

「ぼくもほしい！」

「うるさい！　外に聞こえるでしょ！」

低い声でフィツにどなってから、ペチカは顔を背け、残りのスープも飲み干してしまう。フィツはふくれて、腕組みをしたまま空中を横切り、同じようにペチカに背を向けて、「いらないよ、別に」とつぶやいた。二人はそうやって狭いホロの中でお互いに背を向けたまま、暮れゆくランゼスの夕刻を過ごした。

夜になった。

飽きもせず、フィツはずっと外をながめている。暗くなるにつれて馬車の数は増え、それにともなって人の数も増していく。広場のところどころにたき火がおこされて、その周りをそれぞれ数人が囲み、酒を飲んではホラ話に花を咲かせていた。気温はだいぶ下がって、空気にはピンと張りつめた冷たさが満ちている。しかし、どれだけ時間が遅くなっても、ランゼスはそのにぎやかさを失おうとはしなかった。

「ねえ」

未《いま》だに毛布の下に隠れているペチカは、久しぶりにフィツに声をかけた。フィツは顔だけペチカの方に向けてつぶやく。

「起きてたの？」

「警官いる？」

「しばらく見てないよ」

ペチカは毛布の下から顔を出して、次に肩を出し、腰まで起き上がって、毛布を足元に下げると、ゆっくりと立ち上がった。何をするつもりなのかフィツが見守っていると、ペチカは意外にもホロの外をのぞき始める。

「外に出るの？」と、フィツはびっくりして聞く。

「トイレ行きたい」フィツの方を見ずに、ペチカは真剣な顔で外を見ている。

フィツはよく分からない顔をして肩をすくめた。

「人間って不便だね」

ペチカはヒョイとホロから飛び降りると、急ぎ足で広場の隅っこの茂みへ向かった。フィツはまた地上世界の観察に戻る。

用をすませたペチカは茂みから出てくると、近くに井戸を見つけ、喉がとても渇いていることに気づいた。老人が二人水をくんでいたが、危険はなさそうだったので、井戸に寄り道をする。備えつけられた柄杓《ひしゃく》で澄みきった井戸水を一杯くみ、ペチカはそれを一気に喉に通した。冷たい水が体じゅうをめぐり、生き返ったような気持ちになる。

もう二杯飲み干し、四杯目を口元に持ってきた時のことである。柄杓の水面に映った自分の顔のすぐとなりにルージャンの顔が映っていた。ペチカはあまりの驚きにバランスを失い、身をひるがえそうとして地面に倒れてしまう。

「何やってんだよ」

ルージャンがそこに立っていた。自分がその場にいることがさもあたりまえのようにふるまっている。ペチカは青ざめて、声に出せない悲鳴を喉の奥でかみ殺した。

そうするつもりはなかったのだが、ルージャンはいつものくせで、ついついペチカをなじるような口調で言ってしまった。その上、ルージャンの服は上から下までまっ黒に汚れている。ただでさえ怖くて仕方がないところに、汚い格好はペチカの恐怖心に拍車をかけた。

そんなペチカの反応に気づかず、ルージャンはむしろしきりに周りを気にしていた。何かにあせっているように右手をペチカに差し出す。ペチカは殴られるのかと思って顔を伏せた。

「バカ！　何してんだよ！」

ルージャンはイライラしながら、自分の手がまっ黒なことに気づいて、それをズボンでごしごしとふいた。

「しょうがねえだろ。ずっと馬車の芋倉に隠れてたんだからよ」

ルージャンは再度手を差し伸べたが、汚れはあまり落ちていなかった。ひどくなったようにさえ見える。

ペチカはおびえて、じりじり退《さ》がろうとしていたので、ルージャンはついカッとなってどなってしまう。

「いいかげんにしろよ！　早く逃げないと、守頭に見つかっても知らないからな！」

ペチカは顔面蒼白《そうはく》になった。

「守頭――!?　ここに来てるの!?」

「警官が音信号でトリニティーまで連絡してきたんだ。今頃おまえを探し回ってるぜ。おれが先に見つけたからいい――」

ペチカはもうルージャンの言っていることなど耳に届かず、とっさに地面の砂をつかんで、ルージャンの顔めがけて投げつけていた。

「うわっ！」

ペチカの突然の行動に反応しきれなかったルージャンは、まともに砂が目に入って、痛みで目を閉じる。ペチカはその隙に全速力で馬車へと走った。

「おい、ペチカ！　待てよ、バカ！」

ルージャンは大声で叫んだが、目が痛くて開けられず、手を振り回すことしかできない。

視界が回復した頃には、ペチカはホロの中の古だんすの陰に小さくなって隠れていた。ルージャンはあせって、ペチカの名前を呼びながら走り回ったが、あまりにたくさんの馬車の数に途方にくれるしかなかった。

それでもあきらめられずに、必死で走り回るルージャンがペチカたちの馬車の横を大急ぎで通りすぎていく。それに気づかず、フィツは息を乱してふるえているペチカに興味本意でたずねてみた。

「どうかしたの？」

ペチカは小さな声で何度も「守頭が……守頭が……」とつぶやいていたが、それはフィツへの返事ではなかった。

真夜中がやってきた。

家具のすき間に体を小さくしてもぐり込んでいたペチカは、そのままの姿勢でいつしか寝入ってしまっていた。フィツはペチカより長く起きてはいたが、そのうちたんすの上で丸くなって、寝息をたて始めた。ペチカのほおには、寝つく寸前まで泣いていた跡がついている。

ギシッという音がして、誰かがホロの中へ入ってきた。月明かりでシルエットになったその人影は、ゆっくりと前へ進み出て、まだ気づいていないペチカの足元までやってくる。そして、ペチカの前で少しかがんで止まった。人影が音をたてたわけではなかったが、ペチカはなんとなく気配を感じたのか、うすくまぶたを開ける。

おばあちゃんだった。

ペチカがビクッとなって身を引き、肩をたんすにぶつけたので、たんすの上のフィッツも驚いて目覚めた。おばあちゃんはじっとペチカを見ている。——もちろん、その目は閉ざされていた。しかし、明らかにそこにペチカがいることが分かっているようだった。

ペチカは狭いすき間にもぐり込んでいたので、逃げることはできなかった。なぜ逃げられる時に逃げなかったのか、手遅れながら自分を責める。

おばあちゃんはしわくちゃの顔を突き出したまま動かない。きっと人買いじゃなくて人喰《ひとく》いなんだ、と思った。私を食べてしまうつもりなんだ。——私なんか骨ばっかりでおいしくないのに、と言いたかったが、怖くてしゃべれなかった。

ふいにおばあちゃんはペチカに背中を向けた。もう一度こっちを向いた時には、手に毛布を持っている。何をされるのかと緊張で体を縮めるペチカの上に、おばあちゃんは毛布を広げ、寒気が入らないように四隅を丸め込んだ。それだけすませると、何ひとつ言わずに、それどころか物音ひとつたてずに、ホロから出ていってしまう。

フィッツがたんすの上から顔だけ出して、下をのぞき込む。ペチカも顔を上げた。月の照らし出すうす明かりの中で、二人は不思議そうに顔を見合わせる。外の森からは絶え間ない虫の鳴き声だけが響き、月の神は束《つか》の間の王座を楽しんでいた。

　そして、朝になった。

「人間さん」

　フィツの声に反応して、ペチカはほとんど無意識に、ハエでも払うように手を振る。いつの間にか横になって、おばあちゃんのかけてくれた毛布にぐるぐる巻きになって眠っていた。

「人間さん！」

　フィツはもう一度ペチカの耳元で強く言った。

「何よ……眠たい」ペチカはフィツにゴロンと背を向ける。「人間に干渉しちゃいけないんでしょ」

「守頭がこっちに来るよ」

　ペチカは飛び起きた。毛布を片足にからめたままホロのすき間に飛びつくと、馬車がゆっくりとではあったが、再び移動していることに気づく。ロバのテディーに引かれて、馬車は一本道をガタガタとランゼスの町から離れていっている。

「どこ？」ペチカは声を抑えることも忘れてフィツにどなった。「どこ!?」

「二つ先の乗り物の人たちと何かもめてるよ」

ペチカは首だけを馬車の横に突き出して、前を見た。道はひどく混《こ》んでいて、馬車の列は前後にずっと続いている。そして、フィツの言ったとおり、守頭と二台先の馬車の主人が口論しているのが見えた。馬車の主人は屈強な大男だったが、イライラしている守頭の相手ではなかった。ついに守頭の石のようなげんこつを顔に食らって、馬車の主人は後ろ向きにひっくり返る。もう一度主人を蹴ってから、守頭は次の馬車——ペチカたちのすぐ前の馬車——へ移動した。

「私を探して、一台一台止めてるんだ！」

ペチカはそれ以上見ていることができず、馬車の中へ後退すると、絶望感でめまいが襲ってくるのを感じた。前の馬車にいないことが分かったら、順番からいって、次はまちがいなくペチカの乗っている馬車だった。

「ぼくらが通る間、気をそらせばいいんだよ」

フィツがあっけらかんと提案する。

「そんなことできるわけ——そうだ！」

ペチカは突然フィッツをつかんだ。「うわっ！」とびっくりして逃げようとするフィッツを両手で押さえ込む。

「な、何するの！」

フィッツをつかんだまま、ペチカはホロのすき間へ行くと、おもむろに振りかぶって、フィッツをホロの外へ投げ飛ばした。「わああ！」と悲鳴をあげて、回転しながら飛ばされたフィッツは、羽を広げることもできずに道端の大木にぶつかって、顔を打った。

「あいたたた!!」

あわてて馬車の中へ戻ろうとしたが、目を開けたとたん、フィッツはいきなりこっちに向かってくる守頭と目が合ってしまった。

「虫！　見つけたよ!!」

守頭は腰のベルトから吊り下げているムチを引き抜いて、それで地面を打った。辺りにいた人たちはみんな急いで自分の馬車へ逃げ込む。フィッツは金縛りにあったように動けず、ものすごい形相でやってくる守頭を見て、苦笑いを浮かべるのがせいいっぱいだった。

「そのままにしてんだよ！」

守頭の振り下ろしたムチはすぐそばをかすめて、風圧だけでフィッツをぐらつかせた。ムチは地面に当たって火花を散らす。

「動くなって言っただろ！」

守頭はもう一度ムチを振り上げた。フィッはふいに守頭の背後を見て、「あっ」と声をもらしたが、守頭は「だまそうったって、その手にはのらないよ」と歯を見せて笑う。

「覚悟するんだね！」

フィッが見ていたのは、通りすぎようとするおばあちゃんの馬車だった。馬車の最後尾に、大きな壺を頭の上に持ち上げたペチカが立っている。フィッは痛そうに目を閉じた。フィッが覚悟を決めたのだと考えて、守頭は勝ち誇った笑みをもらしながら、ムチを振り下ろす。

ゴキッというすごい音で壺が守頭の脳天に降ってきて、パカッと半分に割れた。それでも守頭が倒れなかったので、ペチカは壺を投げ下ろした姿勢のまま凍りつく。目玉が半分裏返っているにもかかわらず、守頭はゆっくりとペチカの方に振り向いた。

「……ペ……チカ……よくも……」守頭はふらつきながらも、片手を前に伸ばして、ペチカをつかもうとした。「……よ……く……」

その言葉の途中で守頭は後ろ向きに倒れた。フィッはかろうじて守頭の体をかわす。まるで大木が切り倒されたかのように、守頭の巨体は地面に倒れて地響きをあげた。

フィッはおそるおそる守頭の顔をのぞき込んでみたが、守頭は口から泡を吹き、白目になって意識を失っていた。安心したとたん、フィッはムッとなって、馬車の中へ戻る。

「ひどいよ！　いくらなんでも投げ飛ばすなんて——！」

「うるさい！」ペチカが逆にフィッツをどなりつける。「ちょっと黙って！」

むくれるフィッツをほったらかして、ペチカは真剣な顔で少しずつ遠ざかっていく守頭の体を見ていた。すぐ後ろの馬車の人たちは、大の字になって倒れている守頭をジロジロながめながら、よけて大回りをしている。その後ろの馬車も、そのまた後ろの馬車も、それに倣って同じように守頭の体をよけていった。守頭は起き上がらない。ペチカはやっと安心したようにため息をついた。

ずいぶん離れたところからでも、馬車の列がみんなある一カ所で道から外へはずれるのが見える。遠く離れてからも、ペチカはその馬車の動きで守頭が気絶したままだと知ることができた。どうやら完全に視界から消えるまで、守頭はずっとそのままのようだった。

第三章　虹の橋のかかる刻《とき》

Vao
ヴォー
Fitz
フィッツ

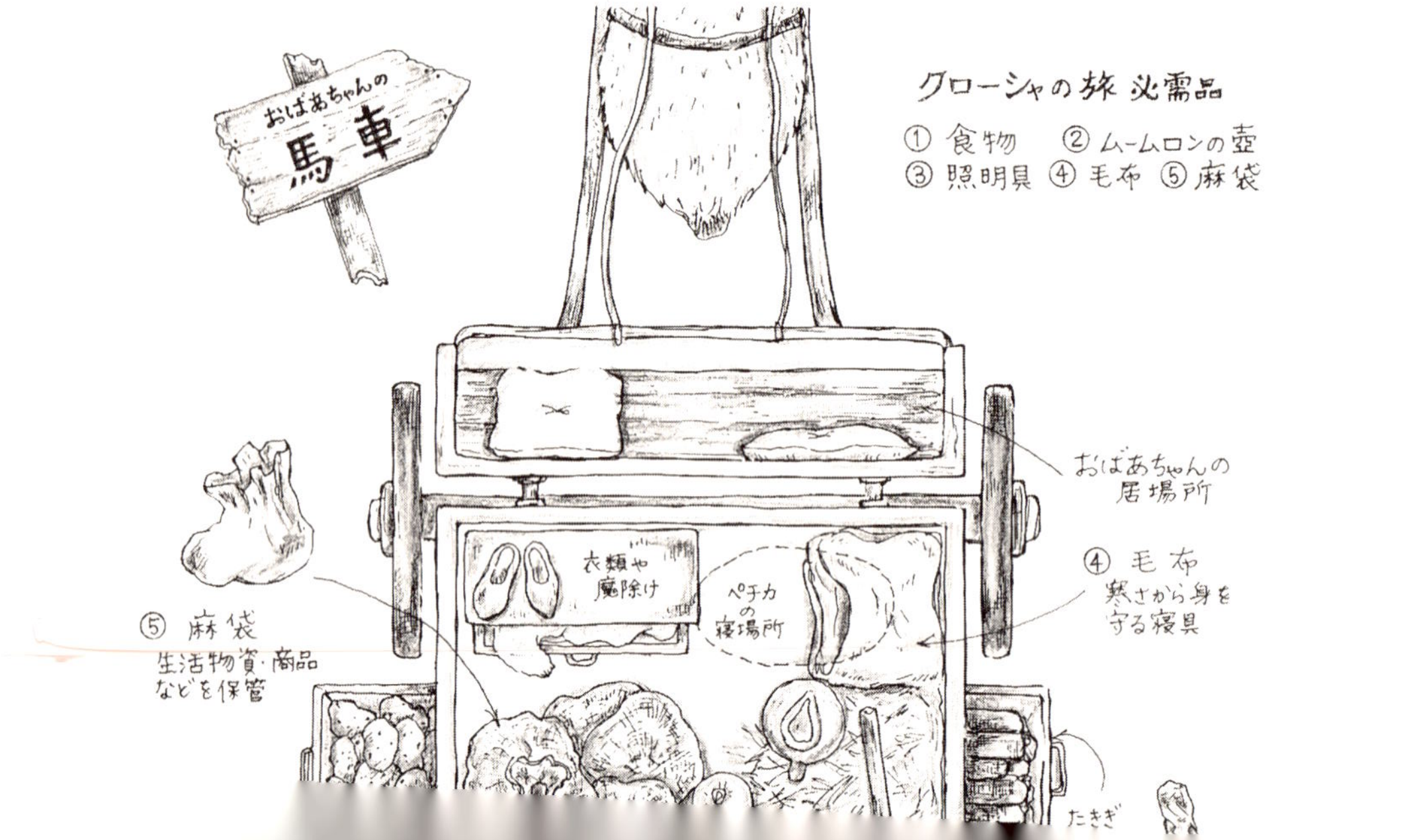
おばあちゃんの
馬車
クローシャの旅 必需品
① 食物 ② ムームロンの壺
③ 照明具 ④ 毛布 ⑤ 麻袋
おばあちゃんの居場所
衣類や魔除け
ペチカの寝場所
④ 毛布
寒さから身を守る寝具
⑤ 麻袋
生活物資・商品などを保管
たきぎ

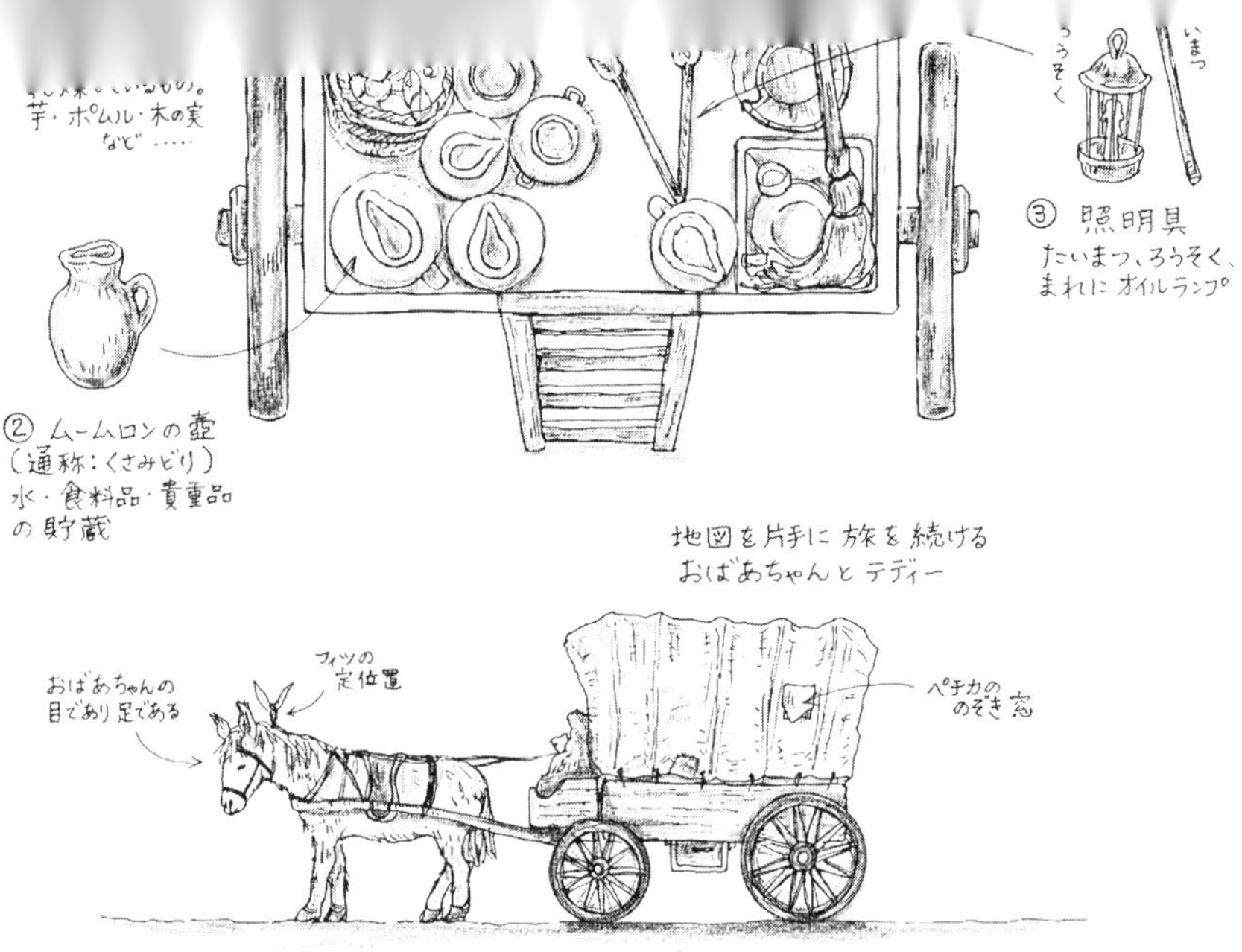

芋・ポムル・木の実
など……
② ムームロンの壺
（通称：くさみどり）
水・食料品・貴重品
の貯蔵
ろうそく
③ 照明具
たいまつ、ろうそく、
まれに オイルランプ
地図を片手に旅を続ける
おばあちゃんとテディー
おばあちゃんの
目であり足である
フィツの
定位置
ペチカの
のぞき窓

細いレンガ造りの通路を抜けると、極端に天井の高い部屋に出た。ヴォーはそこから枝分かれしている通路の一本を選んで、その突き当たりまで飛び続ける。通路はやがて暗く、かびくさい部屋に出た。たいまつ二本と質素なオイルランプだけが灯《とも》されたその部屋には、表紙が読めなくなった古い本ばかりが何十冊も壁際に積み上げられている。何十年も昔、図書室と呼ばれたこともある部屋だった。

部屋のまん中にある唯一の机で、オイルランプの頼りない光の下、ケープを羽織った男が一人、本を広げて読みふけっている。ヴォーはその前に降り立った。

「また、こんなとこにいたのかよ」

本に集中していたイルワルドは、ヴォーの突然の登場に顔を上げた。

「遅いぞ、ヴォー。どこ行ってたんだ」

ランプの光に照らし出されたやせた男の顔は黄色だった。顔だけではない。まとったケープの下から見える皮膚はすべて黄色だった。

「ちょっと、いろいろな」ヴォーは机の上にあぐらをかいて、情けなさそうにイルワルドの読んでいた本をのぞき込む。「なんだ、またこんなの読んでるのかよ」

「こ――これは由緒正しき魔術の本だぞ。失礼なことを言うな！」

ヴォーはおでこを押さえて、なんとも言えない表情で苦笑する。

「まったく、頭の悪いやつについちまったなあ。――考えてもみろよ。この本って、ここに捨ててあったやつだろ、インチキに決まってるじゃないか」

イルワルドは両手をバンと机について、ものすごい目でヴォーをにらむ。ほこりが宙を舞った。ヴォーは苦笑いが消えないまま、「まあまあ」とイルワルドをなだめて、半分からかうように聞いてやる。

「で、何を読んでんだよ」

それを聞いてほしかったようで、待ってましたとばかりにはりきった顔つきになると、イルワルドは「聞きたいか？」と言ってから、ヴォーがうなずく前に「そうだろ」と手を机の下に突っ込んだ。そして、もったいぶりながらやたらと大げさなそぶりで一個の紫色のクリスタルを取り出してきた。クリスタルは手のひら大で、ほとんど完全に透き通っている。

「どうだ！　驚いたか！　これがわしが十年もファラールを歩き回って、やっと発見した聖なる石だ！　これで町の愚民どもを呪い殺してやるのだ！」

「ふーん」ヴォーは少し興味を持ったらしく、クリスタルをつついてみようとした。「高く売れるんじゃないか、これ」

「ば、ばか者！　売るだなんて、なんてことを！」

イルワルドはあわてて石をひっこめて、目をむいて怒る。ヴォーは肩をすくめてから、面倒くさそうにイルワルドにもう一度聞いた。

「で？　どうやって呪うんだよ」

「よく聞けよ」

本のページをめくって、イルワルドは奇妙な図案がたくさん載っているところを指でなぞりながら、その内容をヴォーに読んで聞かせる。

「一に手のひらにのる水晶を見つけ、二に石を人の血の中に三日浸《つ》ける。三に馬とコウモリの糞《ふん》にトカゲの目玉を混ぜ、それを一晩置きに十日間、石に擦り込む。四に――」

イルワルドは読むのをやめた。ヴォーは腹を押さえて笑い転げていて、机の上をのたうち回りながら、ついにその縁から転げ落ちる。それでもまだ笑うのをやめられず、まっ赤になっているイルワルドの前に笑いながら浮かび上がってきた。

「何がおかしいんだ！」

「だって、おまえ、馬の糞って……そんなもの塗ったってくさいだけだって」

イルワルドはいっそう赤くなったが、それを隠すためにもっと大きな声でヴォーにどなる。

「わ、わしの魔法をバカにするな！　パパとママを死に追いやって、わしをこんなところに閉じ込めた町の連中に復讐《ふくしゅう》するのだ！　呪いの石であいつらをみんなディーベにして、パパとママと同じ苦しみを味わわせてやる。わしだって、この黄色い皮膚のせいで、いつもいつも――」

「分かった、分かった」

やっと笑い終わったヴォーは空中に浮いたまま、何度となく聞かされたイルワルドの話をさえぎって、冷静な声で告げる。

「でもなあ、それじゃどうにもならないぜ。――ちょっとさっきの石、貸してみな」

「冗談じゃない！」イルワルドはケープの中に石を隠して、首を横に振った。「この石はわしの命よりも――」

「いいから見せろ」

突然笑みの消えた冷酷な顔でヴォーがつぶやいた。ランプとたいまつの火が一斉に揺らめく。イルワルドは静かになって、しばらくヴォーの冷たい目を見ていたが、もう一度「見せろ」と言われて、今度はしぶしぶ紫のクリスタルを机の上に置いた。

ヴォーは手のひらに炎を集めてから、黙ってクリスタルのそばへ降りる。そして、イルワルドの方へ不敵な笑みを送ってから、「本当の魔法ってやつを見せてやるよ」とつぶやいて、炎が燃える手のひらをクリスタルの表面に当てた。次の瞬間、クリスタルとヴォーの手のひらの間で目もくらむほどの光が走り、イルワルドは悲鳴をあげて目を閉じる。

イルワルドが目を開けると、紫色のクリスタルの中で不気味な炎が燃えさかっていた。炎はまっ黒で、まるで生き物のようにうねり狂い、クリスタルの表面に襲いかかっている。額に噴き出た汗をぬぐって、ヴォーはあっけにとられているイルワルドに言った。

「どうだ。これが本物の呪いの石だ」

イルワルドは何も言えずに、ふるえる指先で石をさわろうとして、炎に襲いかかられると、あわててケープの中に手をひっこめた。口をぽっかり開けっ放しのイルワルドに、ヴォーは誇らしげに語る。

「炎水晶《えんすいしょう》っていうんだ。しばらく大事に育ててやれば、おまえの願いをかなえてくれるかもしれないぜ」

口元に徐々に笑みを広げ、イルワルドは興奮を隠しきれない眼差《まなざ》しで炎水晶を見ていた。

「こ、これでやつらに目にもの見せてやれるのか？」

「目にもの？」ヴォーは危険な笑みを浮かべる。「下手したらこの辺の人間は全滅だぜ」

ランゼスの町を出てから、丸一日が経とうとしていた。ペチカはホロの側面にあるのぞき窓から絶えず外を見張っていて、トイレに行く以外、馬車から一歩も出ようとはしなかった。

何バリベール進んでも、目の前を流れていく景色はずっと森か草原である。草原はパンパ草という、ひざの高さの雑草が果てしなく生えているだけの寂しいもので、たまにある変化といえば、せいぜい岩が草に隠れるようにして転がっていることだけだった。森は南クローシャと東クローシャを分けている巨大なアコパラ林で、この地方の人々には『赤い森』と呼ばれている。森の大半を形成するアコパラ種の木が一日に二度、赤い花粉を大量に放出するので、どこもかしこも赤く染まっているための名前だった。正式な名前もあるにはあったが、『アウクライア』という言いにくいものだったため、使う者は少なかった。

日が暮れ始めてまもなく、ペチカたちは今日二度目の赤い森の『くしゃみ』に見舞われた。『くしゃみ』が続く間は、まるで自分の目の方が赤い幕でおおわれたかのように、見るものすべてが赤くなってしまう。まっ赤な色の嵐《あらし》だった。遠くからわざわざ見に来る人もたくさんいるほどの美しい現象だったが、ペチカにとっては、それは単に見通しを悪くするだけのものにすぎなかった。

フィツはというと、守頭の一件以来、まだふてくされていて、ホロの屋根に登ったきり戻ってこない。

おばあちゃんも相変わらず御者台で一日を過ごしていて、日に二回、無言でスープをホロの中に持ってくる以外、入ってこようとしなかった。スープはいつも野菜《テイルガッツ》スープで、中の具は例外なく根菜類とわずかな干し肉だった。

ロバのテディーは時たまおなかがすいた時に「ブル」と鳴く以外は、ただひたすら馬車を引いている。

そうして二日目が過ぎていった。ペチカはすでにおばあちゃんが人買いだと決めていたので、少しでも早く馬車から逃げようと思っていたが、うかつに外に出て追ってきた守頭に捕まることが怖かったので、今のところ、外を見張っているしかなかった。

馬車が進んでいる道は人通りが多くて、ペチカたちは絶えず人や馬車とすれ違っていた。ペチカたちと同じ方向へ行く人はもっと多く、どうやら彼らはみんなおばあちゃんと同様、この先にある大きな町を目指しているようだった。何度か出てきた立て看板には、どれも塔の絵がたくさん描いてあった。

まだ守頭の姿はなかったが、もう追いついてきてもおかしくはない。少しでも似ている後ろ姿を見つけるたび、ペチカは全身に冷たい汗をかいた。やっと肩の力を抜くことができたのは、日が落ちて、馬車が暗闇にまぎれてからである。

ようやく夜が訪れると、ペチカはすっかり疲れて床板の上に寝転がった。ガタのきた車輪の音が床板の下から響いてきて、奇妙に心地よい。パタンパタンという音は、お母さんの糸つむぎの音とよく似ている。目を閉じると、糸つむぎに座るお母さんの姿が見えるようだった。

ポケットからお母さんの写真を取り出して、横になったまま、ペチカは隅っこでこっそりそれを見つめた。写真のお母さんはあの時の笑顔のまま、今もぜんぜん変わっていない。

「お母さん……」ペチカは弱々しい声でつぶやく。「お母さん……」


「お母さん、おなかすいた」

大きなどんぐり眼《まなこ》を眠そうにこすりながら、六歳のペチカは台所の戸口に立っていた。お母さんがかまどに火をおこそうとしている。ペチカに気がつくと、お母さんは優しい声で言った。

「あら、ペチカ。お昼寝は終わったの？」

ペチカはコクッとうなずいた。何もかもいつもどおりだった。きれいに並べられた食器棚も、テーブルの上に飾られた花も、台所に立ち込める砂コーロの焼けた匂いも、みんないつもどおりだった。そして、何よりもお母さんがちゃんとそこにいた。——ペチカはなんだか長い間、悪い夢を見ていたような気がして、何もかもが前のままだと知って安心する。——夢だったんだ、とペチカは思う。なんだ、全部夢だったんだ。

「お母さん、オムレツ作って」

お母さんは笑って、ペチカのところへやってくると、ペチカの背丈までかがんで言った。

「またオムレツ？　ペチカは本当にオムレツが好きねえ」

「うん」と、ペチカは全身で大きくうなずく。身をかがめているお母さんの胸元で月のマークのペンダントが回っていた。

空気の暖められた台所がとても心地いい。何もかもが正常だった。ペチカは台所の入口の全身鏡に映っている自分の姿を見て、自分がまだその鏡にすっぽり入る背丈であることを確認して安心した。大人になって一人っきりになる日はまだずっと先のことだった。それまではお母さんがそばにいてくれる。

「あら、泣いてるの？」お母さんはペチカのほおに涙が走ったのを見て、それをハンカチでふき取ってくれた。「きっと、怖い夢を見たのね。もうだいじょうぶよ」

「うん」ペチカはお母さんにギュッと抱きつく。お母さんは暖かくて、大きくて、やわらかかった。なんだかこうしているのが、ずいぶん久しぶりのような気がする。

「さあ、椅子に座って待ってなさい。今、オムレツ作ってあげるから」

ペチカは自分の椅子に器用によじ登って、足をブラブラさせながら待った。お母さんはニコッとほほ笑んで、壁にかかっていた大きなフライパンを取る。お母さんはいつもそのフライパンでオムレツを焼いてくれる。うんと大きなフライパンで、ペチカはそれを持ち上げることさえできなかった。それなのに、お母さんはフライパンを片手でコンコンと振って、きれいにオムレツを焼いてしまう。ペチカもいつか大人になったらお母さんみたいにオムレツがうまく焼けるようになりたいと思っていたが、あんなに重いフライパンが持てるようになるなんて、今はちょっと信じられなかった。

座っているのはペチカ専用のふわふわの椅子だった。大のお気に入りで、台所仕事をしているお母さんや、テーブルの反対側に座って編み物をしているお母さんをそこに座って見るのがペチカの日課だった。──そこがペチカの居場所だった。そこにさえいれば、何もかもが正常だった。フォークでつけたテーブルの傷もちゃんとある。あの時はお母さんに怒られたが、奇妙な文字のようなその傷跡がそこにあることも、ペチカにとっては安心できる理由のひとつだった。

「お母さん、オムレツまだ──」

ペチカがふいに顔を上げると、お母さんはいなかった。

火にかけられたフライパンだけが残されている。台所は奇妙に静まり返っていた。

「お母さ──？」

声は途中でかすれる。ペチカはあわてて椅子から降りたが、台所はもぬけの殻《から》だった。

──いつの間にかかまどの火も消えている。急に何もかもが色あせたように思えた。古くなった写真を見ているような気分である。よく知っている風景が突然冷たく見えた。ペチカは悲鳴をあげるように何度もお母さんを呼びながら台所を走り回り、戸棚を次から次へ開け、ごみバケツの中までのぞいて、芋のカゴをひっくり返した。

「お母さん！　どこ!!　お母さん、怖いよ！　出てきて!!」

ペチカの目の前で、台所はあの引っ越しの日の風景に変わっていった。家が売られることになって、ペチカが教会に引き取られた日の朝である。守頭がイライラして玄関先で待っている間、ペチカは最後にもう一度台所が見たくて、引き返してきた。お母さんがいなくなってからも、台所がお母さんに一番近い場所のように感じていた。ここで待っていれば、そのうちお母さんが迎えに来てくれるような気がしていたのに、ある日、知らない人がやってきて、ここにはいられないことを教えられた。玄関に怖いおばさんが待っていて、ペチカをどこか知らないところへ連れていくらしい。知らないことばかりだった。なんでここにいてはいけないのか、六歳のペチカには分からなかった。

ペチカはむだだと分かっていても、お母さんを探した。——ひっくり返されたテーブルで転んで倒れても、お母さんをただ呼び続けた。いつもきれいだった床はほこりをかぶって、華やかだった食器棚は中身を持っていかれて空っぽになっていた。

「お母さん——お母さん!!」

ペチカは台所の床で泣き続けた。戸口の鏡に映っている姿は、いつの間にか成長したペチカになっていた。でも、六歳のペチカはどうしていいのか分からずに、泣きながらお母さんを呼び続けるしかなかった。ずっと泣いていれば、お母さんが迎えに来てくれるかもしれないと思っていた。

床についていた手に、何かが触れる。——お母さんがつけていた月のペンダントだった。ペンダントは見る影もなく、ほこりをかぶって、赤茶けた色に錆びている。チェーンはずっと昔に切れていた。

「お母さん!!　お母さん、どこ!?」

ペチカは狂ったように呼び続ける。空っぽの部屋でその声は何度もこだまして、ゆっくりと消えていった。

「お母さん!!」


「お母さん!!」

ガタン、と馬車が揺れた。

馬車の上のフィツは雷が落ちたのかと思って飛び起き、寝ぼけた顔で目をこすりながら周りを見たが、おだやかな夜空が広がっているだけだった。不思議に思って、首をかしげたとたん、もう一度馬車が揺れる。

「お母さーん!!」

馬車が大きく跳ねた。ロバのテディーも驚いて立ち止まってしまい、フィツは衝撃で振り落とされそうになる。あわててホロの中をのぞき込むと、ペチカはかぶっていたはずの毛布にぐるぐる巻きになって、床の上でもがいていた。ホロの上から逆さまにぶら下がったフィツは、目を丸くしてこの様子を見ていた。ふいにペチカは飛び起きようとして、そのままバタンと床の上に倒れる。目は何かを探すようにキョロキョロ動いていた。

「お母さん!!　お母さーん!!」

それはもはや呼び声というより、悲鳴だった。ペチカはやみくもに立ち上がって、いきなりフィツの方に向かってきたので、フィツは驚いて身を引く。だが、ペチカは足にからみついた毛布でまたバランスを失い、頭から先に馬車のホロに突っ込んで、ホロを突き破り、外の地面に転がった。真下に水たまりがあったので、泥水のしぶきが上がる。

落ちた時に肩を強く打ったようだったが、ペチカはそれすら気づいていないように、泥だらけの水たまりをはい回りながら、ただくり返しくり返し、絶望的な声で母親を呼び続けた。

「おかあさあん！　おかあさん!!　おかあさあああん!!」

最後につぶれるほどの声をあげ、それで力を使い尽くしてしまったのか、ペチカは泥の中へ前のめりに倒れ込んで、静かになった。小さなすすり泣く声だけがペチカの体から伝わってくる。服は泥だらけで、背中は破れ、やせた肩骨が風にさらされていた。悲しいほど小さな背中だった。

　フィツはあっけにとられたまま、少しも動けずにホロの上からこの様子を見ていた。ペチカがまた眠ってしまったのかと思ったが、途中からよく分からなくなってしまった。一瞬のぞき込んだペチカの瞳には何も映っていなくて、ただ寂しそうな光が目の奥でさまよっていた。青い月の照らし出す大地だけが、何事もなかったように静かなままである。

　ペチカは水たまりから体を起こそうともせず、小さな子供のようにひざを抱きかかえ、丸くなって泣き続けていた。

「……お母さん……オムレツ作って……オムレツ――」

　ペチカの上にパサッと毛布がかけられた。いつの間にかそばにおばあちゃんが立っていて、ペチカの小さな体を毛布ごとそっと抱き寄せる。ペチカは一瞬とまどった顔を見せたが、おばあちゃんの温もりに迎えられ、素直にその胸に顔をうずめた。泥まみれになってしまったまっ赤なほおをおばあちゃんの腕にすり寄せて、目をつむる。

「お母さん……オムレツ……オムレツ食べたいよ……」

　ペチカはヒックヒック涙をこらえながら、おばあちゃんに言った。おばあちゃんは黙ってうなずいて、ただペチカを抱いていた。

「……お母さん……私――お母さん……」

ペチカはすっかり幼い女の子のあどけない顔になっていた。苦労なんて知らなくていいはずのやわらかいほおには、小さな傷が無数にあった。殴られた跡や、しもやけになった跡や、固い木の箱のベッドで寝てできたすり傷や切り傷が痛々しかった。そんな傷があたりまえのようにペチカのほおにはたくさんあった。

「……お母さん……」

無意識におばあちゃんの腕をつかんで、落ち着くまでペチカは小さな声で泣き続けた。

フィツはホロの屋根からふわっと舞い降りると、ペチカのすぐ目の前に現れる。ペチカは細く目を開けてフィツに気がつき、口を開きかけたが、それよりも少し早くフィツは唇に人さし指を当てて「しーっ」とささやいた。それからニコッとほほ笑むと、ペチカのほおの前で右手をかまえ、その手のひらから暖かい黄色の光をほのかに放つ。光はちょうどいい暖かさで冷たくなったペチカのほおを暖め、涙を乾かした。一瞬ペチカはとても優しい目でフィツを見た。フィツはドキッとする。写真のお母さんの目とそっくりだった。

フィツが照れながらうなずくと、ペチカは安心したようにもう一度目を閉じた。

しばらくして、テディーも気になったのか、馬車をひきずって、フィツの横に来ると、首を突っ込んできて、ペチカのほっぺたを大きな舌でなめ、励ますように「ブル」と鳴く。ペチカは静かにまた眠りについた。

あごを地面にぴったりくっつけて寝ているロバのテディーの耳の間で、フィッツは丸くなって眠っていたが、テディーが「ブルッ」とくしゃみをした拍子に跳ね飛ばされて地面の上に落っこちる。運悪くジベタリスの掘った穴に首がはまってしまったフィッツは、「ううっ！ううっ！」とうめいて、頭を穴からスポンと引き抜き、やっと一息ついた。

「び、びっくりした」冷や汗をふいてから、片目だけ開けて「ブルルル」と笑っているテディーに、フィッツは「わざとだな」と言ってふてくされる。

朝になっていたが、時間はまだ早いようだった。辺りは本当には明るくない。月もうっすらと見える。少し寒かった。フィッツはちょっとふるえを感じて、テディーの頭の上にのっかり、長い両耳をひっぱり寄せて、その下にもぐり込む。テディーは「ブル」とちょっと不満そうだったが、また目を閉じて眠りに戻った。フィッツもうとうとしかけたのだが、馬車の後ろから物音がしたので、何かと思って音の方へ振り向く。

はしごに座って、ペチカが朝芋の皮をむいていた。

フィツはその光景をしばらくながめてから首をかしげ、目をこすって、もう一度見直した。

さっきと同じものが見えた。

フィツはほっぺたをつねってみる。

「いてっ！」

ペチカは手を止めてフィツの方を見ると、なんだか照れたようにまた下を向いて言った。

「なんだ。起きてたんだ」

目を大きく見開いたまま、フィツはキョトンとしてうなずく。

「まだ朝ごはんまで時間かかるから、寝てていいよ」

フィツは念のためにもう一度ほっぺたをつねってからたずねた。

「どうしたの？」

「どうしたのって――」ペチカはまた朝芋の皮をむき始める。足元のバケツには、すでにむき終わった朝芋が二つ入っている。「――朝ごはんの仕度してるんだよ。いけない？」

「どっか具合悪い？」

「別に」

フィツはすっかり目が覚めてしまって、テディーの頭をポンポンとたたいて起こした。テディーが「ブルーッ」と怒った顔でにらむと、フィッはペチカの方を指さす。テディーはまず目だけでそっちを見たが、すぐに頭全体をそっちへ向けることになった。

「ブル」

フィツも思わず「ブル」と返事をして、テディーに同意するように肩をすくめた。

結局、おばあちゃんが起きてくる前に、ペチカはスープを作り終えてしまった。起きてきたおばあちゃんは匂いをかいで一瞬びっくりしたようだったが、不思議には思わなかったらしく、ペチカが黙ってスープを持っていくと、何も聞かずに受け取って飲み始めた。ペチカはそのあと、すごく小さなお皿とすごく大きなお皿にそれぞれスープを注いで、フィツとテディーのところへやってきた。あぜんとするフィツとテディーの前に、ペチカは二枚のお皿を置いて、さっさと戻っていく。フィツとテディーはスープを見て、顔を見合わせ、また珍しいものでも見るかのようにスープをながめた。テディーは口をつける前にしきりにスープの匂いをかいでいた。

食事が終わると、ペチカは無言で全員のお皿を集めて回り、くみ置きの水で洗い始める。その時には、フィツのほっぺたはつねりすぎて、すでにまっ赤になっていた。

「ねえ、どうしたの？」

フィツは不可解そうに、お皿を片づけているペチカの背後から聞いた。ペチカの返事は相変わらず同じである。

「別に」

「なんか変だよ」

「そんなことないよ」

「やっぱり変だ」

「しつこいよ」ペチカはちょっとムッとして口をとがらせたが、すぐに機嫌を取り戻し、楽しそうにお皿をホロの中の麻袋にしまい始めた。「……私、しばらくここにいるからね」

「ここって、おばあちゃんの馬車のこと？」

「うん」

「人買いだから逃げなきゃって言ってなかった？」

「言ってないよ」

フィツは頭をかいて、もう一度確かめてみる。

「本当にここにいるの？」

「そうだよ。いけない？」

フィツは首を横に振って言う。

「そんなことないよ。きっとおばあちゃんも喜ぶよ、寂しくなくて」

「うん」ペチカはお皿を全部しまい終えて、フィツに告げた。「フィツはどこへ行ってもいいよ。この道、いくらでも人が通るから、適当に誰かについていけば？」

「いい」フィツはいくらかもったいぶってから、空を見て言った。「実は今日の夜、帰らなくちゃいけないんだ。規則で、ぼくは九回日が沈む間しか地上にいられないから」

「……そうなんだ」ペチカは突然のことに、少しぎこちなく答えた。

「うん。いろいろあったけど、おもしろい経験だったよ」

ペチカはじっとフィツを見つめていたことに気づいて、あわてて目線を伏せてほうきを手に取り、ホロの中に上がると、床板を掃き始めた。

「でも、また来るんでしょ？」フィツに背を向けたまま、ペチカはさりげなくたずねる。

フィツはホロの入口まで浮かび上がって、そこからペチカに言った。

「ううん。心配しなくても、もう来ないよ」

ホロの中には、さっきペチカがくんできたバケツの水に雑巾《ぞうきん》が浸けられている。

「そう」ペチカは床を掃き続ける。

「うん。もっと夜遅くなったら勝手に帰るから」

ペチカはフィッに背中を向けたままうなずく。フィッは用がすんで、外へ出ようとしたが、一瞬早くペチカがフィッの名前を呼んだ。

「フィッ」

フィッは首だけ振り返ってペチカを見たが、ペチカは相変わらず背を向けている。ただ、ほうきを動かす手は止まっていた。

「どうしたの？」

ペチカがしばらく何もしゃべらなかったので、フィッはホロの中へ入ろうとしたが、その前にペチカが言った。

「――なんでもない」

「なんだ」フィッは肩をすくめて羽を軽くはばたかせ、まだ動きが止まったままのペチカを残して視界から消えていった。

　夕ごはんの前にペチカはテディーの体をふいてやった。おばあちゃんよりも力強くみがいてもらったテディーは、「ブルッブルッ」と時々くすぐったそうに身をよじりながらも、喜んでいるようだった。フィツはそんなペチカをぼんやりとホロの上から見守っていた。——いよいよ日が暮れてきた頃、ペチカはフィツと目が合って、初めてフィツの姿に気づいたように言った。

「なんだ。まだいたんだ」

　フィツはホロの縁から足を垂らして、「暗くなったら帰るよ」と返事をする。

「そう」

　関心がなさそうに、ペチカは野菜の箱を探り始めた。そろそろ夕食の準備を始めなければならない時間である。一日の仕事を終えた太陽が山の向こうへ隠れようとしていた。長い影が赤い地面の上に色濃く伸びている。

　ペチカが芋をいくつか取り出していると、おばあちゃんがやってきて、ふと背中に触れた。

ペチカがおばあちゃんを見ると、おばあちゃんはニコッと笑って、黄色いふわふわしたものをのせたお皿を差し出す。お皿を受け取って、その上にのっているものを見たとたん、ペチカは驚きで危うくお皿を落としそうになって、あわてて両手でつかみ直した。――お皿のまん中でほのかに湯気を上げているものは、まぎれもなくオムレツだった。

興奮を隠しきれない声で、ペチカはおばあちゃんに聞く。

「こ、これ……私に？」

おばあちゃんはただうなずいて、また静かにたき火のところへ戻っていった。ペチカは胸がドキドキして、手がふるえ、お皿を落としてしまいそうだったので、いったん木の箱の上にお皿を置いて、ふるえが止まるのを待った。それからその横にうずくまって、手をつけずに、ただオムレツに見とれてしまう。

「これ、何？」

ホロの上から降りてきたフィツが、ペチカの耳元でたずねた。ペチカはフィツを見て、あきれた顔で答える。

「オムレツだよ。すごくおいしいものなんだから」

「へーっ」フィツはつばを飲む。「食べないの？　冷めちゃうよ」

「分かってるよ」

ペチカはそう言ったものの、一向に手をつけようとはしない。フィツはだんだんイライラしてきて、もう一度ペチカをせかす。

「冷たくなっちゃうよ」

「分かってるって！」

ペチカは低い声でどなって、まだ少しふるえながらも、やっとスプーンを手にした。それから、フィツが見ている前でオムレツを一口すくって、ゆっくりと口へ運んだ。ペチカはそれを長い間かみしめてから、飲み込む。ペチカが何も言わないので、たまりかねたフィツはすぐそばまで寄ってきて聞いた。

「ねえ、どんな味？　おいしいの？」

ペチカはやはり何も言わない。

「ねえ！　どうなの!?　ぼくにも一口食べさせて！」

ペチカはあわててオムレツをフィツから背中で守って、二口目を食べる。フィツはいよいよイラついて、またペチカの前へ回ってうったえた。

「ねえ、一口ぐらいいいでしょ！」

ペチカはまた背中を向ける。フィツも追いかける。ペチカが逃げる。フィツが追いかける。二人はグルグル回りながら言い合った。

「食べさせてよ、ケチ！」

「うるさいな！　早く妖精の国に帰ったら！」

「一口くれたら帰るよ！」

「なんでフィッツにあげなきゃいけないのよ！」

「いいじゃない、いっぱいあるんだからさ！」

「早く帰ってよ！」

「一口食べさせてよ！」

「うるさい！」

「ケチ！」

ちょうどその時、二人の間におばあちゃんがやってきて、小さなお皿を差し出した。二人ともびっくりして、一瞬静かになる。つい大声を出してしまったことに気がついて、フィッツはしまった、という顔で息を殺した。おばあちゃんはほほ笑んで、ゆっくりとフィッツの方を向く。そして、まるでフィッツが見えているかのように、小さな小さなお皿を差し出した。小さな小さなお皿の上には、小さな小さなオムレツが湯気を上げている。

フィッツはおばあちゃんが誰にお皿を差し出しているのだろうと、瞬間、不思議に思ったが、すぐに自分にだと気づいて空中でピタッと止まる。フィッツが見えるはずはなかったが、おばあちゃんはじっとお皿を差し出し続けた。フィツは振り返って後ろを見たが、もちろんそこには誰もいない。ずっと後ろにロバのテディーがいたが、テディーの前にはすでに巨大なお皿が置かれていた。テディーは初めて見るその食べ物を、怪しげににらんだままである。

――ペチカとフィツは目を合わせた。それから、フィツはまたおばあちゃんの差し出すお皿を見て、ドキドキしながら、虫の鳴くような小さな声でつぶやく。

「……ぼ、ぼくに……？」

フィツの声はそれこそ虫の鳴き声のように聞こえたはずだったが、おばあちゃんはちゃんと分かっているようにうなずいた。さっきのペチカ以上にふるえている小さな手で、フィツは小さな小さなお皿を受け取って、再びおばあちゃんに言う。

「し……知ってたの？……ぼくがいること……？」

おばあちゃんは何も言わずに、またたき火の方へ戻っていった。フィツとペチカはそれぞれ自分のお皿を抱えたまま立ちすくんでいたが、ふと目が合うと同時に言った。

「あげないよ！」

ペチカはまたフィツに背を向けて、残った自分のオムレツにもう一度スプーンを運んだ。さっきよりほんの少し冷めていたので、なんとなくフィツに腹が立ったが、それもオムレツの味が口に広がると、すっかり忘れてしまう。

オムレツの中には小さく刻んだ木の実と干しチーズが入っていて、その味が卵と混ざるとすごく香ばしかった。お母さんの作ってくれたオムレツとは少し違ったが、味はどことなく似ている。南クローシャの田舎《いなか》のお母さんの味である。しばらく忘れていた味だった。

ペチカは気になってフィツの方を見た。どうやらフィツは今、最初のひと口がちょうど口の中に入っているようで、魂を抜かれたような顔をしている。ペチカがしばらく見ていると、その顔にだんだんと笑みが浮き出てきて、ある時点で突然大きな笑顔になったフィツは、残りのオムレツをものすごい勢いで食べ始めた。

ペチカは見ていたことがばれないうちにそっと視線を戻して、さらにひと口オムレツをすくったところで手を止めた。山の向こうに沈む夕日に、長い影。静かな時間。――少し離れたところでおばあちゃんが鍋を洗っている。なんとなく安心しているのはオムレツのためばかりではなかった。

『バター20ビッツ』と雑な字で書かれた古い木の看板を、ペチカはホロのすき間から見てい

た。すっかり日は暮れていたが、看板の左右に火が焚《た》いてあったので、描かれたバターの絵までがはっきりと見える。もちろん、看板の字はペチカにはなんの意味も持たなかったが、バターの絵はおいしそうだった。

ペチカたち一行はオムレツを食べ終わったあと、今日の宿泊地を探して、また動き出していた。フィツはというと、ブツブツ言いながらもまだ居残っていて、時々ペチカと目が合って、「まだ帰らないの？」と聞かれるたびにムッとして、「もうすぐ」と答えている。

看板が見えてきたのは、そんな時だった。近づくにつれて、看板のあるところで道が大きく広がっていることが分かった。そこにはバター屋以外にもいくつかのお店があって、けっこう人もいる。――ちょっとした市場である。ペチカがホロの中に頭をひっこめると、御者台からおばあちゃんが首を突っ込んできて、ペチカへ手招きした。何かと思って、ペチカはおばあちゃんのそばに寄る。

おばあちゃんは右手ににぎった何かを差し出した。ペチカが手を広げてそれを受け取ると、そこには10ビッツ硬貨が二枚入っている。不思議そうにおばあちゃんを見るペチカに、おばあちゃんはバターの看板をチョイチョイと指さした。

「バター買ってくるの？」とペチカは聞く。

おばあちゃんはうなずいた。

ってしまうのではないかと考えて、馬車から飛び降りた。テディーはペチカの体重の分だけ馬車が軽くなったことに気づいたとたん、分かっているようにその場に止まる。フィツもあとに続いて外に出た。


「分かった」

　ペチカはあまり外には出たくなかったが、断ることもできず、まあ、夜だからだいじょうぶだろうと考えて、馬車から飛び降りた。テディーはペチカの体重の分だけ馬車が軽くなったことに気づいたとたん、分かっているようにその場に止まる。フィツもあとに続いて外に出た。人だかりができているバター屋の方へ小走りで駆け出し、ペチカはフィツがついてきているのに気づくと、またふてくされた声で言った。

「なんでついてくるのよ！　もう帰ったら!?」

　フィツもついに怒って言い返す。

「いいよ。ぼくはぼくで勝手に見てるから！」

「好きにしたら」

　ペチカはフィツを置いてきぼりにして、バター屋へ走っていった。バター屋に近づくと、できたてのバターのやわらかい匂いが辺りに立ち込めてきた。カウンターの中ではおじさんが一人、機械を回してバターを作っていた。その横でもう一人、女将《おかみ》さんらしい人が次々にバターを木の箱に詰めて、旅人たちに売っている。少し離れた位置から、群衆の中に守頭の姿がないことを確かめて、ペチカは列の最後尾に並んだ。

　おじさんが動かしている機械についた蛇口から、白くてやわらかいバターがどんどんしぼり出されている。バターはいかにも新鮮で、見ているだけでもおいしそうだった。ペチカは舌なめずりして、ワクワクしながら自分の番を待った。

やっとそれが回ってくると、バター屋の女将さんはバターがいっぱいに詰まった木の箱をペチカに手渡し、代わりに20ビッツを受け取って、「はい、ありがとさん」と言ってから、すぐ次のお客さんに顔を向ける。少し離れた茂みで、ペチカはじっとそのバターを見てみた。こんなおいしそうなバターは見たことがなかった。手のひらにのるぐらいの箱いっぱいに詰められたバターは、箱の縁から少しあふれ出している。辺りをキョロキョロと見回してから、ペチカはすばやくあふれたところを指で取り、なめてみた。豊かな脂の味がして、さわやかなあと味だけが舌に残る。ペチカはもう一口バターをなめようとして、ふと手を止めた。自分でもなぜ止めたのか分からなかった。しかし、辺りの人の声に混ざって、ひとつだけ聞き覚えのある声が耳に届いたとたん、ペチカは顔色を変えてバター屋の方を見た。

「この辺にペチカっていう名前の女の子が来なかった？」

女将さんに聞いているのはルージャンだった。女将さんは「知らないよ、そんな子」とそっけなくあしらって、ルージャンが粘ろうとすると、「こっちは商売で忙しいんだ。買わないならとっとと行っとくれ」とつっけんどんに追い払った。ペチカはとっさに茂みの陰にしゃがみ込んだが、自分の胸のドキドキがどんどん加速していくのが分かって、額から汗が洪水のように流れ出す。手が冷たくなってまひしていた。

「私を探してるんだ——」

追い払われたルージャンはくやしそうにカウンターを蹴って、次の店に行こうとしたが、ハッと立ち止まると、急にすごい勢いでバター屋の裏の方へ走っていった。ペチカはなんだろうと思って茂みから顔を出したが、すぐにその理由が分かって、あわてて頭をひっこめる。

「ほら!! どきなどきな!!」

バター屋の前の人ごみをむりやり押し分けて、守頭の巨体が現れた。頭は以前はなかった包帯でグルグル巻きにされていて、指にも相変わらず包帯が巻かれている。おそろしく迫力のある形相でどんどん群衆を押しのけていく守頭を見て、ほかの人はみんなすばやく道をあけた。

守頭はまっすぐカウンターに行って、腰に手を当ててにらんでいるバター屋の女将さんに向かってどなる。

「そこの女！」

女将さんはまっ赤にほてった顔で言い返した。

「あたしになんか用かい!? 言っとくけど、あんた、ここらであたしの腕力にかなう男なんていないんだからね！」

守頭はそれを聞いても笑うだけで、ひるむことなく言った。

「やせた女の子を探してるんだ。見覚えがあるなら、さっさと言った方が身のためだよ」

女将さんは、カウンター越しに守頭のえり首をつかんですごむ。

「あんた、このビーデさんに命令しようなんていい度胸だよ」

女将さんは守頭をえり元で持ち上げようとしたが、守頭の体をピクリとも動かせなかった。

ちょっと顔をしかめて、もう一度力を入れたが、守頭はこれっぽっちも動かない。

「フーン!!」と女将さんは力の限りひっぱったが、守頭の涼し気な笑みを消すことすらできなかった。やっと自分が相手になっていないことに気づいた女将さんは、青ざめて引こうとしたが、もう遅かった。その前に守頭が左手一本で女将さんのえり首をつかみ、軽々と持ち上げて放り投げる。辺りから大きな悲鳴があがった。

もはや見ていられずに、ペチカはあとずさった。バターの入れ物を地面に落としてしまったことにも気がつかない。そして、そのまま赤い森の中へと全速力で駆け出した。


広場をいろいろと見て回って遅くなったフィッは、もしかするとおばあちゃんたちがもう出発してしまったんじゃないかと思って、あわてて戻ってきたが、馬車はちゃんと元の位置にあった。どうせまたペチカに何か言われるんだろうな、と憂うつな気分でホロに入ると、そこにペチカがいないことを知って少し驚いた。ほかにも何か買い物をしているのかと思って、おばあちゃんの様子を見に御者台に回ってみたが、おばあちゃんの姿もない。テディーだけがポツンとたたずんでいて、フィツを見つけると、何やら不安そうな目で「ブル」と一回鳴いた。

フィツはなんだかすごくいやな予感がして、あせりを感じ始め、馬車の上空へ舞い上がる。理由もなく脈が速くなっていく。かなり上空へ昇ると、馬車から少し離れた人ごみの中に、おばあちゃんがいるのが分かった。おばあちゃんは周りの物音と人の声で、方向が分からなくなっているようである。フィツは人間に干渉しちゃいけないという規則を思い出したが、どうせおばあちゃんには気づかれているし、このくらいはいいやと勝手に決め込んで、おばあちゃんのところへ舞い降りた。体から出る光を極力弱めて、おばあちゃんの服の間にもぐり込む。おばあちゃんはすぐに気がついて、フィツの方を向いたが、顔はまっ青になっていた。フィツはすぐに何が起こったのかを悟る。――ペチカがどこかへ行ってしまったのだ。おばあちゃんはペチカを必死に探していたのである。

おばあちゃんはフィツを懐に入れて、また人ごみの中をあっちこっち歩き続けたが、見つかるはずはなかった。分かっていても、おばあちゃんはあきらめようとはしない。必死に探し続ける。おばあちゃんにとって、ペチカがそばにいてくれることがどれだけうれしいことなのか、どれだけかけがえのないことなのか、フィツは今になってやっと気がついた。

フィツはもう一度上空へ飛び上がる。広場全体を探し回ったが、ペチカの姿は見当たらない。ますます不安になっていくフィツは、広場のはずれの方を一周しているうち、ふとさっき——もうだいぶ前になるが——遠くから見たバター屋の騒ぎを思い出した。人が多くいるところはできる限り避けていたので、近くには行かなかったが、あれはペチカに何か関係があったのだろうか——今さらむだだと思いながらも気になって、フィツはバター屋の方へ飛んでみる。バター屋は閉まっていた。人だかりもなくなって、カウンターがたたき壊されている。フィツは辺りをくまなく見て回り、すぐに茂みの陰にバターの箱がひとつ転がっているのを見つけた。近くへ降りてみると、バターの箱はひっくり返っていて、中のバターは外に流れ出し、土に染み込んでいた。そして、そこから一直線に歩幅の広い足跡が森の中へと消えている。フィツはバターの器の上に立って、じっとその足跡を見つめた。

「まさか……逃げたんじゃ……」

フィツはそうつぶやいて、自分の言ったことの確かさにふるえた。

広場をさらに二周回って、フィッは可能な範囲で隅から隅まで探し尽くしたが、ペチカはどこにもいなかった。

おばあちゃんもそれはとっくに分かっているはずだったが、まだ広場を回っていた。何度も転んですりむいたひざに、血がにじんでいる。目が見えないのに、このにぎやかな広場を歩き回るなんて、恐ろしいことのはずだった。それなのに、おばあちゃんはすでに二周目を終えて、馬車のところへ戻ってきていた。さすがにおばあちゃんもあきらめるだろうとフィッは考えていたが、おばあちゃんは心配そうに鼻面を押し当てるテディーを手のひらで制して、また次の一周を始めようとする。フィッは絶望的な表情で上空に浮かんでいた。

おばあちゃんはぶつかっては押されて転び、また起き上がって、たちの悪い子供にからかわれても、ひたすらペチカを探して歩き回った。フィッにはなぜだか分からなかった。どうしても分からなかった。でも、倒れて、それでも立ち上がって何度も何度も広場を歩き回るおばあちゃんを見ているうちに、今まで感じたことのない強い気持ちに心を奪われた。

やがて、フィツの上にポタポタと雨が降り始めてくる。雨はすぐに勢いを増し、ペチカを探すおばあちゃんにも容赦なく降りかかったが、おばあちゃんはまったく気づいていないようだった。

広場の中央の鐘が鳴った。フィツがあわてて時計を見ると、時刻はすでに300ダプレになっている。もう100ダプレで今日は終わりだった。350ダプレまでに地上を出発しなければ、今日じゅうに妖精の国まで帰れない。

フィツは前髪の間を流れ落ちる雨水を手の甲でふいて、帰ろうと決心した。おばあちゃんがまもなく三周目を終えて馬車に戻ってくる。そしたら帰ろう、と思った。九日間の期限は一番大事な規則だった。もし守らなかったら、重大な罰が待っている。ずぶぬれで戻ってきたおばあちゃんを見て、フィツは祈るような気持ちで「やめて」と念じた。

だが、おばあちゃんはこれっぽっちもやめる気配を見せず、テディーの「ブル！　ブル！」という必死のうったえも無視して、さらに歩き続けた。雨にぬれた広場にはもう誰もいなくなっていた。ほとんどの店はたたまれて、旅人たちもそれぞれ馬車の中にこもっている。それでもなお、おばあちゃんはペチカを探し続けた。

310ダプレ。

おばあちゃんがまた戻ってくる。フィツは手のひらを固くにぎり合わせて、もう一度強く念じた。

「……お願いだからやめて……」

テディーも若い時のように、ここ何年来発したことのない必死の声で「ブル！　ブル！」とおばあちゃんを呼び止める。雨がどんどん激しくなっていた。おばあちゃんはやめようとはしない。

フィッツは馬車の上で雨に打たれたまま、ただ見ていることしかできなかった。おばあちゃんの足取りはどんどん弱々しくなっている。もうまっすぐ歩くこともできないらしい。それでも片足をひきずって、おばあちゃんは探し続けた。

「なんで……逃げたりするんだ……」フィッツはペチカが許せなかった。「……ひどすぎるよ……」

はうようにして戻ってきたおばあちゃんは、それでもまだ歩こうとしていた。見かねたテディーが固定された馬車をむりやりひきずって、おばあちゃんの前に出た。そして、おばあちゃんの泥だらけの顔をなめて温めようとする。おばあちゃんはやっとテディーに気づいて、その首にしがみつくと、寂しそうにすすり泣いた。暗い空から冷たい雨が絶え間なくおばあちゃんとテディーの上に降りそそぐ。

空を裂いて、稲妻がピカッと走った。フィッツは痛くなるまでかんでいた唇を放す。

３３０ダプレ。

足跡の消えた方向をフィツはにらんだ。

カッという閃光《せんこう》のような光を放って、人間の目には見えないほどの速さで、フィツは光の線になって森へ飛んでいく。霧が立ち込め、雨が降り、雷の轟く音が何もかもを包み込んでいた。

雨が降り出して、初めてペチカは走るのをやめ、自分がずいぶん遠くまで来てしまったことに気づいた。やみくもに赤い森の中を走ったので、もうどっちにどのくらい進んだのか分からなくなっていた。雨が強くなると、小さな洞穴のようなものを見つけて、ペチカはとりあえずその中に避難した。ぬれるのは平気だったが、暗すぎて足元がよく見えなくなっていた。

みるみるうちに雨は激しさを増し、地面にたまった水が洞穴の中まで染みてくる。ペチカはうすい服を引き寄せ、冷たくなった手をすり合わせて息を吹きかけたが、感覚は一向に戻ってこなかった。凍えないために必死になって枯れ木や枯れ葉を集めて山を作り、トリニティーの雪の夜と同じように、木の枝と石をすり合わせて火をおこそうとしたが、すでに何もかもが湿っていて、火などおこせるはずもなかった。ペチカは努力を続けたが、むだだった。ついに手のひらから血がにじんできて、まひした手では痛みこそ感じなかったものの、もはや枝を持つことはできなかった。

「手伝ってやろうか」

気配すら感じさせず、ヴォーが後ろに浮いていた。ペチカは心臓が飛び出しそうになって、洞穴の奥の壁にぴったり体をくっつけてヴォーをにらんだ。ヴォーはふっと笑って、洞穴の中に入ってくると、首を振って水を払う。そして、指先をかまえると、ペチカの作った薪の山に火を放った。薪は一気に燃え上がり、一瞬にして洞穴の中は暖かくなる。

「これで一安心ってとこだな」

ヴォーは髪の毛を両手の熱で乾かして、指先をくし代わりに髪型を整えてから、あらためてペチカに言った。

「よう。元気か」

ペチカは何も言わなかったが、ヴォーはかまわずに続ける。

「たしか、ペチカっていったっけ？」

　ペチカはまだ奥の壁にピッタリとくっついたままである。

「どうした。おれの言ってること、分かるんだろ？　心配するなって。妖精に悪いやつなんかいないさ。フィツを見てみろよ」

　ヴォーが近づいてくるのを嫌って、ペチカは縮こまる。ヴォーは勝手にペチカのひざに留まると、あぐらをかいて、にやけた顔で言った。

「もうフィツは帰ったんだろ。おまえも大変だったな。あんなのにつきまとわれてよ。あいつはしつこいからな。いろいろうるさいだろ。やれ、ああしちゃいけないとか、こうしちゃいけないとか――」

「そんなことないよ」反射的にペチカはそう答えていた。

「何もむりすることないんだぜ。正直に言ってみろよ。あいつは長老にかわいがられてるから、ろくに妖精の国を出たこともない世間知らずになっちまったんだ。だいたいあいつは理屈ばっかりで――」

「フィツは――！」ヴォーの言葉をさえぎって、ペチカが大声で言った。ヴォーは驚いて、しゃべるのをやめる。自分が何を言いたいのか分からずにペチカは声が小さくなったが、最後までヴォーを見据えて言った。

「……フィ、フィツの悪口を勝手に言わないで。何も知らないくせに」

たき火が不自然なほど激しく燃えさかっていた。洞穴の中は暖かいのを通り越して、暑くなり始めている。ペチカの意外な反応に、ヴォーは瞬間的に表情が固まってしまったが、ペチカがうつむくと、いつものうすら笑いに戻って、からかうような声で言った。

「へーっ。仲いいじゃないか」

ペチカは少し赤くなって言い返す。

「別に。誰があんなやつ」

「でもな――」ヴォーは少し飛び上がって、ペチカの耳元で小さくささやいた。

「何も知らないのはおまえの方だぜ」

ペチカはヴォーをにらむ。

「――どういう意味？」

「おまえ、フィツがなんで地上に来たのか知ってるのか？」

「人間を研究するためでしょ」ペチカはそう答えたが、胸がドキドキし始めていた。得体の知れない不安が心をよぎる。

ヴォーは冗談でも聞いたようにあざ笑った。

「おまえ、本当にそれを信じてるのか？」

思ってもみないヴォーの言葉に、まばたきが止まってしまう。こいつ、何を言ってるの、とペチカは腹を立てた。そして、腹が立てば立つほど、不安が増した。不安は恐怖に変わり始めていた。

「あいつがなんで地上に来たのか教えてやろうか？」

ペチカの胸は激しく脈を打った。たき火の炎が強すぎるせいか、なんだか息苦しい。

「おまえ、あいつがただの生真面目《きまじめ》なお人好しだと思ってるんじゃないだろうな」

「ど……どういう意味？」ペチカは声を出してみて、それがふるえていることに気がつく。

「教えてやろうか……フィツの正体を」

ヴォーは悪魔のような笑いを浮かべた。頭上の空で稲妻が黄色く走る。

雨が滝のように降りそそぐ。雷も、まるで天が怒っているかのように次々と空を割った。

フィツは勢いよく打ちつけてくる雨粒を全身に浴びて、ほとんど前が見えない森の中を、ペチカを探してひたすら飛び回っていた。時々、雷が近くの木に落ちると、大きすぎて聞こえないほどの轟音《ごうおん》とともに、大地が揺れる。フィツは怒りのこもった目で、雨で痛くなった顔をむりに上げ、飛べる限りの速さで飛んだ。

何度も何度もおばあちゃんの姿が頭をよぎる。――フィッは今まで感じたことのないいろいろな気持ちにいっぺんに襲われて、混乱していた。頭の隅では、まもなく日付が変わってしまうことも分かっていたが、どうでもいいことのように思えた。とにかくペチカを見つけて、一言謝らせたかった。

世界は雨の激しさで、まるで水の中のようである。どっちへ飛んでいるのかもまるで分からない。足跡はとうに泥で流されて、もはやペチカがどこにいるのか見当もつかなかった。でも、フィッはあきらめなかった。あきらめようと思いもしなかった。

ずっと遠くにぼんやりと明かりが見えることに気づき、フィッは目を細めて、明かりに向かって加速した。よく見えなかったので、光を放って前方を明るくしたフィッは、明かりもこっちへ近づいてきていることに気づく。明かりは炎だった。フィッはまゆをひそめる。ヴォーの炎だった。

「よう」

ヴォーはフィッの前で止まって、ニヤッと笑った。フィッもヴォーも水が流れ落ちるほどずぶぬれだったが、ヴォーの炎もフィッの光も衰える気配はない。

「まだ帰ってなかったのか。そんなに急いでどこへ行こうってんだ、フィッ？」

「関係ないだろ、ヴォーには」

フィツは行こうとした。ヴォーがそれを止める。

「ひょっとして、ペチカを探してるんじゃないのか?」

フィツはバッと振り返って、ヴォーをにらんだ。

「――なんでそれを――」

「そこを1バリベールぐらい行ったところの洞穴にいるぜ。たき火の明かりが見えるから、すぐに分かるはずだ」

右手前方を指さして、ヴォーは首をかしげながらそうフィツに告げた。フィツは疑わしげにヴォーを見たが、ヴォーは笑っているだけで、暗い森を指し続ける。

「早く行ってやれよ。きっと待ってるぜ」

「ありがと」

フィツは一言そうつぶやいて、ヴォーをちらっと見たあと、ヴォーが指した方向へ風の音を残して飛んでいった。光の線が暗い森の間をぬって、フィツの通り道を描き出す。ヴォーはフィツがいなくなると大声で笑って、「きっと待ってるぜ」とつぶやきながら、楽しそうに反対方向に姿を消した。

フィツは教えてもらった方向へまっすぐ飛び続け、やがてたき火の明かりを見つけると、なぜヴォーがわざわざペチカの居場所を教えてくれたのか、そして、なぜこんなところにいたのか不思議に思ったが、今はそれを考えている余裕がなかった。一直線に火の方へ飛ぶ。

今や雷も雨も最高潮に達し、赤い森は嵐のまっ只中《ただなか》にあった。木の枝は風で吹き荒らされ、葉っぱが虫の大群のように飛び交い、雨は壁のように視界をふさいだ。そして、続けざまに轟く雷が、暗い世界を危険な光で照らし出す。

洞穴でたき火にあたるペチカの姿が見えた。フィッツは減速することなく洞穴までたどり着くと、水しぶきをはじけさせながら、急にペチカの前で止まった。雷が近くの木に落ちる。耳をふさいでいたペチカはフィッツに気がつき、まゆの間にしわを寄せた。フィッツもつり上がった目でペチカをにらみ返す。二人は荒れ狂う森の中、無言でにらみ合った。

ちょうど日付が変わった、その瞬間のことである。

「人間さん!!」

フィッツの声は暗闇と轟音を裂いて、ペチカの耳に届く。ペチカは一瞬その声が持っていた何かにひるんだが、それだけでは耳にこびりついたヴォーの言葉はとても消せなかった。雨の中、宙に浮いたまま、フィッツは体から水滴を垂らして、小さな二つの目でじっとペチカをにらんで言った。

「なんでなんだ!?　なんで、おばあちゃんをほったらかして逃げたんだ!」

フィッツの無条件に責めるような声のトーンで、ペチカはさらに怒りがわき上がり、洞穴から外の雨の中へ踏み出した。そして、フィッツをまっすぐ指さしてどなる。

「うそつき!!」

「なんだって!?」フィッツは手をにぎりこぶしに固める。「どっちがだよ!?　ごまかすな!　ぼくの質問に答えろ!　答えないと――」

「何よ!」ペチカは一歩踏み出して叫んだ。「答えないと何よ!!　妖精の日を起こすって言うの!?」

思ってもみなかったペチカの言葉を、フィッツは突然殴られたように受け止めた。一気に動揺が声に入り込む。

「どういう意味だ!?」

「とぼけたってだめよ!　ヴォーからみんな聞いた!　何が人間の研究よ!　うそつき!　妖精の日を起こしに来たんじゃない!」

　雷がすぐ近くに落ちたが、フィッツは気づかなかった。完全に言葉を失ってしまったフィッツは、ペチカにさらにたたみかけるチャンスを与えてしまう。

「お人好しのふりなんかして、本当は死神なんじゃない！　私をだまして、調べていたんだ！　私のことをどうこう言う資格なんてフィッツにはない！　うそつき！」

「違う！」言い訳をしようとしている自分がフィッツはとてつもなくいやだったが、やめられなかった。そして、ペチカに嫌われたくないと思っている自分が、それ以上にいやだった。

「違うよ！　ヴォーがデタラメを――！」

「うそつき！」ペチカはもう何を言ってもむだな表情をしていた。「うそつき！　うそつき！　うそつき！　どうせフィッツの言ったことなんてみーんなうそなんだ！　えらそうなことばっかり言って！　卑怯者《ひきょうもの》！　フィッツの言ったことなんて、私、初めからこれっぽっちも信じてないもん。ざまあみろ！　ばーか、死んじゃえ！　おまえが滅びちゃえばいいんだ！」

　ペチカの言葉を聞いて、憎たらしく舌を出す顔を見ているうち、フィッツもまた無性に腹が立ってきた。

「自分のことは棚に上げて！　人間さんにそんなこと言われる筋合いなんてないよ！」フィッツはまた勢いに乗って叫び始め、これから言ってはいけないことを言おうとしているのは分かっていたが、やめようとも思わなかった。「ああ、そうだよ！　ヴォーの言ったとおりだよ！　ぼくは確かに調査に来た妖精の一人だよ。——でも、それは人間さんたちが悪いんだ！　だってそうじゃないか！　ぼくはこの九日間、ずっと人間のひどいところばかり見てる！　滅んだって、あたりまえだ！」

フィツの脳裏をおばあちゃんの顔がよぎって、胸がズキッとなったが、無視して叫び続けた。自分がこんなに大声でしゃべっているのを聞くのが初めてで、もう一人の冷静な自分が、どこかで不思議がっていた。なぜこんなにムキになるのか分からなかったが、言葉は次々に勝手に口から出てきた。「光を失った人間なんて、滅びたってあたりまえだ！　人間は優しさなんてこれっぽっちも持ってないじゃないか！」

雨でやわらかくなった地面を、ペチカは水しぶきを上げながら進んで、フィツと鼻がぶつかるほどの距離まで近づいた。二人ともにらみ合って、目をそらそうとしない。

「大きなお世話よ！　そんなこと言ったって仕方ないじゃない！　誰だって自分のことでせいいっぱいで、人の面倒まで見てられないよ！　フィツだって長い間地上で生活したらそうなるに決まってる！　お金がいっぱいあって、おなかがいっぱいで、永遠に生きられたら、誰だって親切になるよ！　猫にエサをあげるのだって簡単だよ！　そんなのひまでしょうがない人が、退屈しのぎにやるんだ！」

「あのおばあちゃんもそうだって言うのか？」フィッは怒りで声がふるえていた。

「そうよ。どうせなんか魂胆があるんだ！」

フィッはその一言が許せなかった。あと先考えずにペチカに体当たりして、尻もちをつかせた。ペチカは地面に倒れたが、手をついたところにあった太い枯れ枝をほとんど本能的につかむと、すぐにそれでフィッを力いっぱい殴り返す。油断していたフィッは、まともにそれを食らってはじき飛ばされ、近くの木の幹に激突して、ぜんぜん違う方向へ跳ね飛ばされた。それでもバッと羽を広げて、空中でまっすぐに立ち直ると、ペチカのまっ正面に向けて、目もくらむまぶしい閃光を放つ。ペチカが目を閉じた一瞬を狙って、フィッの二度目の体当たりがペチカの顔に炸裂《さくれつ》した。泥の中に倒れて、泥水を口いっぱいに飲んだペチカは、「やったな！」と、木の棒をフィッめがけて投げつける。フィッはそれをかわして、持てる限りの大きさの石をつかんで、ペチカの頭上に飛び上がり、それを投げ下ろした。危ないところで横へ飛んで逃れたペチカも石をつかんで、空中のフィッへ投げ返す。フィッは再びよけたが、今度は石が羽の端をかすめて、フィッのバランスを奪った。

「落ちろ!!」

ペチカはにぎり合わせた両方のこぶしでフィッを地面にたたきつけ、足の裏で何度も踏みつけた。フィッは意識を失いそうになったが、かろうじて足の下から抜け出し、ペチカの足に肩から体当たりして泥の中へ突き倒す。もう二人とも全身泥でまっ黒で、降りそそぐ雨もそれを流しきれなかった。

「フィツ!!」ペチカはフィツの体をつかんで、強くしめた。

「ぐうっ――」フィツは歯を食いしばって必死にペチカの握力を押し返そうとする。「……ペ……ペチ……」

フィツは瞬間的に体から出る光を最大までふくらまして、ペチカの手のひらをやけどさせて放させた。

「ペチカ!!」フィツは光を四方に飛ばして叫ぶ。

ペチカは赤くなった手のひらをつかんだまま――フィツは苦しそうに息を乱したまま、激しさを増し続ける雨の中でまっすぐにらみ合った。

雨は朝方まで続いた。殴り合い、傷つけ合って、体力が尽きると、息継ぎでもするかのようにまたにらみ合って、ペチカとフィツはもはやボロボロの状態だった。朝が近づくにつれて、徐々に雨の勢いは弱くなっていったが、二人ともやめようとはしない。普通に動くこともできなかったが、それでも力のない手でつかみ合った。二人ともなぜケンカをしているのかをとっくに忘れていたが、それはもう大した問題ではなかった。

今年一番の台風は南クローシャを横切り、次第に西クローシャの内陸部へ去っていった。嵐のあとの名残雨だけが赤い森に静かに降り続け、やがて小雨になって、朝焼けとともにあがった。暗かった空をうそのように変えて、日が昇ってくると、あれだけ吹いていた風も示し合わせたようにおさまる。朝だった。ペチカたちは雨がやんだことにも気づかず、まだつかみ合いをしている。

「フィツなんか――フィツなんか――」

ペチカは最後の力をふりしぼり、フィツの頭をつかんで、やわらかくなった泥の中へ突っ込んだ。フィツは息ができずにもがいて、じたばたと暴れ回ったが、フィツが逃げる前に、ペチカは残された力を全部使って、とびっきり大きな石を「うううううん!!」と頭上に持ち上げる。石は優にペチカの頭の三倍はあった。やっと頭を地面から引っこ抜いたフィツが上を見ると、すごい形相のペチカが今にも石を落とそうとしているところだった。疲れでうつろになっているペチカの目には、はっきりと殺気がこもっていた。フィツは避けられないことを悟って、痛みに備えてグッと目をつむる。死ぬってどんな感じだろう、とフィツは遠い意識で考えた。

「フィツなんか……死んじゃえばいいんだ！」

ペチカの目から泥水に混ざって、涙がこぼれる。持ち上げている石からも土や泥水がボトボトと頭の上に落ちてきた。石を支える手が重さでふるえ始め、ペチカは石を振り下ろしかけたが、最後のところでためらった。

「……フィツなんか……フィ、フィツなんか――」

ペチカの目から涙がたくさんあふれ出してくる。フィツはまもなく訪れるはずの最後の痛みに備えて、身を小さく、固く縮めた。ペチカの手は大きくふるえて、今にも石を放しそうである。

「フィツなんか――！」

ペチカは石を振り下ろした。ドスッというにぶい音がして、石が深く地面に突き刺さる。目をつむっていたフィツは、その音で体をギュッと縮めたが、痛みはいつまで待ってもやってこなかった。おそるおそる目を開けると、石は自分のすぐとなりに落ちていた。見上げると、ペチカは石を振り下ろした姿勢のまま、生気の抜けた表情で小刻みにふるえている。そして、やがてバランスを失って、フィツの横に水しぶきを上げて倒れ込んだ。フィツもペチカも、もう指一本動かす力さえ残っていなかった。

二人とも意識はあったが、しばらくはしゃべることもできなかった。森の中でゆっくりと動き続けるのは時間だけで、それもどんどん明るくなっていく空の様子でしか分からなかった。目覚めた鳥の鳴き声が、涼しい静けさの中で、奇妙にやかましく響き渡る。朝のおだやかな日差しは木漏れ日を作ることなく、やわらかな暖かさで嵐にふるえた森を包んでいた。

「朝になってる……」フィッツは空を見上げて、ポツリとつぶやく。十日目の朝だった。

少し力が戻ってきたペチカは、ゴロンと転がって上を向いた。いつの間にか朝だった。朝の光の中では、泥だらけの自分がひどくばかばかしく思える。夜の闇の中では説得力のあったことも、このまぶしい明るさの下では無力に感じられた。

ペチカの複雑な表情をなだめるように、そよ風が吹き抜けていく。ペチカもフィッツも顔じゅうあざだらけで、目の上にひとつずつ大きなこぶを作っていた。

「フィツ……」

ずいぶん時間が経ってから、ペチカが思い出したようにつぶやいた。

「うん」上を向いたまま、ほとんど表情を変えずにフィッツはうなずく。

「……妖精の日って……本当に来るの？」

フィッツはため息をつくようにペチカに言う。

「ぼくにも分からないよ。ぼくは何千といる普通の妖精の一人だもん。それはえらい妖精たちが決めることだから」

　ペチカはフィツの方を向いて、真剣な表情になる。

「あのおばあちゃんはだいじょうぶだよね。あんなに優しいんだから、妖精の日が来たって生き残れるよね」

　ペチカはすがるようにフィツに言ったが、フィツは悲しそうに首を振るだけだった。

「ごめん。ぼくじゃ分からないよ。ぼくは言われたとおりにやってるだけだから」

　突き放されたように、目の奥に暗闇が広がって、ペチカの心が沈んでいく。また空を見つめて、ペチカは悲しそうにつぶやいた。

「……私も……消されちゃうのかなあ……」

　フィツはどこか胸の奥で、何かがひどく痛むのを感じる。残酷な風景を安全な場所から見ている時に感じるような痛みだった。――もうとっくに九日を過ぎてしまったので、今すぐにでも帰らなければいけなかったが、ペチカをこのまま放って行きたくはなかった。

「さっき……」フィツは言葉を喉につまらせながら切り出す。「……さっき……ペチカが石を落とそうとした時、初めて死ぬことがどんな気持ちなのか分かったような気がした。人間さんは、みんなああいう気持ちで生きてるんだね」

　ペチカは何も言わなかった。フィツが帰るのかどうか聞きたかったが、言い出せなかった。

二人が見つめる朝の低い空に音もなく、いくつかの色が浮かび上がる。そして、求め合うように集まって、大きな大きな虹となって、空の端から端までかかった。フィッツはそれを見たとたん、思わず飛び起きて、「わあ……」と声をもらす。ペチカもフィッツを見て、空の虹に気づき、同じように起き上がった。二人の頭上高くに、七色の虹が美しい弧を描いて空を飾っている。それは今までフィッツが地上で見たどんなものよりもきれいだった。

「……光でできてる……」フィッツはそのことに気づいて、なおさら目を大きく開ける。

「……きれい」ペチカがつぶやいた。

「……ペチカでもそう思う?」フィッツは意外な顔でたずねた。

ペチカは少し赤くなったようだったが、照れを隠そうと、わざとつっけんどんに言った。

「虹を見てきれいだと思わない人なんていないよ」

「見て」

フィッツは両手を開いて、周りの光を手の中に集め、それを押しつぶすようににぎり合わせた。ペチカが見守る前で、フィッツは目をつむり、手のひらをこね合わせて、何かに集中しているようだった。しばらくすると、フィッツはまず目を開いてニコッとしてから、「できた」と言って、次ににぎり合わせた手を開いた。手と手の間には、空に浮かんでいるものと同じ、小さな七色の虹がかかっている。

「すごい」泥の中に座り込んでいたペチカも笑顔になる。フィツが初めて見た、ペチカの本当の笑顔だった――ペチカは笑うと、本当にお母さんにそっくりだった。

「そんなこともできるんだ」ペチカはフィツの手の中をのぞき込んでつぶやく。

ペチカがそう言った直後に、フィツの虹はスーッと消えていった。フィツは両手を下に垂らして、息をつく。

「けっこう疲れるみたい。長くはできないや」フィツはもう一度、空の大きな虹を見上げて言った。「すごいや、あんな大きいの。あんなの作ったら、きっとぼくだって死んじゃうな」

二人は外の世界から完全に取り残され、その場にとどまる時の中で、肩を並べて静かに虹を見ていた。いつの間にかフィツが自分の肩のところにいるのを、ひどく自然に感じるようになったことにペチカは気づいていた。

「まだひとつだけ言ってないことがあるんだ」フィツはペチカの目を見ることができずに、うつむいたままつぶやいた。「本当はこれも規則で言っちゃいけないことになってるんだけど、もうどうだっていいから言うよ……ぼくがいなくなったら、ぼくのことはきれいさっぱり忘れることになるんだ。ぼくの話したことも全部――」

どこかでそんなことを予期していたのか、ペチカは何も言わず、ただ黙っていた。フィツもそうするしかなかった。言葉で何か伝えられる時は、もうとっくに過ぎてしまっていた。

だからペチカは静かに終わりを告げた。

「帰るの？」

「うん。もう約束の時間を過ぎてるけど、寝過ごしたとかなんとか言うよ」

フィツは泥のついたお尻をはたいて、スーッと空中に浮き上がった。

「じゃあ、帰る」と一言だけ言って、フィツは少しずつ空に昇り始める。

「うん」

ペチカは地面に座ったまま、下を向いて答えた。

フィツはペチカをじっと見つめながら、風船が空へ昇っていくように、ゆっくりと朝の空気の中へ舞い上がっていく。目に映るのは、小さなペチカの姿だった。この広い世界でたった一人、頼れるものも何もなく、ポツリと森のまん中に座っているペチカ。あまりにも無力な、めまいがするほど無力な存在だった。

ふいにペチカが立ち上がったので、フィツは思わず止まった。うつむいたままのペチカの肩が小さくふるえている。

「湯たんぽの代わりじゃないよ」ふるえる声でペチカはうつむいたままつぶやいた。「――湯たんぽの代わりじゃないよ」

フィツはしめつけられるような気持ちで目が潤む。――だが、もう帰らなければならない。

「行くね」フィッはもう一度ペチカに言う。「行くからね」

最後まで顔を伏せたまま、ペチカは無言でうなずいた。ペチカが見えないように身をひるがえして、フィッは急いで空の虹の中へ昇り始める。すぐにペチカの姿は小さな点になり、赤い森の中へと消えて、その赤い森もやがて小さくなり、雲の平原の中へ消えていった。それでもフィッの耳にはペチカの言葉がいつまでもいつまでもくり返し響き続けた。

第四章　アロロタフの水門

Ixrwuld

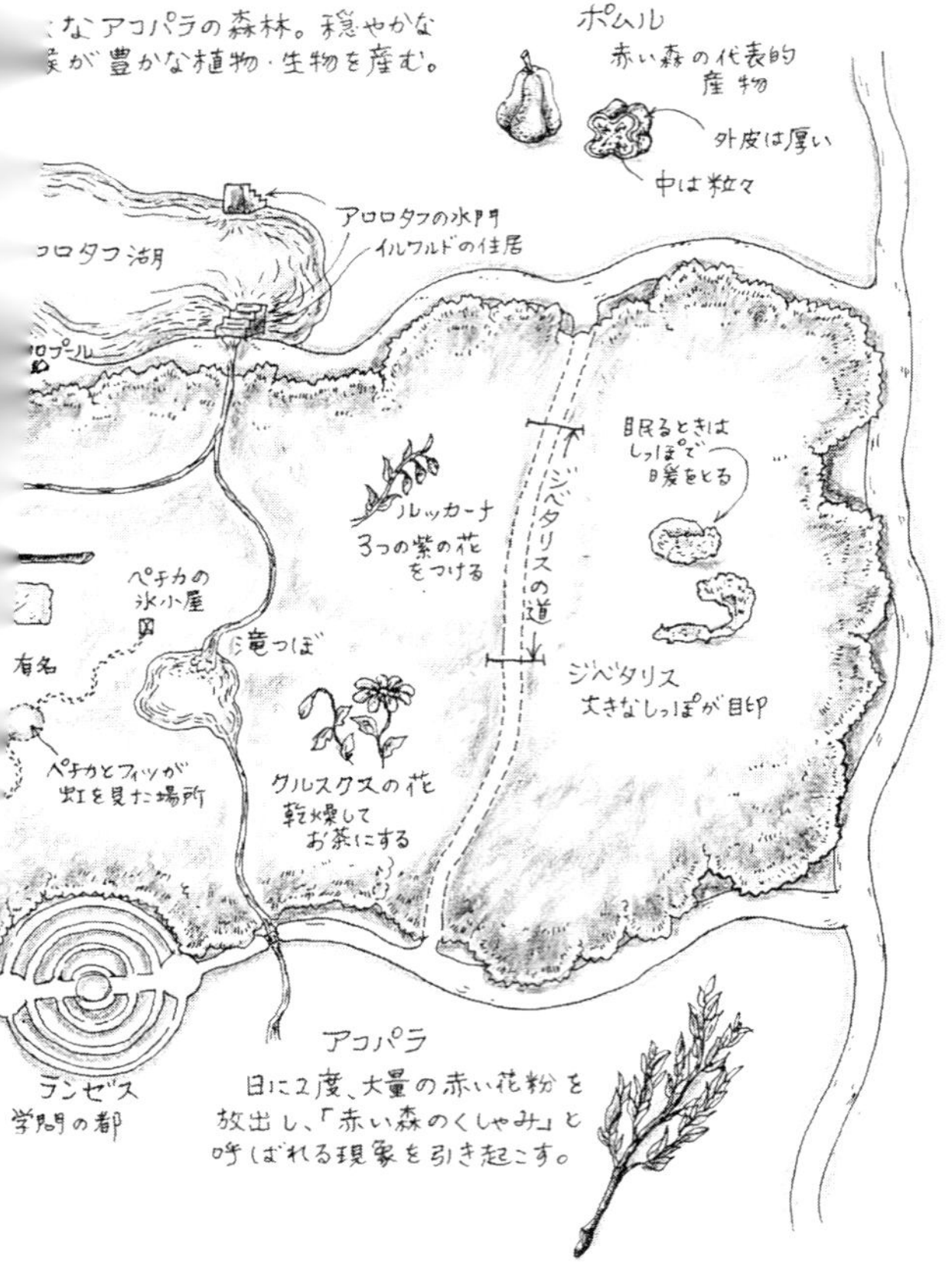
なアコパラの森林。穏やかな
が豊かな植物・生物を産む。
ポムル
赤い森の代表的
産物
外皮は厚い
中は粒々
アロロタフの水門
イルワルドの住居
ロロタフ湖
ロプール
眠るときは
しっぽで
暖をとる
ジベタリスの道
ルッカーナ
3つの紫の花
をつける
ペチカの
氷小屋
滝つぼ
有名
ジベタリス
大きなしっぽが目印
ペチカとフィツが
虹を見た場所
クルスクスの花
乾燥して
お茶にする
アコパラ
日に2度、大量の赤い花粉を
放出し、「赤い森のくしゃみ」と
呼ばれる現象を引き起こす。
ランゼス
学問の都

赤い森
アウクライアの森
ランパーラ
母性の象徴とされる
（ミルク実）
アロロプール
小さな観
赤角虫
アコパラの
樹液を吸う
アウクライトの森
きのこいろいろ
サムリヤ街道
サムリヤの露店
赤い森の名産物を売る
バター屋
クルムール（赤豆）
もっともポピュラーな
ジャムの素材
生バター
新鮮な手作りバター

どのくらい歩いたのだろうか——疲れで目がかすみ始めたペチカを赤い花粉が包んだ。一瞬、視界がまっ赤になって、夢を見ているような気分でペチカは立ち止まったが、すぐにそれがおばあちゃんの馬車の中から何度か見た赤い森の『くしゃみ』だと気づいて、うず巻く赤い嵐を茫然と見守った。上を見ると、木と木の間の空間を吹き荒れる赤い風がよく分かる。空がまっ赤になっていた。

息苦しくはなかったが、少し咳が出る。ペチカは鼻と口を手でふさいで、くしゃみの中をまた歩き出した。足元に残った水たまりを踏み分けるたび、水滴が左右に散る。虹を見たところからもうずいぶん歩いたはずだったが、自分がどこにいるのかも分からなかったので、同じところを何度も回っていたとしても不思議ではない。考えるのもしんどかったが、とにかくどこか休める乾いた場所を見つけることだけで頭の中はいっぱいだった。——足が重い。体が痛い。ぼんやりとした感覚で見るまっ赤に染まった世界は、まるで悪夢の中のようで、とても現実には見えなかった。さっきまで確かに一緒にいたはずのフィツも、本当にいたのか、自分の想像だったのか、だんだん自信がなくなっていた。フィッとのケンカでできた体じゅうの傷やあざがなかったら、おそらく夢だと思ったに違いない。

やがてくしゃみはおさまって、視界は晴れていったが、目がよく見えるようになればなるほど、体の疲れをはっきりと感じ取り始めた。もう歩けそうになかった。とっくに倒れるところを過ぎていたのに、赤い森のくしゃみのためにそれに気がつかなかっただけだった。突然体から力が抜け落ちて、ペチカはその場で泥の中にひざまずく。手も地面についた。自然と目を閉じて小刻みに息をしながら、ペチカはやっと自分がどうしようもない状態なのだということに気がつく。どの方向に向かえばいいか分からなかった。町までどのくらい距離があるのか想像もつかない。ここには休む場所さえどこにもなかった。

嵐から一夜明けた森はいつにも増しておだやかで、ペチカをからかうようにのどかな雰囲気をただよわせている。真上にある木の中から楽しそうな鳥のさえずりが聞こえてきた。ペチカにはそれが自分を笑っているように聞こえて、思わず残った貴重な体力の一部を使って、大声で追い払おうと顔を上げる。

声を出そうとしたその瞬間、いつの間にか目の前に座っていた大きなしっぽの付いた毛玉のような生き物と目が合って、ペチカは止まった。その生き物は驚いたように後ろへ走って、木の陰にいったん隠れてから、再びヒョイと顔をのぞかせる。続いて周りのいろんなところから次々に同じ小さな生き物が顔を出して、最初の驚きから覚めないうちに、ペチカを囲んでいた。――赤い森を住み処《か》としているジベタリスの群れだった。

　好奇心に満ちあふれたたくさんの小さな視線を浴びながら、ペチカは地面の上で四つんばいの姿勢のまま固まっていたが、そうしているうちに何匹かのジベタリスが赤い木の実を大切そうに手に持っていることに気づいた。赤豆の実だった。トリニティーの森にも時々生えている赤豆の木は、この季節なら実が十分熟して、そのまま食べられるぐらいに甘くなっているはずである。

　一歩、二歩とジベタリスたちの方へはい出してから、ペチカは中腰の姿勢まで立ち上がる。ジベタリスたちはこの時点で一斉にペチカから離れた。そして、またそれぞれの隠れ場所から様子を見ていたが、ペチカが中腰から普通の状態へ立ち上がって、よろけながらも近づいていくと、さっきと同じことをくり返して、ちゃんと距離を保つ。それでもペチカが追っていくと、ジベタリスたちは示し合わせたように同時に逃げ出した。ペチカはよほど走って追いかけようと思ったが、もう歩くのもやっとだったので、少しでも速く進もうとしながら、ジベタリスたちの走っていった方向へと歩き続けた。――幸い群れよりも少し遅れて、どうしてもペチカへの興味を捨てきれずに、時々立ち止まるジベタリスが数匹いたので、完全に姿を見失うことはなかった。

じっとジベタリスの後ろ姿をにらみつけながら歩いていたペチカだったが、ついにジベタリスの姿が完全に見えなくなった時、足元の地面が少し傾斜していることに気がついた。短い上り坂を上がりきると、その向こうに突如広がった光景に思わず立ち止まってしまう。

向こう側は大きな盆地になっていて、その部分だけ木がまったく生えていなかった。反対側からそのお椀《わん》型の地形の底へと流れ落ちる滝の衝撃で、辺り一面に水煙が上がっている。

ペチカは坂のてっぺんから、森のまん中に突然開けたその不思議な場所をゆっくり左から右へとながめ渡した。すると、一番左手に半分木に隠れて、小屋が立っていることに気がつき、表情が一気に明るくなる。ジベタリスのことも赤豆のことも一瞬忘れて、ペチカはその小屋へと向かった。

ペチカの住んでいた小屋とあまり大きさは変わらなかったが、造りはこっちの方がずいぶん頑丈なようだった。おそるおそる小屋のそばまで寄ると、中をのぞこうとしてみたが、唯一の窓はペチカの背丈よりほんの少しだけ高い位置にあって、外から中を見るのは難しそうだった。

かなり胸の鼓動を速めながら、ペチカは小屋の正面に付いている唯一のドアへと手を伸ばして、その取っ手をつかんだまま、しばらく動きを止めた。祈るような気持ちでドアを引くと、うまい具合にカギはかかっていない。内側からかぐわしいワラとおがくずの匂いが一気にあふれ出した。開いたドアのすき間から中をのぞくと、誰かが住んでいる様子はなく、大量のワラが積んであるだけで、床にはおがくずが敷きつめられていた。外に比べて、中は暖かい。おそらく寒期にとれる氷を保存しておくための氷小屋なのだろう。

　ドアを慎重に閉めてから、ペチカは乾燥した暖かい匂いに導かれるようにワラの山に近づいて、そのままその中へ倒れ込んだ。ワラが優しくペチカを抱きかかえてくれる。すぐにでも眠ってしまいそうだったが、その前にどうしてもやっておかなければいけないことがあるのを思い出して、ペチカは最後の力をふりしぼって、もう一度起き上がった。すぐ横のおがくずをかき分け、下の土の地面が現れると、ペチカはそこに指でフィツらしき絵を描いた。決してうまいと言える絵ではなかったが、それで十分用は足りるはずだ。

　それだけやり遂げると、ペチカは背中からワラの中に倒れて、すぐに眠りについた。

目が覚めた時には、日はもうすっかり高くなっていた。

ワラの匂いの中で目覚めた時、ペチカは一瞬、自分がどこにいるのか思い出せなかった。

窓を通り抜けてくる暖かい日差しを浴びて、仰向けに寝転がっている。ぬれていた服や髪の水分はワラがすっかり吸い取ってくれたようで、ほとんど乾いていた。

起き上がって、周りを見てみる。少しずつ記憶が戻ってくると、ペチカは突然足元のワラの山をかき分け始めた。そして、寝る前に描いたフィッツの絵が下から現れたとたん手を止めて、まばたきを忘れるほどそれを見つめる。やがて、小さな声で「忘れてない……」とペチカはつぶやいた。それから力が抜けたように、もう一度ワラに横たわる。

次に起き上がるまでには数レプかかったが、起きた時には意識がはっきりしていた。おなかが猛烈にへっている。氷小屋の中にはあいにく食べ物はなかったが、部屋の隅に頑丈そうなバケツとナタが置いてあった。壁には細いロープも吊るされている。

外で食べ物を探そうと、バケツとナタを持ってドアを押し開けたとたん、ペチカは思いがけないことに出くわして立ち止まった。――いつの間にか氷小屋の周りにジベタリスが何匹も集まっていた。ペチカが思わずあげた小さな悲鳴で、ジベタリスは一斉に別々の方向へ走り出す。それぞれ少しずつ距離をとると、前よりも大きな輪でペチカを囲んで、また興味深そうにじっと様子を見ていた。

十数組のキョロキョロとした目に見上げられて、ペチカは戸口でしばらく立ちすくんでいた。どう考えても危害を加えてきそうではなかったが、それでも安心はできない。ピクリとも動かないジベタリスの輪をにらみつけて、ペチカは大声で「あっち行け！　しっ！　しっ！」とどなってみた。

ジベタリスはまったく動かない。

まゆをつり上げて、大きく息を吸い込んだあと、もう一度大声でどなって、今度は手に持っているナタを空中で振り回してみる。しかし、ジベタリスは一向に気にしていないようで、ばかばかしくなったペチカは騒ぐのをやめた。その時、むやみに振ったナタの先がドアに当たって、ガツッと大きな音がした。すると、それまで石のように固まっていたジベタリスが突然駆け出す。——ペチカを囲む輪がまた少し広くなった。

ペチカはそれを見て、間髪いれずにドアをガンガンたたいた。ジベタリスは音がするたびに少しずつ遠ざかっていって、しまいにペチカがバケツをたたき出すと、木の後ろに隠れてしまった。ペチカはやっと満足してたたくのをやめ、用心しながらも滝つぼの方へ歩き出した。ジベタリスがついてくるかと思って、時々後ろをにらんでみたが、ジベタリスたちは木の陰からこっそりこっちをのぞいているだけで、出てくる気配はない。

斜面をゆっくり下っていくと、滝つぼに近づくにつれて霧が濃くなっていった。てっきり冷たいものだと思って、霧の中へ踏み込んだが、予想に反して水煙は温かい。水煙ではなかった。湯煙だった。あわてて水際に駆け寄ると、ナタとバケツを放り出して、指先を滝つぼの水面に浸けてみる。ほどよい温もりが指先に伝わってきた。

滝の流れ込んでいる場所こそ深そうだったものの、ペチカのそばは腰ほどの深さもない。水はきれいに澄んでいて、なめらかな石で形作られた底の様子もはっきりと見えた。小さな泡が水底からわき出している。ここが温泉なのは明らかだった。

ペチカは誰もいないのを知っていながら、一度辺りをくまなく見渡し、納得すると服を全部脱いで、片足をお湯の中に浸けた。心地のいい温かさが冷えきった足を包み込んで、思わず長いため息がもれる。疲れがお湯に溶け出していくのが目に見えるようだった。両足とも浸けて、お湯の中に座り込むと、気持ちよさに自然と目をつむってしまう。――トリニティーでも小屋の前の川で、夜中によく水浴びをしたことはあったが、温かいお風呂に入るなんて何年かぶりだった。夜中に凍るような冷たい水で体を洗うと、いつも次の日に体じゅうが赤くなって痛かった。誰もいない暗い森の中で、虫に刺されながら、氷のような水で体を洗っていると、決まって涙がこぼれた。なんで自分だけがこんな目にあわなければならないのか分からなかった。今頃ほかの人はみんな暖かいベッドの中なのに、凍える川で体を洗っている自分がみじめでみじめで仕方がなかった。

ちょうど頭上に赤豆の木が張り出していて、その枝には色鮮やかな赤に染まった実がいくつもなっている。それに気づいたとたん、ペチカは赤豆の実を次から次に摘んで、口に放り込み始めた。弾力のある実をかみつぶすと、甘いような、すっぱいような汁が口の中いっぱいに広がって、かすかに森の香りがする。片っ端からその辺りの赤豆を食べ尽くして、ペチカはいつになくおだやかな気持ちで、お湯に浸かってぼんやりと空を見上げた。

日差しの弱くなった太陽が頭上で輝いている。滝の水音のほかには何も聞こえなかったが、それにも慣れてしまうと、静寂の中にいるのと変わりなかった。昨日の激しい嵐がうそのようである。滝の波紋が体の上を優しく通っていくのを全身で感じた。もう世界には自分一人しかいないような気がする。

「……うそつき……」

ペチカは一瞬、しぼるように目を細めて、どこまでも澄んだ空に向かってつぶやいた。

「……うそつき……ぜんぜん忘れてない……」

レプの日差しが優しく森を暖めている。のどかな一日だった。

もうしばらくお湯を楽しんだあと、のぼせてしまう前に服を洗って、ナタとバケツを拾い集めると、ペチカは大急ぎで小屋へ戻っていった。取り残されたジベタリスは突然の来客が去ったあとの滝つぼで、お互いに首をかしげながら、不思議そうに小屋を見上げている。

小屋に入ると同時に、ペチカはワラの中に飛び込んで暖をとり、その間も小さな声で「うそばっかり……」とおまじないのようにくり返していた。しかし、小屋に入ってきた時、地面に描いた絵を踏み荒らしてしまったことには気がついていなかった。仮に気がついていたとしても、もうその絵が何を意味するものなのか、ペチカはまったく分からなくなっていた。

「おまえなあ」ヴォーはため息をついて言った。「いいかげんにしろよ。かまいすぎなんだよ、こんなにでかくしやがって」

イルワルドが日課のように毎日みがいている炎水晶は、すでに人間の頭ぐらいの大きさにまで成長していた。いとおしそうに石の表面をなでて、時にはほおずりをしながら、イルワルドはその紫色のクリスタルをやわらかい布でくり返しみがいていた。クリスタルの内側では黒い炎がイルワルドに食らいつこうと、何度も襲いかかっていたが、そのたびに壁に阻まれて、くやしそうにうねり狂っている。まるで飢えた獣のようだった。

「こいつは憎しみを食ってでかくなるからな。おまえ、よっぽど人間が憎いんだろうな。でなきゃ、こんなに早く育たないぜ」

ヴォーのぼやきに、イルワルドは自信に満ちた声で答える。

「あたりまえだ。憎くないわけがないだろう。わしの両親は命からがらこんなところまで逃げてきたのだ。わしが腹にいる上にディーベを抱えて、こんなところで暮らすのがどんなにつらかったか想像できるか!?　こんな、薄汚いところで……」

イルワルドは炎水晶ににぎりこぶしを当てたまま、くやしさをかみしめる。カビだらけの古いレンガで造られた周りの様子を見て、ヴォーは肩をすくめた。確かにきれいとは言えなかった。百年も前に造られて、三十年も前に無人化した水門の中である。未だに動いているだけでも奇跡だった。――想像を絶する水の量が頭上を流れていく音がかすかに聞こえている。

「わしだって生まれつき肌が黄色いというだけで、どんな目にあってきたか……」イルワルドの話は続いていた。「あの愚民どもにわしと同じ苦しみを絶対に味わわせてやる!」

ヴォーはもう一度肩をすくめてから、炎水晶の上に降り立つ。

「まあ、どうでもいいけどよ。そろそろ完成させるか、これ。何しろ、これ以上でかくなってもやばいしな」

とたんに目に光のよみがえったイルワルドは、ヴォーに近づけるだけ近づいて、やや興奮気味に言った。

「そうか!　ついにか!　どうすればいいんだ?　教えろ!」

イルワルドの口がくさかったので、ヴォーはたまらず空中へ逃れてから、ボソッとつぶやく。

「いけにえがいるな」

「人間か？」イルワルドは待ちきれずに聞いた。

「そうだな。世の中を憎んでるやつがいい。ただし、そこらにいるやつを連れてくると、騒ぎになるからだめだ。いなくなっても誰も気づかないようなやつがいいな」

「そんなやつがいるのか」

「ああ」ヴォーは冷たい目でイルワルドを見る。「おまえとかな」

イルワルドは青ざめて、数歩退がった。顔が恐怖で凍りつく。イルワルドとヴォーの目がぴったり合ったまま、一瞬、緊張がその場に走る。しかし、イルワルドのあわてぶりを十分楽しんだところで、ヴォーは笑って手を振った。

「冗談だよ、冗談。本気にするなよ」

でも、イルワルドにはそうは思えなかった。もしもほかにいけにえが見つからなかったら、ヴォーは平気で自分をいけにえにするだろうということを、ヴォーの目を見た時にイルワルドはとっさに悟った。体はふるえていたが、いっしょうけんめいそれを隠して、ヴォーの方を見るようにする。手はすがるようにさりげなく炎水晶の上に置かれていた。

「じゃ、じゃあ、どうするのだ」

「そうだなあ」何がおかしいのか、どこか悪魔的なうす笑いを浮かべて、ヴォーは楽しそうにつぶやいた。「心当たりなら、一人いるんだけどな」

　氷小屋の中でしとしと降り続ける霧雨を見ながら、ペチカはアコパラの木の皮をすりつぶしていた。アコパラの内皮は栄養豊かで豆の粉のような味がして、南クローシャでは貴重な食べ物として重宝されている。ただ、そのままでは固すぎて食べられなかった。やわらかくなるまで煮るのもひとつの手だったが、時間がかかるので、ペチカは石ですりつぶしたものを丸め、団子にする方を選んだ。それを串《くし》に刺して、軽く火であぶってから食べる『赤団子』はクローシャの主食のひとつである。

　氷小屋の壁には、すでに昨日作った赤団子が十串ほど吊るされていた。バケツには水がくみ置かれて、ナタの表面の錆《さび》も石でみがき落とされている。火でいぶして燻製《くんせい》にした魚は、滝つぼの浅いところで石の間に捕らわれているのを手づかみで捕まえたものだった。

　ここに来て、三日が経とうとしていた。体力もやっと回復したようだったが、今朝起きた時、なぜ自分がここにいるのかいくら考えても思い出せなくなっていた。そして、体じゅうにある傷やあざもなぜついたのか、どれだけ心当たりを探っても、何ひとつ思い当たるものは出てこなかった。

朝方から降り始めた霧雨は一向にやむ気配を見せなかったが、いやな雨ではない。外に出ても、服がうっすらと湿る程度で、滝のそばにしばらくいる方がよほどぬれてしまう。小屋の中から雨をながめていると、時々何かを思い出しそうになったが、いつもあと少しのところでそれを失った。

なんでこんなところにいるんだろう。見知らぬおばあちゃんの馬車で大きな町にいたのはぼんやりと覚えていた。昨日まではおばあちゃんの顔も思い出せたような気がしたが、今はかすかに風貌《ふうぼう》が浮かぶ程度である。明日、まだそのことを覚えているか、それすらも不安だった。

なんでこんなところにいるんだろう。

木の皮をすべてすりつぶすと、今度はそれを団子状に丸め始める。丸めた団子は鮮やかな赤色で、とてもおいしそうに見えた。団子作りがことのほかうまくいって、ペチカは上機嫌でお母さんの教えてくれた歌を口ずさみ始める。南クローシャの町や丘や山の上を一羽の大羽鳥が飛ぶ歌だった。

歌につられたのか、ふと気づくと、戸口の外にいつの間にかまたジベタリスが集まってきている。ジベタリスはどうやらペチカの作っている赤団子に興味があるようだった。あわてて団子をワラの下に隠すと、ペチカは「あっち行け！」とどなって、ドアを強く閉める。そして、念のために内側からドアにもたれかかった。

しばらくの間、ジベタリスが去るのを待って、ペチカはそろそろいいかと思ってうすくドアを開いたが、ジベタリスはじっと外で待っていた。目が合ってしまって、ペチカはもう一度ドアをバタンと閉める。

「あっち行けって言ってるのに！　あっち――」ペチカはふいに口ごもった。前にもどこかで同じことを言ったような気がする。その時も、今みたいに湿った空気の中で、何もかもがぼんやりしていたような――

ペチカはドアから離れ、ワラの下の赤団子の山を見て、一瞬つばを飲んだ。十分足りるな、と思う。食べきれないかもしれない。トリニティーにいた頃には考えられないことだったが、おなかがいっぱいだった。――じっと団子を見つめる。ドアの外のジベタリスの姿を思い出すと、なんだか胸がドキドキし始めた。

思わず赤団子の方へ手を伸ばしたが、串をつかむ寸前にためらって、ギュッと目をつむると、ドキドキがおさまるのを待った。徐々に落ち着いてくると、ペチカはため息をついて、ゆっくりと仕事に戻った。まだまだしなければならないことはたくさんある。滝つぼの一番熱いところで食べ物を煮ることができるかどうか調べなければならないし、小屋の裏のポムルの木から実を摘んでこなければならない。仕事はいくらでもあった。

また歌を口ずさみながら、黙々と赤団子を作っていると、ペチカはジベタリスのことも忘れて、ぼんやりと考え事に浸っていった。ある時点で何気なく肩越しに後ろに目をやって、そこに誰もいないのを知ると、首をかしげてみる。あたりまえのことなのに、それが不思議と奇異に思えた。たぶん気のせいだと考えて、赤団子を壁に吊るし始めたが、しばらく経つと、また同じことをくり返していた。それからも事あるごとに、一日じゅう、無意識に何度も何度も振り返っては、何もない空間を見ている自分に気がついた。何かが足りないという気がしていたが、それが何かは見当もつかなかった。

その日の終わりに小屋の外を見て回ると、ジベタリスたちはどこかへ行っていなくなっていた。

そして、さらに二日が過ぎた。

その日の朝、ワラの中で目を覚ましたペチカは本当にすべてを忘れていた。たしかトリニティーの教会で働きながら、町はずれの小屋で細々と暮らしていたはずなのに、いつの間にか見知らぬ森にいて、最初に滝を見つけた日以前のことが思い出せなくなっていた。

何か大事なことを忘れている。——それだけは分かった。空を見上げるたびに何かを思い出しそうになったが、思い出そうとすればするほど、何もかもがぼやけていってもどかしかった。氷小屋の生活はトリニティーよりもずっと快適で、豊かな赤い森の自然のおかげで食べ物にも事欠かなかったが、今までのことも、これからのこともまったく分からずに過ごす時間はひたすら不安でしかなかった。

結局、その日、いろいろ必要なものの物色をかねて、ペチカは一度町へ出てみる決心をした。なぜか南へは行きたくなかったので、自然と北を目指そうと考えていた。森を抜けるまで、どのくらいかかるか分からなかったため、とりあえず作りおきの赤団子の串を三日分ほどワラのひもでくくって、それを片手にペチカは滝つぼから北上を始めることにした。

滝つぼの周囲からジベタリスが出てきて、せわしなくあとをついてきたが、ペチカは無視して歩き続けた。川沿いにゆっくり歩くペチカの後ろを、数匹のジベタリスが絶えずいくらか距離をあけながら、ちょこまかとついてくる。そのうちあきらめて帰るだろうと考えて気にせずにいたが、まる50プレ経ってもジベタリスはまだ後ろにいた。なんとなくその存在に慣れてきたペチカは、しばらくしてジベタリスの姿が見えなくなった時には一抹の寂しささえ感じた。

川沿いには人が通った跡だと思われる細い道が一本あった。どのくらい使われているのかは分からなかったが、周りと草の生え方がまるで違うのは確かだった。ただ、途中で誰かに出会うほどは使われていないようである。――日が真上にさしかかった頃、ペチカは川に小さな木の橋が架けられているのを見つけた。橋があるからには、おそらくそこで川を渡らなければならない理由があるはずだと悟って、ペチカは反対側へ移る。すぐにその判断が正しかったことを知った。橋から先、川はまもなく西へ大きく曲がっていて、ペチカがいた側の行く手をさえぎる形になっていた。一方、川のこちら側の道は徐々に川から離れ、どこへ向かっているのか、まっすぐ北へ通じていた。

小道はやがて二つに分かれる。東の方へ続く道と、そのまままっすぐ北へ向かう道だった。交差点には三方向をそれぞれ指す矢印の看板があったが、字が読めなければそれも無意味だったので、ペチカはそのまま北へ歩き続けた。

看板を過ぎると、道幅はどんどん広くなって、踏み倒された草もまだ生えそろっていない馬車道になった。道端にごみが目につくようになって、明らかに人の気配が感じられる。ほどなくして、実際に行き交う人とすれ違うようになってきた。道が左右に大きく開けて、足元に砂利が敷いてあるようになった時点で、その先が町につながっているのはもはや明らかだった。

ペチカは思ったよりもずっと早い到着を喜びながら、自然と歩く速度を速めていった。まばらな人の声や太鼓のような音とともに、道は大きな広場に突き当たる。広場に出ると、足元を小さな川が横切っていたのでびっくりしたが、それは地面に掘り込まれた木の水路で、きれいな水が勢いよく流れていた。その細い人工の川が何のためのものなのかはぜんぜん分からなかったが、ほかの人はみんな何気なく水路をまたいで町へ入っていくので、ペチカもそれに倣《なら》うことにした。

広場は面積が小さいわりに人が多かったが、いくつかの露店を除くと、何もない殺風景なところだった。ただひとつ、広場のまん中に大きな手書きの看板が旅人たちを出迎えていて、それを見たとたん、ペチカも目を奪われて立ち尽くした。

『アロロプールへようこそ』と書かれた看板には、写真と見まちがうほど美しい絵が描かれていた。描かれているのは、湖のほとりにそびえる巨大な階段状の建物である。その建物の一番上の段からは大きな二本の滝が、すごい勢いで下へ流れ落ちていた。いったいそれが何なのか、看板の説明が読めたらいいのに、とペチカは心から思った。ただ、どことなく陽気な広場の雰囲気と、生活感のない町並みから、そこが普通に人々が生活するための町ではないということは伝わってくる。建物はどれも飾り立てられ、町じゅうに旗のようなものが無数に吊るされ、まるでお祭りのような装いだった。

広場を横切って、大きな建物が集まっているところに出ると、すぐにそこが町の中心だと分かった。――というより、町そのものだった。トリニティーにも満たないその小さな町は、いくつかの店と、三つの大きな建物だけから成り立っているようである。

なるべくキョロキョロしないように自分に言い聞かせていたが、どうしても目が勝手に珍しいものを探してしまう。町の中心には小さな町に似つかわしくない、やたらと立派な噴水が陣取っていた。そして、噴水を介して、水路が地面をクモの巣のごとくいろいろな方向へ走っている。通りかかる人はみんな実に自然にそれをまたいでいて、ここでは至るところに水路があるのがあたりまえのようだった。水路があるのは何も地面の上ばかりではない。空中にも、建物と建物の間に木の橋のようなものが架かっていて、その中からも水の流れる音とともに時々水しぶきが舞っていた。――どの方向を見ても、必ず噴水や水路が見える。とても不思議で涼しげな町だった。

ぼんやりと町中を歩いているうちに、とりわけ大きな建物に出くわして、ペチカは赤いじゅうたんが敷いてあるその美しい玄関に見とれてしまった。華やかな服装をした人たちが、玄関から出入りしていて、じゅうたんと同じ色の服を着た男が、その一人一人をていねいなあいさつで迎えていた。建物の外壁には様々な星の彫刻が彫り込まれていて、どれも見事なできばえである。一瞬、前にもどこかでそんな建物を見たことがあるように思ったが、それがどこだか、ペチカは思い出せなかった。

建物の横の路地に入って、適当な窓を見つけると、ペチカは壁のくぼみに足をかけて、窓から内側をのぞき込んでみた。そこは赤や金の鮮やかな色で飾られた大きな部屋で、床には玄関で見た赤いじゅうたんが敷きつめられている。部屋の向こうの立派な飾り棚には数えきれないほどの彫刻や陶器の美術品が並べられていて、目を疑うほど美しかったが、ペチカにはなぜ花瓶に花が入っていないのかが分からなかった。

そこにいる人は誰もがたくさんの宝石をつけて、いちいち目を奪われる美しい衣装に身を包んでいる。そこが何をするところなのか想像もできない。その中の世界は、ペチカが住んでいるのとは、明らかに別の世界だった。ペチカには窓の外からながめることしかできない世界だった。

部屋の中を、ペチカと同い年ぐらいの女の子が通りかかる。ペチカはその子のひらひらしたドレスを自分が着ているところを思い浮かべてみたが、どうしてもうまくいかなかった。

――あんなにきれいな服はいくらぐらいするのだろうかと考えるのがせいいっぱいだった。

ふいにその女の子がこっちを見たので、窓に張りついていたペチカはまっ赤になって頭をひっ込め、急いでその場を逃げ出した。走りながら、チラッと自分の服を見てみる。ボロボロだった。もう元の色が何色だったかもよく分からなくなっていた。

いつの間にか涙があふれ出していた。泣いたらもっとみじめになると思ってがまんしようとしたが、そうすればそうするほど悲しくなって、余計に涙が出てくる。せめて誰にも見られないところまで行ってから泣こうと、ペチカは歯を食いしばって、建物の裏へ走った。こらえきれず、涙がほおを数滴こぼれ落ちる。やみくもに走って、豪華な裏庭を通りすぎ、やぶを突き抜けると、前方が崖《がけ》になっているところへ出た。そこで草むらに足を滑らせ、地面の上に倒れ込んだペチカは、もうそれ以上涙を抑えておくことができなくなってしまう。

くやしい涙と悲しい涙が混ざって、次々に地面へとこぼれた。ペチカは大声で「こんな服！　こんな服！」と言って、両手で自分のスカートをわしづかみにして、破れそうになるほどひっぱる。

「こんな汚いのー!!」

スカートの布地をにぎりしめたまま、ペチカは泣き声を押し殺してうなだれる。爪で少し生地を破ったようだった。ペチカは静かにその手を放して、涙をぬぐう。――ずっと、守ってくれた服だった。しばらく地面にひざまずいたまま、落ち着くのを待つ。涙が止まったあともしゃっくりを呑み込みながら、ペチカは荒れた芝生の上に座っていた。

やっと顔を上げると、目の前は本当に崖っぷちだった。高い高い崖の上で、下の景色がファラール山脈にさえぎられるところまで、どこまでも見渡せた。人の手が加わっていない大自然が一面をおおっていて、崖のすぐ下には南クローシャ湖とよく似た大きな湖が広がっている。信じられないほど澄んだ湖水で、ここから見ても一番深いところの底がはっきりと見えた。

しかし、ペチカが一番目を奪われたのは湖ではなく、それをはさんで建てられているレンガ造りの二つの巨大な階段だった。看板の絵に描いてあったのとまったく同じ建物が湖の北側と南側についていた。それぞれの階段状の建物のてっぺんからは、すさまじい勢いの滝が噴き出している。ここからでもかすかに水音が聞こえるほどである。距離が遠いので小さく見えたが、周りの木の大きさから判断して、階段状の建物はとんでもない大きさのはずだった。その下からはたくさんの糸のようなものがあっちこっちに延びているのが見える。しばらく考えたあと、それが全部町中を通っていたあの水路だとペチカは気がついた。巨大な階段は、水を送り出すための大きなポンプのようなものなのだろう。

ペチカは崖の下から目を離すことなく、ゆっくり立ち上がった。

トリニティーが想像を絶するほど遠くに感じられる。見たこともない場所、見たこともない世界。心の底からわき上がってくる途方もない不安と孤独感をこらえながら、ペチカはそのレンガ造りの建物から流れ出す激しい水流をじっと見つめていた。

そうして、どのくらい時間が経ったのか、崖の下の景色が頭にこびりついたままのペチカは、ぼんやりと裏庭の方へ戻ってきた。さっき通った時には誰もいなかった裏庭では、二人の赤い服の男が長いテーブルの上に食器を並べていた。ペチカは上の空で歩いていたので、危うく二人に気づかずに目の前に踏み出しそうになって、あわてて近くの茂みに姿を隠す。男たちが皿をカチャカチャいわせながら、ペチカの隠れた茂みに近づいてくると、話し声まではっきりと聞こえてきた。そこが入っていい場所なのかどうかも分からなかったので、ペチカは見つからないようにいっそう体を小さく縮こめる。

「――確かかよ」

片方の男が興奮した口調で言っているのが聞こえてくる。ペチカには茂みの下に突き出た足しか見えなかったが、声から判断して若い男のようだった。

「あいつ、よく酔っ払ってるからな」

もう一方の男が答えた。

「いや。ほかにも見たやつはいるんだろ」

「本当か？」

チャリンという音がして、ペチカの目の前にスプーンが落ちてくる。「いけね」と言って男の一人が身をかがめて、茂みのすき間から手を伸ばしてきた。ペチカはギュッと目を閉じる。

「じゃあ、あのうわさも、本当か？」

スプーンを拾いながら男がけげんな声でつぶやくと、もう一人の男は雰囲気たっぷりに答えた。

「ああ。どうも水門に妖精が出るらしいぜ」

「よ――」

ペチカは思わずつぶやきそうになって、あわてて口を手でふさいだ。そして、その拍子に尻もちをつく。運悪くお尻の下には枯れ葉の山があって、茶色くなった葉っぱが音をたててつぶれた。

「な、なんだ！」と、歩き去ろうとしていた男が振り向いた。ペチカは全身から冷や汗が噴き出した状態で、足元の草をつかんで息を殺す。男はおびえたような口調で「だ、だれかいるのか――」と言って、靴の先で茂みを払い始めた。捕まるのを覚悟してペチカは体をこわばらせたが、その前にもう一人の男の笑い声が耳に届く。

「ははは、バカ。風だよ、風。何おびえてんだよ」

「だっておまえ、妖精だぜ。妖精っていやあ、ディーベをばらまくんだぜ」

二人の男はお互いをなじりながら建物の方へ帰っていったが、ペチカは息を止めたまま、動けずにいた。

「おまえ、顔色悪いんじゃないか?」「やめろよ!」というふざけ合う声も、ドアの閉まるバタンという音とともに完全に建物の中へ消え去ると、ペチカはやっと息を吐き出し、体から力を抜いた。ゆっくりと立ち上がって、お尻についた枯れ葉を払い落としてから、ペチカはさまよい出るような足取りで茂みから裏庭へ出てきた。

ていねいに手入れされた美しい庭だった。芝生や生け垣は物差しで測ったようにきっちり同じ高さに刈り込まれて、明らかに毎日手入れされていることを物語っていた。庭のまん中に出された二つの長いテーブルには、赤い敷物の上いっぱいに銀色の食器が並べられていて、みがかれた表面に太陽の光が反射している。

ペチカは誰もいないことを何度も何度も確認しながらテーブルに近づいて、そこにある銀のボウルの中をのぞき込んだ。どんな料理がこれから盛り付けられるのか、空っぽの内側にゆがんだペチカの顔が映し出されている。そのまま鏡に使えそうなほどピカピカな表面を少しだけさわってみると、銀のボウルは今まで冷やされていたらしく、冷たかった。

誰か出てこないかという不安はあったが、ペチカはしばらく銀のボウルを見つめていた。そして、見つめるうちに心は別のところへさまよっていく。

突然赤い森で目を覚ましてから、何もかもがまるで夢のようだった。何ひとつ現実に起こったことだとは思えない。まるでペチカ一人がみんなから見えないお化けになってしまったようだった。さっきも心のどこかに見つけてほしい気持ちがあったような気がする。見つかれば、少なくとも自分の姿がちゃんとほかの人に見えていることが分かるからだ。

でも、あの時――ペチカはまゆを寄せて思う。あの言葉だけは確かに現実味を感じた。なぜかは分からなかったが、何かにつらぬかれたような気分だった。

水門に妖精が出るらしいぜ。

ガチャッという物音でペチカは我に返る。風の仕業だったが、冷や汗が噴き出したのをきっかけに鼓動が速くなった。あわてて並べられているナイフやスプーンをいくつか手に取って、下に敷いてあった赤い布に包み込み、懐に押し込む。このままの状態で捕まったら、もう言い訳もできない。

周囲を気にしながら、ぎこちない足取りでペチカは裏庭から出て、大通りの方へ戻ろうとしたが、うっかりたくさんの洗濯物が干してあるところへ入り込んでしまった。ペチカはなんとなくそのまままっすぐ進んだが、一番奥で塀にぶつかって、初めてここが袋小路になっていることに気がついた。あわてて裏庭へ引き返そうと来た道を戻りかけて、ペチカはふいに立ち止まる。全神経が速く逃げろと叫んでいたが、それでも止まらずにはいられなかった。

物干しには、ちょうどペチカの丈に合う美しいドレスがかけられていた。

蝶の羽をつないで作ったようなそのドレスを、ペチカはぽっかり口を開けて見ていたが、感動は次第に言い知れぬ寂しさに変わっていった。──きっと、死ぬまでこんなドレスを着ることはないだろう。さっきの女の子の幸せそうな笑顔を思い出して、ペチカは再び自分の服を見た。

また涙が出てくるのを感じて、必死に下唇をかんでこらえる。自分でも何がしたいのかよく分からなかったが、思わずドレスに手を伸ばして、触れる寸前で手を止めた。そして、もう一度強く唇をかむと、何かを振り払うように振り返って走り出そうとしたが、真後ろにいつの間にか人が立っていた。よける間もなくペチカはその人にぶつかって、地面に倒れる。

見上げると、坊主頭の大きな男がペチカをにらみつけていた。あまりの恐怖に悲鳴をあげることもできず、ペチカはただ茫然と座り込んでしまう。──男は怖い目でペチカをじっと見下ろす。

「──ご、ごめんなさい……」ペチカはしぼり出すような声でささやく。「……ごめんなさい――」

エプロン姿のその男は、しばらく黙ってペチカのいでたちを見ていた。ギョロッとした目が上から下まで行ったり来たりするのを、ペチカはほとんど肌で感じることができた。恐怖で泣き出しそうになった時、男はズイッとペチカの横を通りすぎて、物干し台の縁にぶら下げてある洗濯袋をひったくると、ためらいなくドレスをその中に突っ込んで、ふるえるペチカに向かってバサッと放り投げる。

「持ってけ」男はぶっきらぼうな口調で言って、ペチカに背を向ける。

ペチカはよく分からずに男を見た。

「いいから持ってけ。一枚ぐらい分からねえ」

男は裏口のドアに手を伸ばしながらつぶやいた。バタンとドアが閉まって、男の姿が消えたあとも、ペチカはしばらくの間動けずにいた。

氷小屋に戻る途中、ぼんやりしていたペチカは分かれ道を見逃して大きく遠回りをしたの

で、滝つぼに帰り着いたころにはレプの後半になっていた。

洗濯袋はまだしっかり胸に抱え込んでいる。氷小屋の入口をくぐると、ペチカはドアをしっかり閉めて、ワラの山に腰を下ろした。しかし、また不安になって立ち上がると、ドアがちゃんと閉まっているか、もう一度試してみる。ドアが開かないことを確かめて、ペチカはやっと安心したのか、長い長い深呼吸をしてから、汚れていないワラの上に洗濯袋を置いた。

まだ息も落ち着かないうちに、ペチカは一度洗濯袋に手を伸ばしたが、あまりにドキドキして、あわてて手を引き戻した。袋を開ければ中にはあのドレスが入っていて、着ることができると分かっていても、それを考えただけで胸がいっぱいになった。ペチカは怖々と洗濯袋をつかむと、まるで危険なもののように、少し離れたところにそれを置き直す。そして、ワラの山にほおづえをついて、じっと袋をながめた。時々、誰かが後ろから見ているような気がして、背後を振り返ってみたが、当然のようにそこには誰もいない。しばらくして、一度袋に手が届くところまで近づいてみたが、また胸が激しく打ち始めたので、あわてて離れた。

ドレスの美しさに目を奪われていたので、ドレスが何色だったかはよく覚えていなかった。袋を開けてみればすぐに分かることだったが、そうはせずに、色のことをずっと考え続ける。白ならいいな、とペチカは思った。白いドレスなんて着たことがなかった。

意を決して、ペチカは洗濯袋に近づいた。喉から心臓が飛び出しそうなほど緊張している。袋を両手でつかむと、小屋の中の空気を全部吸い込むほどの大きな深呼吸をしてから、ペチカは思いきって袋を開けた。

白いドレスだった。洗濯袋をのぞき込んだまま、動きが止まる。唇がかすかにふるえていた。同じようにふるえる手でドレスをそっと袋から取り出してみる。

ドレスは物干しにかけてあった時より何倍もきれいに見えた。心なしか、輝いているようにさえ思えた。今までペチカがさわったことのあるどんな布ともまるで手ざわりが違う。つるつるとしていて、まるで氷の表面をなでているようだった。

汚さないように細心の注意を払いながら、ペチカはドレスを壁にかけ、ポケットからお母さんの写真を取り出して、お母さんにもそのドレスを見せてあげた。

「お母さん、見える？」声もふるえていた。「きれいだね」

ペチカはお母さんの写真を壁に立てかけて、今着ている服を脱ぎ、ドレスを手に取る。どうやって着るのかよく分からなかったのでかなり手間取ったが、どうにか身にまとうことができる。そして、顔をまっ赤にして――でも、とてもうれしそうに、お母さんの写真の前に立った。

「どう、お母さん？」ペチカは息が乱れるほど照れた声で、お母さんの写真に問いかけた。

「きれいに見える？」

　ふいに思いついて、ペチカは「お母さん、待ってて」とつぶやいてから、小屋の外へ飛び出した。ドレスのすそを汚さないように持ち上げて、滝つぼへと向かう。湯煙でドレスが傷まないか心配だったが、どうしても興奮を抑えきれずに滝つぼへ駆け寄って、水面に映る自分の姿をのぞき込んだ。

　夕焼けの中で水面に浮かび上がったのは、まっ白なドレスを着た、きれいな女の子の姿だった。まばたきするのも忘れて、ペチカはその姿に見入ってしまう。水面のペチカは波に優しく揺られながらほほ笑んでいた。——どこからともなく、周りに集まってきたジベタリスに囲まれて、ペチカは水面に映る自分の姿をずっとながめていた。オレンジ色の夕日に、赤い森のほのかな朱色が美しく映えて見える。それは今まで見ていたのとは違う景色のように思えた。

「お母さん……」ペチカはうれしいような悲しいような目で空を見る。「……見えるかなあ……」

　夕焼けの空は赤いグラデーションが織りなす雲の平原に変わっていた。無数の種類の赤色が空に広がっている。燃えるような赤から、ペチカの唇のような淡い赤まで、それはもうたくさんの赤が混ざって、移り変わる空の一瞬一瞬を描き出していた。

それを見ていたペチカはふいにまゆを寄せる。

いつからそこにあったのか、小さな七色の虹が滝の上にかかっていた。それを見たとたん、何かにつらぬかれたように、ペチカの顔からすべての表情が消えてしまう。ごく普通の小さな虹だったが、ペチカの胸は息苦しいほど速く打ち始めた。

頭に鋭い痛みが走る。今ひとつはっきりしない、霧のかかったような映像が脳裏をかすめた。誰かと——何かと一緒だった。ペチカは両手でこめかみを押さえて目を閉じたが、そうすると余計にそのぼんやりとしたイメージが頭の中を駆けめぐる。頭の内側が猛烈にかゆいような気がして、髪の毛をかきむしったが、そのかゆみは引いていくどころか、ますます増していった。何か——何か思い出せそうだった。

「やめて！　痛い！」

ペチカは小石を拾って、虹に向けて力いっぱい投げた。石は手ごたえなく、ただ虹を通り抜けて山なりに滝の向こうへ消えていく。それでもペチカはまた石を拾って、虹に向かって投げつけた。

「消えて！」石はまた滝の向こうへ落ちていく。「消えてったら!!」

必死に叫びながら、ペチカは手近にある石を拾っては、次々に虹に投げつけた。虹はむなしい標的だったが、ペチカはやめようとせず、いっそう激しく虹をののしりながら、何度も何度も石を投げ続けた。そのたびに白いドレスのすそが踊るように宙を舞う。

空の光が暗くなって虹が見えなくなるまで、おびえるジベタリスに見守られながら、ペチカは石を投げ続けた。


夜遅く、すっかり星空の広がった頃——おなかがペコペコになったペチカはやっと夕食をとることができた。

白いドレスを汚さないようにいつもの服に着替え直したあと、赤団子を火であぶろうとしたのだが、ふいに思い立って、少し変わったことを始めた。自分でもなぜそんなことを思いついたのかは分からない。ただの気まぐれかもしれなかったが、あるいは白いドレスのせいだったのかもしれない。

ペチカは月明かりを頼りに、まずポムルの木を探して、その実をひとつ摘み取ってきた。ポムルは一年じゅうなっているクローシャの代表的な果物で、一見渋そうな緑の外皮に包まれて、内側には小さな宝石のような甘酸っぱいピンクの粒がびっしりと詰まっている。摘み取ってきたポムルの実のてっぺんを切り取って、内側をくりぬき、ポムルの容器を作ると、その中にアコパラの木の実を砕いたものと、つぶした赤団子、それに干した魚の身を詰めて、切り取ったてっぺんでもう一度ふたをした。

作っているうちになんとなく楽しくなってきて、無意識に大羽鳥《おおはねどり》の歌を口ずさみながら、ペチカはポムルを持って滝つぼへと向かった。どこからともなく匂いをかぎつけてきたジベタリスがあとをついてくる。すぐ足元を何匹かが走り回っていたが、ペチカは気にすることなく、滝つぼのほとりにたどり着いた。

パンをやわらかくする要領でポムルの詰め物を蒸そうと考えていたのだが、それをするための鍋がない。ただ、代わりになりそうなものには心当たりがあった。――滝つぼの水温は場所によって、かなり差が激しい。ほとんど水のようなところもあれば、湯あみするのにちょうどいいところもあった。そして、滝から一番離れた東側の端にあるくぼみの部分からは、もくもくと湯気が立ち昇って、沸騰に近い熱さのお湯がわき出している。

好奇心いっぱいの目で見物しているジベタリスに見守られて、ペチカは四本の木の枝をくぼみの上に組んで、ポムルの実をそのまん中にのせようとした。しかし、湯気の熱さで、そこまで手を伸ばすことができずに、いったん手をひっ込める。

結局二またに分かれた木の枝にポムルをはさんで、やっと枝組みの中心にポムルを置くことができた。ほっと一息ついて、ペチカはジベタリスたちのまん中に腰を下ろす。熱が通るまでどのくらい時間がかかるか分からなかったが、しばらくはかかるだろう。熱にさらされて、ゆっくりと色が濃くなっていくポムルをじっと見つめながら、ペチカはまた大羽鳥の歌を歌い始めた。そんなペチカの一挙一動をジベタリスの目が追っている。

南クローシャの森と違って、ここは不思議と夜でも明るい。上にあるのが月だということを忘れてしまいそうなほど、一帯は奇妙に照らし出されている。長い草の葉にしがみつく虫たちの姿までがはっきり見えていた。月明かりで黄色く光っている水面に、波と泡を立てて轟々《ごうごう》と流れ込む滝の姿がひどく幻想的だった。低く響く水の音に聞きほれていると、いつしか時間を忘れてしまいそうになる。まるで夢の中の風景のようだった。

少しずつ皮がふくらんできたので、ペチカはポムルが落ちてしまうのではないかと心配したが、ポムルの実は意外とがっちり枝組みにはまっていて、ぴくりとも動かなかった。ペチカがじっと動かずにいるので、心配しているのか、それともただエサがほしいだけなのか、ジベタリスたちはしきりにペチカの匂いをかいで回る。

ポムルを蒸している間に、ペチカは滝つぼの周りに咲いている赤いクルスクスの花も集めて回った。花はあとで煎《せん》じて飲むつもりだった。クルスクスは香りのいい赤色のお茶になるので、お店で買えば高価な品物だったが、ここにはとりきれないほどたくさん生えている。

少しぜいたくな気分を味わいながら、クルスクスの花を一束摘み終わると、ペチカはポムルを確かめてみた。――頃合いである。

再び二またに分かれた木の枝にはさんで、ポムルを湯気の上から下ろした。そして落とさないようにいっしょうけんめい気をつけて、用意しておいた皿代わりの平べったい石の上に置く。かすかに不安を感じながら、ペチカはポムルのふたを取ってみた。中からすごくいい匂いがする。ちょうどいい具合に熱が通っていた。思いっきり笑顔になって、ペチカは急いで小屋に戻ろうとしたが、その途中で鮮やかに実っている赤豆の実が目に入る。

「そうだ――」

倒さないようにしっかりポムルを守りながら、ペチカは赤豆のところへ走った。ジベタリスも一列になって、ゾロゾロとついてくる。赤豆を数個だけ摘んで、それをポムルの周りにちらしてみる。ついでにクルスクスの花もひとつ添えてみた。

できあがった料理を見て、ペチカは予想外のできに喜びがこみ上げてきたが、それも過ぎると、急に冷静になった。――このくらいの飾りつけなんて簡単なことなのに、今までやろうと思ったことすらなかった。しかし、それは当然である。食事をとるのはいつも戦いだった。そんな余裕なんてあるはずがない。妙なのは、なぜ今になって、そうしようと思ったかだった。

小屋への斜面をゆっくり上っていくペチカを待ちきれないように、ジベタリスは数歩先へ進んで、止まっては振り返り、止まっては振り返り、ペチカをうながしていた。ぼんやりとしていたペチカはジベタリスがすぐそばにいるにもかかわらず、平気で小屋のドアを開け、ジベタリスが中に入っても気づかない。

ワラの山に腰を落ち着けると、まだ少し夢見心地の目のままで、今日盗ってきたスプーンを手に取り、ポムルの詰め物を一口、口に運んだ。ペチカが黙ってそれを味わっている間、ジベタリスも息を呑むようにピタッと動きを止めている。ペチカはすぐに二口目、三口目も口に運ぶ。結局、あっという間にポムルの詰め物をたいらげて、ペチカは分け前を期待していたジベタリスたちをがっかりさせた。

皮だけになったポムルを地面に置くと、即座にジベタリスがそれに群がったが、ひととおり匂いをかいで、すでにおいしいところは取られたあとだと気づくと、悲しそうな表情でペチカを見上げた。ペチカはというと、すっかり満足して、ワラの山に横たわり、目を閉じていた。――おなかがいっぱいというのは、本当に幸せな気分だった。

すっかり慣れてしまった滝の音に混ざって、森の虫たちの歌声が響いてくる。トリニティーの森でも虫の声は聞こえていたはずなのに、ちゃんとそれを聴いたのは今が初めてのように思えた。心が安らいでいる。こんな気持ちも初めてだった。

——水門に妖精が出るらしいぜ——

理由もなく、町で聞いた会話が頭に浮かんだ。ゆっくり考えられる時間が来るまで、大事にしまっておいたかのようだった。その言葉を思い出しただけで、胸がドキドキし始める。

大きな建物。たくさんの本。にぎやかな広場。行ったことのないはずの町の様子が頭の中を駆けめぐった。何かが焼ける臭いがする。

——頭が痛い。

ふいにほっぺたが両方ともほんのりと温かくなった。何かが——誰かが、ほっぺたを温めてくれていた。頭の中では何もかも霧がかかっていたが、それだけははっきりと分かった。悲しくもないのに涙がこぼれ落ちる。ほっぺたをぬぐったが、温もりは消えなかった。

「だれ⁉」

突然大声でペチカが叫んだので、ジベタリスはびっくりして壁際まで走り去る。

「教えて！　だれなの——！」

ペチカは再び頭の内側をかきむしりたい衝動にかられ、こめかみを両手で押さえて、大声で叫ぶ。

「だれっ⁉」

答えはどこからも返ってこない。奥歯をかみしめて、少し落ち着きを取り戻したが、ペチカのほっぺたはまだ温かい。それはたき火の炎や太陽の光とはぜんぜん違う、優しい温かさだった。まるで、誰かがそばにいるような温かさだった。

ペチカは部屋の中を見渡して、初めてジベタリスの存在に気がつき、追い出そうかとも考えたが、そんな気にもなれず、静かにため息をついた。

――水門に妖精が出るらしいぜ――

またその会話がよみがえってくる。なぜか、それがとても重要なことのように思えた。


「ぼくのこと……」その声は寂しそうに言った。「……忘れたの?」

まっ白だった。霧がかかっているようだったが、霧よりももっとまっ白で、何も見えなかった。どの方向を見ても、どこまでも果てしなくまっ白で、立っているのか浮いているのかも分からない。ペチカはその中をただよいながら、どこからか聞こえてくるそのか細い声にもう一度耳をすませてみる。

「……忘れたの?」

聞き覚えのある声だった。でも、いくら考えても、誰の声かは思い出せなかった。

「だれなの？」ペチカはもどかしくて、大きな声でたずねた。「名前は!?　ねえ！　だれなの!?」

ひたすらこだましながら消えていく自分の声の響きが、誰もいないのを物語っているかのようだった。――まっ白だった。何もかもまっ白だった。きっと雲の中はこんなだろうなと思いながら、ペチカはもう一度声をあげる。

「だれなの!?　なんで姿を見せないの!?　私を知ってるの!?」

ふいにずっと遠くにポツリと黄色い光が灯った。そことペチカがいるところの間には何もない空っぽの空間が延々と続いている。それでも何か目標を得て、ペチカは光の方角へと歩き出した。

その光を見ていると、なんとなく懐かしくなった。まだお母さんが生きていた頃、夜中に果物をとりに外へ出て、そのまま迷子になってしまった時のことがよみがえってくる。暗い夜道を泣きながら歩いていると、道のずっと先の方にちょうど今と同じような黄色い光が灯っていた。その光に向かって歩いていくと、光の方も近づいてきて、すぐにそれがお母さんの持っているランプの明かりだと気がついた。

でも、その光もお母さんが死んでからは、ずっと消えたままだった。教会での長い一日を終えて小屋に帰ってきても、出迎えてくれる光はなかった。あったのはただ、どこまでも闇。白い闇。

ペチカは速歩きになった。

「やっぱりぼくのこと、忘れたみたいだね」

また、消え入るような小さな声が響く。それでも、その声は不思議とはっきり聞き取れた。

ペチカは下唇をかんで、さらに歩みを速める。

「……もういいんだ。思い出せないのは分かってるから……」

何かをかみつぶすように唇を固く閉ざして、ペチカは光へと急いだ。いつの間にか小走りになっている。

「いいんだ。もういいんだ。もういいんだ……」

声がどんどん小さくなっていく。目をギュッと細めていたペチカはふいにつまずいて、転びそうになったのをきっかけに思いきり走り出した。必死にこらえていた涙が目からあふれ出してきて、なぜそうしているのか分からないまま、ただやみくもに光を目指した。

しかし、光はどんどんうすらいでいく。走っても走っても距離はぜんぜん縮まらない。ペチカは息を切らしながら、さらにいっしょうけんめい走ったが、光も声も容赦なく小さく、弱くなっていった。

「……いいんだ……思い出さなくて……」

限界まで走って、ついに足がぐらついて、いやおうなくスピードを落としながらも、それでもペチカは光の方へ走り続けた。もう息が上がっていて、口は大きく開いたままだったが、苦しくてもなぜか光を追わなければならないと感じていた。

「……もう……いい……ん……だ……」

声が消えていく。たまらない恐怖に襲われて、はるか遠くにある光へと手を伸ばしたが、光も静かに消えていった。

「待って！　思い出す！　今、思い出すから!!」

そう叫んだとたんに、周りの空間がにぶい音をたてて変化した。ペチカは押し殺した悲鳴をあげて立ち止まる。辺りはまだ白かったが、今度は本物の霧だった。いつの間にか、釣り鐘塔のてっぺんにいる。ペチカは息を切らして、あわてて周りを見渡した。

「なんで、私――なん――」

霧がまた濃くなって、ペチカの体にまとわりついてくる。みるみる視界が霧におおわれて、ペチカは窒息するような苦しさに襲われたきり――

目が覚めた。

氷小屋のワラの中だった。汗だくで飛び起きて、夢と現実の区別がつかずに、ペチカはとっさに何かを探して回ったが、探しているうちに何を探しているのか分からないことに気づいて、ゆっくりと現実へ戻り始める。今まで見ていた夢はもう思い出せなくなっていたが、夢の中に比べると、現実はひどくはっきりとしていた。ひとつひとつのものにそれぞれ色があって、形があって、しっかりと存在感があることが不思議に思えた。しかし、その感覚も1プレもしないうちに引いていき、あとに残されたのは、ただいつもどおりの世界だった。

自分の存在を確認するように、ゆっくりと氷小屋の中を見渡すペチカの目に、昨日小屋に入れてしまったジベタリスの群れが映った。ジベタリスは小屋の隅に固まって、重なり合うようにして眠っている。それぞれ自分の大きなしっぽの中に首をすぼめて丸まっていたので、茶色い毛玉が積んであるようにも見えた。すぐ近くまで近づいても、一向に起きる気配がない。小さなピンク色の鼻をヒクヒクさせながら眠り続けているジベタリスを、ペチカはしばらく無言で見ていた。

何か音が耳の奥で鳴っていた。木を打つような心地のいい音。厚い本を閉じるような音。ジベタリスの寝ている姿を見ているうち、自然とそれが聞こえてきた。

パタン。パタン。パタン。

ふいに一匹のジベタリスが目を覚ますと、ビクッとペチカの方を見てから、サササッと小屋を横切っていった。いっしょうけんめい走っていくジベタリスの姿を目にして、耳の中の音はさらに大きくなっていく。卵を焼く匂いがしてきた。

パタン。パタン。パタン。パタン。パタン。

「私――」ペチカは突然ギュッと目を閉じて、両手でこめかみを押さえる。「私――何か――何か――！」

ジベタリスがみんな目を覚まして、一斉に小屋の中を走り回るまで、ペチカはその姿勢で固まっていた。何かを必死に追い出そうとしているのか、思い出そうとしているのか、表情はしかめられたままである。やっと目を開けた時、すっかり疲れた顔になって、ペチカは深いため息をついた。そして、それ以上何か考える前に、昨日持って帰った白いドレスを静かに壁から下ろした。次に赤団子の串と、取り置きの赤豆や干し魚を葉っぱで包んで、お母さんの写真を一緒に洗濯袋にしまう。

重くなった洗濯袋を肩から下げると、ペチカはドアへと向かった。心は決まっていた。あの裏庭で、水門の妖精の話を聞いた時に、もう決まっていたのかもしれない。

出ていこうとして、ペチカは一度だけ小屋の中を見回し、壁にかかっている余った赤団子に目を留めた。持てるだけは持ったので、余りはどのみち腐るだけだった。

複雑な気持ちで赤団子を見ている間に、足元にジベタリスが集まってくる。ペチカが危害を加えないことを悟ったらしく、まったく警戒心を見せていない。――ペチカは黙ってジベタリスを見下ろした。ジベタリスも黙ってペチカを見上げる。

数プレ後、滝を横に見ながら、ペチカは一度も振り返らずに氷小屋をあとにした。そして、誰もいなくなった氷小屋では、ペチカが地面に積み上げていった赤団子の余りを、ジベタリスが取り合ってかじっているところだった。


「腹へったー」

ルージャンは大きなごみ箱を両手で抱えて、物干しにかけられた洗濯物の間を進んでいた。垣根沿いにごみ箱をドンと置くと、洗濯物の陰になっているのをいいことに、ルージャンは積み上げられている木箱の上に座って、しばらくさぼることにした。

朝食にはパンをもらっていたが、それだけで満足できるはずもない。昼食までの２００プレがかなりつらくなりそうである。皿洗いとしてアロロプールのホテルに雇ってもらったまではよかったが、仕事は教会の時よりもきつかった。信じられない数の皿を洗うのに加えて、掃除に洗濯、靴みがきまでこなさなければならない。しかし、この年でほかに雇ってもらえるあてがあるはずもなく、食事を出してもらえるだけでもありがたいと思わなければならなかった。ここまではごみ箱をあさったりしてなんとか食いつないできたが、町から離れると、それもできなくなった。森には食べられそうな木の実や果物がたくさんなっていたが、どれが毒で、どれが食べられるのかを見分ける知識がなかったので、怖くて手が出せなかったのである。あとでホテルの主任に聞いてぞっとしたのだが、ここらにはドクジゴクやコロリ草といった毒草がたくさん生えているらしい。

「はーあ」ルージャンは背伸びをしながら大きなあくびをして、空を見上げた。「ペチカのやつ、どこ行っちまったんだろ」

ペチカを夢中で追いかけているうち、気がついたらこんな見知らぬ地方にまで来ていた。別にトリニティーが好きなわけではなかったので、離れることに抵抗は感じなかったが、ペチカのためにこんなに苦労しなければならないことが腹立たしかった。ルージャンはおなかがギューッと鳴ったのを聞いて、ふくれっ面になり、横のごみ箱をガンと蹴りとばす。

「腹へったな、ちくしょう」

ホテルが出してくれる食事は客用の残り物の材料を使っていたので、野菜のヘタやくず肉とはいえ、けっこうおいしかった。それだけに昼食までの時間が待ち遠しい。昨日の干し肉のスープなんて、今まで食べたものの中で一番おいしかったぐらいだ。ランゼスを見た時も、ここの水門を見た時も、それほど感心はしなかったが、昨日のスープを飲んだ時にはまだまだ世界には自分の知らないことがたくさんあるのを実感した。

スープのことを思い出していると、本当にスープの匂いがただよってきた。厨房《ちゅうぼう》からもれているのかと思ったが、匂いはもっと強い。匂いの源を追ってみて、それが自分の下からだと気がつくと、ルージャンはあわてて木箱から飛びのいた。

木箱にはアロロプールホテル・キッチン宛《あ》ての札が貼《は》ってあって、箱の外側にはランゼスの消印が捺《お》されていた。箱板のすき間から中をのぞこうとしたが、暗くて何も見えなかったので、あっさりふたをはがしてみる。ルージャンの顔がパーッと明るくなった。燻製のハム。めったに食べられないルージャンの大好物だった。

箱の中には優に五人前は入っていたが、あっという間にハムは消えてなくなる。喉をつまらせて咳込みながら、ルージャンはさらに次の箱にとりかかろうとしたが、二箱目を開けたところで、建物の角からこっちへ近づいてくる足音が聞こえてきた。食べることに夢中になっていたルージャンが気づいた時には、足音はもうすぐそこまで来ている。

「やべっ」

隠れようにも、そんなに隠れられる場所があるわけではなかった。今、空にしたばかりのハムの箱か、さっき持ってきたごみ箱の二つである。ハムの箱は明らかに小さすぎた。──

ルージャンはごみ箱を見て、ゲーッという顔になる。十年ぐらい掃除したことがなさそうだった。いっそ逃げようかと思ったが、大好物を食べずに行くことに、おなかが猛烈に抗議する。

ルージャンは仕方なく深呼吸して、体の隅々まで息をため込み、鼻をつまんで、ごみ箱の中に飛び込んだ。しかし、ごみ箱の中は想像以上にひどい臭いで、鼻と口をしっかりつまんでいるのに、どこからか臭いが入り込んでくる。必死に息を止めていると、足音はちょうど箱が積まれてある辺りで止まって、何かゴソゴソとやっていた。

「早くしてくれ……」ルージャンはうっかり口を開けてしまい、目が飛び出すほどの臭いに顔をしかめる。

幸い願いは聞き届けられた。足音はまたすぐに走り去っていき、ルージャンは転がるようにごみ箱からはい出して、ゼエゼエと新鮮な空気を吸った。ひざに何か得体の知れないものがこびりついている。「うげえ！」と言いながらそれを地面にこすりつけてとった。――やっと気分が落ち着くと、ルージャンは再び二箱目にとりかかろうとして、動きを止める。

白いドレスが物干しにかけられていた。

「あれ？」ルージャンはドレスに近づいて、汚れた手でそれをつまんでみた。つるつるして気持ちがいい。「こんなのあったっけ？」

ルージャンは首をかしげながら、ドレスを裏返してみた。ルージャンがさわるたび、白いドレスに茶色い染みがついていく。ドレスにはボタンがついていて、ボタンの表面には何かの絵が彫り込まれていた。

それが何か確かめようとしているうち、ルージャンの服の袖がボタンにひっかかってしまった。軽くひっぱってみたが、とれなかったので、ルージャンは力任せにひっぱった。ドレスはビリッと音をたてて破れる。

「うわっ！　やべえ！」

袖はまだとれなかった。あせってひっぱるルージャンをよそに、裏口が静かに開いて、坊主頭の男が姿を現した。

「なんだ、おまえは？」男はドレスをつかんでいるルージャンをにらんで低い声で言う。

「泥棒か？」

「違う！　違うって！　服がひっかかって！」

ルージャンがそう言いながら腕を引いたので、ドレスはまたいくらかビリビリと破れた。

「いい度胸してるじゃねえか、この野郎」

坊主頭の男は両方の袖をまくって、太い腕をあらわにしながらルージャンに近づいてくる。

ルージャンはまだ袖をとることができずに、冷や汗をかきながら、男と袖口を交互に見ていた。

「なんだこりゃ」

ふいに男がドレスを見たまま止まったので、ルージャンもつられて動きが止まる。坊主頭の男は一瞬ルージャンの存在を忘れたようにドレスをつまんで、近くでそれをながめた。

「こりゃたしか昨日、女のガキにやったはずだが——」

「女のガキ？」

顔を覚えられないように下を向いていたルージャンが視線を上げた。

「ボロくさい服着てたからくれてやったのに、なんだ、返しに来たのか？」

ルージャンは突然男の腕をつかんだ。袖は勢いでビリッと破れてとれ、ドレスのボタンが吹っ飛ぶ。男は目を丸くしてルージャンを見ていたが、ついルージャンのあまりの勢いに押されてしまった。

「その女の子、どんな色の服着てた⁉」

「い……色？」男はルージャンに揺さぶられて、眉間《みけん》にしわを寄せる。「赤っぽい紫みたいなのだったな」

「ペチカだ！」

ルージャンは男を突き飛ばして、さっきの足音が去っていった方へ全速力で走り出す。男はあわてて捕まえようとしたが、その時にはルージャンはもう角を曲がって姿を消していた。

「ペチカ！　ペチカーッ！」ルージャンは叫びながら、ホテルの脇を走り抜ける。

さっきの足音がそうだったのだ。ルージャンはペチカを見つけた喜びで、大急ぎで表へ出たが、てっきりその辺にいると思っていたペチカがどこにもいないのを知ると、喜びはあせりに変わり始めた。道に出ても、ペチカは見当たらない。ほんの1ベールほどの距離にいたのにと思うと、自分を思いきり殴ってやりたくなった。

「ペチカーッ!!」

ルージャンは大声で叫んだ。ホテルの前にいる人たちが不思議そうに振り向く。

「どこに行ったんだ――」

道はまっすぐ東西に延びていたが、目に見える範囲にはペチカとおぼしき姿はなかった。ルージャンはひたいに噴き出した汗をぬぐい、東の方へ駆け出そうとして止まった。東への道は水門に向かっているだけで、ほかにめぼしいものはない。それに対して、西の方は大きな町につながっている。ルージャンはペチカが西へ行ったと確信して、西に向かって走り始めた。

見えないペチカの姿を追いかけながら、ルージャンはすぐに追いつくと自分に言い聞かせていた。10プレ。いや、5プレあれば十分だ。――追いついたらなんと言うか、そればかり考えながら、ルージャンはものすごい勢いで西へ走っていった。

その頃、ペチカは東へ向かっていた。

アロロプールの町を出て、50レプも歩いた頃、ここまで歩き続けた疲れが一気に出たのか、少し息が切れてきた。休憩をとろうと、ペチカは道の脇に洗濯袋を下ろして、持ってきた赤団子を一本かじり始める。道と並行に水路が通っていて、その水音が耳に優しい。たくさん歩くにはいい一日だった。

赤団子を食べ終わると、両手で水路の水をくんで、一気に飲み干した。水路の水は滝つぼの水と同じ味で、体の隅々まで染み渡って、元気を出させてくれる。ホテルで頂戴《ちょうだい》した赤い布を水に浸して顔をふくと、生き返ったような気持ちで背筋を伸ばした。うっすらと湿った顔にファラール山脈から降りてくる山風が当たって、すがすがしい気持ちにしてくれる。こ
――なんで、あんな大きな水門まで造って、水を引いてくるのか分かるような気がした。この水には何か元気の素《もと》が入っているようだった。

休憩を終えると、ペチカは再び山道を下り始めた。傷んで、かなり底の破れた靴にてこず

っていたが、今日じゅうには水門に着けるだろう。よほど誰かに道を聞こうかと思ったが、その勇気が出せずに、けっきょく崖の上から見た方角だけを頼りにここまで歩いてきた。それでも、なんとかたどり着けるはずだと思っていた。どこにでも張りめぐらされている水路が何よりの案内役である。水がすべて水門から流れ出していることを考えれば、あとは水路の流れを逆にたどっていくだけで、いつかは水門にたどり着くはずだ。

何もない、めったに人も馬車も通らない寂しい山道だったが、黄金色に染まった葉っぱが上からどんどん降ってきて、歩いていても退屈ではなかった。ファラール地方では寒期に入ってもそれほど寒さは厳しくならなかったので、気温も肌寒い程度で過ごしやすい。時々、木々の間から顔を現す広大な大地は、何度見ても息を呑むほどにすばらしかった。その景観のどこかから低い水音が響いてくる。ここではいつもどこかから水の音がしていた。

一台、小さめの馬車が後ろから通りかかった。ペチカは道の端によけて、通りすぎる馬車を観察したが、近くの貧しい農民のようで、ツギハギだらけのみすぼらしいホロの中には積み荷はほとんど入っていない。御者台に乗っている夫婦らしき二人も、ひどく疲れた顔をしていた。ペチカはその馬車は見送ることにした。

さらにしばらく歩いていると、また後ろから馬車がやってきたが、今度は大きな馬車だった。三頭の立派な馬に引かれたその馬車の御者台には、御者が一人いるだけで、その御者も半分居眠りをしていた。ペチカは洗濯袋の口を結んで、静かに脇へよける。

馬車の後ろの端にはカーテンがしてあって、中が見えなかったので、ペチカは馬車が通りすぎる時にこっそりその陰に入って、同じ速度で走りながらカーテンを開け、内側をのぞいてみた。中はびっしり積み荷で埋まっている。ざっと見渡しただけでも、たくさんの食べ物や生活用品が目についた。おまけにホロの中には誰も乗っていない。

一瞬もむだにせず、ペチカは馬車の中へ飛び乗った。衝撃でばれないかと心配したが、デコボコの山道では気にする必要もなかった。いったん中に入ると、ペチカはゆっくり積み荷の上を見渡して、必要なものを探す。おいしそうなものがいろいろと片隅に積んであって、すぐにでもそこへ行きたかったが、それはあと回しにして、最初に大きなチェストの前に向かった。おもむろにそれを開くと、いきなり目当てのものがあるのを見て、思わず笑みがこぼれる。

チェストの中にはたくさんの靴が入っていた。

大小様々な靴の中からサイズの合いそうなものをいくつか取り出して、それぞれを試してみたあとで茶色の革靴を選んだ。代わりに古い靴を中に入れて、チェストを閉じておく。

——あとはランプのようなものがあれば理想的だった。

後ろの端には黒い布ですっぽりおおわれた大きな四角い箱があった。その中身が気になったペチカは、新しい靴のはき心地を楽しみながら箱に近づいて、かけられた布をそっとめくってみる。とたんに後悔した。

箱ではなくて、カゴだった。そして、中には三羽のニワトリが眠っていた。しかも、ペチカが布をめくったために、三羽ともゴソゴソと起き始めたようで、今にも鳴き出しそうである。あわてて布をかぶせ直したが、時すでに遅く、カゴの中でニワトリたちはせわしなく動き出していた。ペチカはあせって、無意味に周りを探してみたが、解決法が転がっているはずもない。布の下ではニワトリが羽を広げるバサッバサッという音がしていた。

とっさにペチカはニワトリの入ったカゴを足でホロの外へ押し出した。カゴは馬車から転げ落ち、地面に当たって二、三回転すると、バラバラに分解して、ニワトリたちが驚いて逃げ出した。ペチカはカーテンのすき間からこの様子を見届けながら、ニワトリが大騒ぎを始めた頃には十分馬車が遠ざかっていることにほっとしていた。

何事もなかったように進み続ける馬車の中で、ペチカは気を取り直して、再び積み荷をあさり始める。今度はさしたる問題もなく、数レプ後には一番必要な砂コーロのランプも発見することができた。ランプの横にはおあつらえ向きにたっぷりの砂コーロが入った袋が置いてあって、マッチまで添えてある。ペチカはありがたくそのすべてを頂戴することにした。

物色がすむと、ペチカは一息ついて、干した果物や魚をいくつか洗濯袋にとってから、いつでも飛び降りられるように馬車の後ろの端に座り込んで足を垂らし、乗せてもらえるところまでは乗っていこうと考えた。何か分からないけど、甘くておいしい干した果物を少しずつかじりながら馬車に揺られていると、ついつい眠くなってしまう。うっかり眠ってしまわないように、ペチカは少し考え事をするよう自分をうながした。

一番考えなければならないことは分かっていた。――ただ、それは一番分からないことでもあった。

なんで水門に向かっているのだろう。

もし本当に妖精がいるのなら、病気になってしまうかもしれないのに、不思議と怖いという気持ちはわいてこなかった。以前は確かに妖精が怖かったはずだ。でも、今は怖いという気持ちは本当になかった。あるのはただ――

ただ、なんだろう。

ホテルの裏庭で妖精のことを聞いてから、ずっと奇妙な気持ちのままだった。何かずっと昔から知っている話を聞いたような……そう、何か懐かしいような――

ホロの中に水煙が入ってきている。深い考えの中にいたペチカはハッと我に返って、いつの間にか夕暮れになっていることに驚いた。眠っていたわけではなかったが、時間の感覚を失っていた。あわてて周りを見ると、すぐそこに巨大なレンガの壁が見える。びっくりして壁に沿って見上げると、それはあの崖の上から見た階段状の建物の一番根元の部分だった。――思ったとおり、水門はとんでもない大きさだった。この位置からでは、見上げても全貌《ぜんぼう》が分からないほどである。

ペチカは息を止めたまま、急いで馬車から飛び降りる。ずいぶん重くなった洗濯袋を肩にしょい直すと、ただ茫然と水門を眺めた。天から降ってくるような滝が二本、轟音とともに流れ落ちている。辺りはもうもうと立ち込める水煙で冷たくなっていた。水門はまるで神々が天に帰るための階段のようだった。

自分の存在の気が遠くなるほどの小ささに打ちひしがれながら、ペチカはしばらくアロロタフの水門に圧倒されていた。

「な、なんてひどいことを――」

町の人間を見張るために取り付けた望遠鏡を真剣な眼差しでのぞきながら、イルワルドはつぶやいた。レンズの中では、ちょうどペチカが馬車のホロからニワトリのカゴを蹴り出したところだった。カゴから逃げ出したニワトリが森の中へ大騒ぎで逃げ込んでいく。馬車の御者は居眠りをしていて、まるで気づいていないようだった。

「世の中にはひどいやつがいるものだ」炎水晶の上で昼寝をしているヴォーに向かって、イルワルドは告げた。「やっと見つかったぞ、ヴォー。こっちに向かってくるやつでよさそうなのが」

「今度こそ大丈夫だろうな」

昨日から何度もイルワルドの早とちりに付き合わされているヴォーは、うんざりした顔で、ゆっくり望遠鏡のところへやってくる。イルワルドがヴォーのために場所をよけてやると、ヴォーはあまり期待せずにのぞき口に両目を当てて、イルワルドの見ていたものを見た。ちょうど馬車の後ろで足を垂らしているペチカがレンズに映る。

「あれ？　あれはたしか――なんでこんなとこにいるんだ？」

しばらく意外な顔をしていたヴォーも、口元にだんだん笑みが広がり始め、のぞき口から目を離した時には小さく笑っていた。

「どうだ、あれは？」

イルワルドが聞く。ヴォーは初めてマッチを手にした子供のように純粋で、しかし、とてつもなく危険な目で、静かにつぶやいた。

「決まりだな」

　馬車道はまっすぐ東へ向かっていたので、ペチカは水門の方へ枝分かれしている細い道をたどった。水門に近づいていくにつれ、息をするのも苦しいほどの水煙が立ち込めるようになって、1ベール前もまともに見えなくなってくる。服は水の中を泳いでいるようにずぶぬれになって、耳は巨大な二本の滝が流れ落ちる音ですでにまひしている。さらに近づくと、水門のレンガの壁面を大量の水が流れていることに気がついた。いったい、それがどれほどの量の水なのか想像もつかなかったが、あれだけたくさんの水路に水を送り続けるのだから、膨大な量なのは確かだった。

　いろいろな地域から集まってくる水路がどんどん数を増やし、ペチカの周りはいつしか水路だらけになっていた。左右の地面に沿って走っている無数の水路に加えて、頭の上にも四、五本の水路が走っていた。そこらじゅうから水しぶきが上がって、まるで水中にいるような錯覚に陥ってしまう。これだけ近づくと、水門の一番下の段が視界いっぱいに立ちふさがって、天まで続く城壁に見える。

さすがに水門がこれほど巨大だとは思っていなかったペチカは、だんだん怖くなり始めていた。人の姿はまったく見えなかった。草の生え具合から察するに、めったに誰も来ることがない場所なのはまちがいない。

歩幅はどんどん狭くなっていったが、歩みは決して止まらなかった。水門に近づいていくにしたがって、ペチカはここに何かあることを肌で感じ始めていたのである。この水門のどこかに知りたいことがあるのは確かに思えた。

日が暮れかけた頃、ついに水門のふもとに広がる湖のほとりに出た。二本の滝は湖に注ぎ込んでいて、勢いで湖面は激しく波立っている。ここまで来ると、二本の滝はもはや滝にも見えない。視界のすべてをおおう水のカーテンでしかなかった。しかも、あまりの轟音で耳が痛くて、ほかの音がほとんど聞こえない。

だが、ここに来てどうしようもなくなってしまう。――どこにも入口がない。水門は湖の中に建っていて、周囲には橋など皆目見当たらなかった。滝の間を通って泳いでいくのは、もちろん不可能である。

ペチカは途方に暮れて辺りを歩き回り、大きな岩の上に腰を下ろした。もしかしたら、あそこには人が入れないのかもしれないと考えると、絶望的な気持ちになってくる。周りがどんどん暗くなっていくのを無力に見守りながら、心は孤独感でいっぱいになっていった。今から町に戻っていたら、とても明るいうちには着けないだろう。

突然、人の声が聞こえた気がした。そんなはずはないと思ったが、滝の水音の間をぬって、もう一度誰かが何かを言っているような声が聞こえた。そして、その直後に何かがポンと肩に触れる。

ペチカは悲鳴をあげて岩から飛びのき、後ろを振り返った。紫色のケープとマントで全身をすっぽりおおった人が、気味の悪い杖《つえ》を持って草むらに立っている。ペチカはそれを一目見て、すぐに逃げようとした。

「待て！　逃げるな！　怪しい者じゃない！」

顔の見えないケープに、うつむきかげんの姿勢——信じろという方が無理だった。

「だれ!?」ペチカは叫び返した。声を張りあげたつもりだったが、滝の音の前では蚊の鳴くような大きさでしかない。

男は斜《しゃ》に構えたまま、顔を見せようとはしなかったが、ペチカの問いに答えて叫んだ。

「と、通りがかりの占い師だ！　おまえさんが迷っているようだから助けてやろうと思ってな！」

あからさまに怪しかったが、それでもペチカは逃げなかった。すると、ケープの男は少し離れた木の根元を杖で指して、大げさな調子でペチカに告げる。

「あそこにおまえさんの探しているものがある」

それだけ言い終えると、ケープの男は身をひるがえし、近くの林へと駆け出した。「待って――」と言いかけたが、男は止まろうとしなかったので、ペチカは消えていく後ろ姿を茫然と見守るしかない。あまりに突然の出来事に夢でも見たのかと思って、しばらく男が消えていった方向をにらんでいたが、それからゆっくりと男が指した先へ目を向けた。そして、後ろから襲われないように何度も振り返りながら、用心深く木の根のところへ近づいてみる。

木の根元の地面には、取っ手のようなものが付いていた。赤く錆びた古い取っ手が半分土にうずもれて、その下には木の板が横たわっている。ペチカはさっきの男が帰ってこないかもう一度確認してから、思いきって取っ手をつかみ、体重をかけて後ろへひっぱった。

木の板が泥を飛ばしながら一気にめくれ上がり、ペチカはバランスを失って、後ろ向きに倒れる。うっかり洗濯袋を放してしまったが、袋の口を結んでおいたので、中身はこぼれ出さずにすんだ。腰をさすりながら立ち上がると、ペチカは洗濯袋を拾って、木の板の下を見るために向こう側へ回り込んだ。

下にはまっ暗闇に下りていく石の階段があった。

ペチカは水門の方を見る。階段は水門に向かって下りていた。階段の下をのぞき込もうとしたが、完全な暗闇で、何があるのかまったく分からない。階段に使われている石の表面はじんわりと湿っていて、黒いカビのようなものが生えていた。

ペチカはつばを飲み込むと、さっきのケープの男を探して周りを見渡したが、男はどこにも見当たらない。日はもうほとんど沈んでしまっていた。

階段の下の暗闇から目を離せずに、ペチカは全身に鳥肌が広がっていくのを感じていた。今にも地下から何か出てきそうな雰囲気である。階段は狭くて、ペチカの小さな体でさえ、やっと通れるかどうかの幅だった。

ペチカはもう一回つばを飲み込む。

じっと立ちすくんでいると、ふいにまたほっぺたが温かくなる。ペチカはそっとほっぺたをさわってみたが、本当に温かくなっているわけではなかった。むしろ体は水煙で冷えている。にもかかわらず、確かにほっぺたに温もりを感じた。なぜか、少しだけ恐怖がうすらいだ気がする。

ペチカは静かに目を閉じて、気持ちを落ち着けた。すると、ほっぺたの温かみが全身に広がって、緊張がほぐれていく。なんだか温かい光に包まれているようだった。

ペチカは目を開けると、洗濯袋を下ろして口をほどき、その中からランプと砂コーロとマッチを取り出した。ランプを階段の入口の石においで、その下についている引き出しを開けると、水分が入らないうちにすばやく砂コーロをいっぱいまで中に流し込む。そして、マッチを擦ると、それをゆっくり砂コーロの上に近づけ、火花が走ったところで、引き出しを閉めた。少し待っていると、ランプがやわらかい光を放ち、すっかり暗くなっていた辺りの景色を照らし出す。

ランプを右手に持って、洗濯袋を首の回りに結ぶと、ペチカはゆっくり深呼吸をして、最後にもう一度だけつばを飲み込んだ。

階段の下から冷気が上がってくる。岩肌についた水滴が暗闇にしたたっていた。下はかなり気温が低そうである。もし水門まで続いているのだとしたら、結構な長さになるはずだ。

ペチカはゆっくり、一歩足を踏み下ろした。

三歩も階段を下りると、体じゅうに鳥肌が立って激しい吐き気に襲われる。

最後にここに人が足を踏み入れたのはいったいいつなのか、地下は外の空気が混ざっていない、独特のよどんだ臭いがした。教会の地下室のいやな臭いとよく似ていたが、こっちの方が古かった。ずっと古かった。そこにはペチカが生まれる前の世界の空気がまだ残っているようにさえ思えた。

頭を少しかがめないと、入口を通ることもできない。一瞬かがめるだけで十分だったのだが、その一瞬にひどく抵抗を感じた。それがその得体の知れない暗い空間に足を踏み入れるための儀式のように思えた。何かそうすることによって、これから自分に起こることをすべて認めたような気がしたのだ。

ランプの光に照らし出された地下は想像以上に不気味だった。長く光の届かなかったところは、見てはいけない世界のように感じられる。おそらく数十年以上も前の人の手によって造られたのだろう。――大きな石を組み合わせて造られた地下道は年月の経過を経て、カビでまっ黒になっていた。最初はここもきれいな石でできていたのだろうが、それを想像しようと努めても、現実のあまりに不気味な光景の前では無力だった。

一度だけ後ろを振り向くと、もう入口が四角い光になって、上の方に浮かんでいる。それがひどく遠くに感じられた。今ならまだ引き返せる――と思ったが、その気持ちを振り払うように、ペチカはわざと足を速めて階段を下りていった。引き返すよりも、先に進む方が楽になるところまで早く行ってしまおうと思っていた。考え始めると足が止まってしまうので、ペチカは足元をじっとにらんで、ひたすら足を動かす。

途中から階段は水でビショビショになっていた。危うく足を滑らせそうになって、なんとか踏みとどまる。壁のすき間から水があふれ出していた。もしかしたら、この辺りから湖の下に入るのかもしれない。そう思うと、また新たな恐怖がわいてきたが、それも必死で振り払った。後ろを振り向くと、もう入口が見えなくなっている。望みどおり、引き返すよりも進む方が楽になっていたが、気持ちは少しも楽にならなかった。

ランプの届かない下の闇の中から、水の流れる音が聞こえてくる。階段を一段下りるごとにその音は大きくなっていった。ものすごくいやな予感に襲われる。水の音はさらに大きく、激しくなっていく。明らかに下には水が流れていた。

行く手にランプをかざしながら、目をこらして進み続けていたペチカは、ついに下に着くという時、思わず立ち止まった。想像以上に最悪の状況が足元に広がっている。目を閉じて、意識をおおっていくどす黒いものに必死で抵抗しながら、最後の段に足を踏み下ろすと、チャプンという音がした。ペチカは恐怖をがまんしようと歯を食いしばる。

下は完全に浸水していた。階段の終わりからまっすぐに地下道が延びていたが、そこを勢いよく水が流れている。流されるというほどではなかったが、トリニティーの川よりはずっと速い。泣きそうになるのをペチカは必死にこらえた。

水底を調べてみると、深さはそれほどではないようだった。おそらくひざぐらいまでである。しかし、今立っているわずかな水の中でさえ、冷たさが新しい靴の底をつらぬいて、足の裏に伝わってくる。生半可な水温ではない。

ペチカは地下道の先がどこまで続いているのか見極めようとしたが、少なくともランプの光で見える距離よりは長く続いているようだった。もしも、ものすごく遠かったら、どうすればいいのだろう。反対側に着くまで休めるようなところはどこにもない。途中で足がまひしてしまったら、進むことも戻ることもできなくなってしまう。

地下道の奥の果てしない暗闇を見て、ペチカの背筋に寒気が走った。

途中で水かさが増している可能性だってある。地下道の先が下り坂になっていれば、十分にあり得る話だった。ペチカはだめだと思って帰ろうとしたが、その瞬間、決定的な考えが頭をかすめる。

どこへ帰るというのだ。

帰る場所などなかった。どこへ戻っても、また一人で生きていくだけである。もし誰かいるのなら、そして、その人のことを忘れているのなら、答えはきっとこの先にあった。

またこぼれそうになる涙をこらえる。自分を哀れんでいるひまなどなかった。すでに体がかなり冷えている。今進むか、戻るかだった。

ペチカは靴を脱いで、靴ひもで結び合わせ、それを首から下げた。そして、スカートを腰までまくり上げると、落ちてこないように両端でひねってから、再び恐怖に襲われる前に水の中へ足を踏み入れる。

予想どおり、とてつもなく冷たかったが、なんとか歩けそうだった。うっかり落とさないようにランプをしっかりとにぎりしめて水の中を歩き出すと、水しぶきで、まくり上げたスカートがすぐにぬれてしまう。でも、それを気にしてはいられなかった。早くも足の指の感覚がなくなり始めている。

脈がどんどん速くなっていくのを感じて、ペチカは先へ先へと急いだ。水流の重さで足はすぐに疲れて、十歩も歩かないうちに足首から下の感覚がなくなってしまったが、とにかく進み続けた。冷たさが足から上がってきて、歯がガチガチと鳴り始める。ランプを持つ手も小刻みにふるえていた。

後ろは振り返らなかった。振り返ったら、そのとたんに進めなくなりそうな気がしていた。とにかく前へ進まないと話にならない。帰りもここを通るのかと思うと気が遠くなったが、ふと、それすらも吹き飛んでしまう恐ろしい考えが頭を横切った。なんでさっきそれに気づかなかったのか、自分でも信じられない。あまりの恐ろしさにしばらく足を止めるしかなかった。

もしも、向こう側なんてなかったら。

もしも、向こう側が水に沈んでいたら。

凍えるほど寒いのに、額に汗が噴き出してきた。それをきっかけにどんどん悪い考えが頭に浮かんでくる。

もしも、向こう側に格子扉がついていて、それが閉まっていたら。

もしも、どこかに侵入者用の落とし穴があったら。

今度は涙を止めることができない。

ペチカはあふれる涙をふく間も惜しんで、先へ急いだ。恐怖で顔がゆがんでいた。まだランプの明かりの先に地下道の終わりは見えない。もうふくらはぎの途中まで感覚がなかった。足を踏み下ろしてもいつ床に着いたのかよく分からなかったので、まるで空中を歩いているような気分である。出口はまだ見えない。

ペチカは壁には絶対にさわるまいとしていたが、そんなことも忘れて、ランプを持っていない方の手をヌルヌルした壁につき、少しでも支えを求めて進み続けた。大声で叫びたい気持ちだったが、そうしたら、一気に恐怖に負けてしまうことを本能的に感じて、あと少しのところで思いとどまった。

ひざまで感覚がなくなってしまう。もうすぐ立っていられなくなるだろう。しかし、すでに引き返すのも不可能だった。あと1レプの間に出口に着かなければ、どうなってしまうか分からない。

立てなくなったら。ペチカは足元の氷のような水をちらっと見て、息が乱れた。

立てなくなったら。立てなくなったら――

「もうちょっと……もうちょっと……」

自分にそうくり返しながら、ペチカはなおも必死に歩いたが、出口はまだ見えてこなかった。

「もうちょっと……もうちょっと……もうちょっと――」

声が少しずつ小さくなっていく。手の指の感覚もなくなりつつある。このままでは、ランプを落としてしまうかもしれなかった。そしたら、まっ暗である。

死ぬんだ。私、ここで死ぬんだ。

初めてその考えが現実のものとして頭に入ってきて、ペチカの暴走する想像力の中に、自分の死体がこの水路に浮かんでいるイメージが見えた。いったい誰が見つけてくれるのだろう。いったいいつ――

太ももまでがまひしてきた。悲鳴が喉元に上がってくる。その時、いきなり目の前が開けた。無我夢中で歩いていたペチカは、地下道を出てしまってから、初めて地下道が終わったのだと気づいた。いつの間にか広い部屋に出ていて、そこにはたいまつの火が灯されている。

見上げると、天井ははるか高いところにあって、四本の小さな滝が反対側の壁面を流れ落ちていた。地下道から一段上がったところには床があって、そこは水の上になっていた。

ペチカは喜ぶことも忘れてその高台に登り、やっとの思いで「やった……」と小さくつぶやくことができた。

「……人がいるんだ……」

足から力が抜けて、思わず地面に尻もちをついてしまったが、気にもならない。乾いた地面がただありがたかった。

地下道の脇からイルワルドが足を踏み出した時、その足音にペチカは気がつかなかった。神経がひどく疲れていたせいもあったのだろう。さらにイルワルドが杖を振り上げて水の中を何歩か近づいてきても、ペチカはその気配も感じなかった。やっと水音が聞こえてくるほどの距離に近づいてきてから、ペチカは初めて後ろを振り返ろうとしたが、その時にはもう手遅れだった。

水門の奥深く、外からでは決して聞こえないところで、鈍い音が四方の空間に響き渡った。

　夢。

　夢だということはすぐに分かった。前と同じで、周りはすべてまっ白。上も下も右も左もなかった。——ただ何もないというわけではない。よく目をこらせば、至るところに何かの輪郭が浮かび上がっているのが分かる。それらはすべて、まっ白に塗りつぶされて、何か分からなくなっているだけだった。きっと本当はいろいろなものがその下にあるはずだった。

　そして、やはりほっぺたがかすかに温かい。誰かが手を当ててくれているようだった。懐かしい感覚で、その温もりに気持ちを集中すると、もう少しで何かを思い出せそうになる。

　遠くの方に浮かぶ黄色い光もそのままだった。そうすることが必要であるように、光の方へ歩き出そうとすると、何か聞こえた気がする。聞き覚えのある声が、その何もない静寂の中で奇妙に大きく響き渡った。さらに一歩踏み出すと、その声は前よりも大きく頭の中で鳴り響く。そして、声とともに白い世界は黒い闇に溶け込んでいって、ペチカは自分が目覚めていくのを感じた。黒いのは夜空だった。星がたくさん出ている。——その空を背にヴォーがスッと視界に現れた。

「よう。目が覚めたのか」

　ペチカは二、三度、目をパチクリとさせ、「……妖精……」とつぶやく。まだ夢を見ているのかと思った。しかし、意識がはっきりしてくると、だんだん眉間にしわが集まり、おぼろげながら記憶が戻ってきた。名前がひとつ浮かぶ。なんで今までその名前を忘れていたのか不思議だった。

「……ヴォー……？」

ヴォーはひどく意外そうな顔で肩をすくめてから、感心したようにペチカに言った。

「へーっ。おれのこと、思い出したのか？　わりと頭いいんだな」

ペチカは体を起こそうとして、自分が何かに縛りつけられていることに気がついた。太い木のクイのようなものに後ろ手に縛られて、床に転がされているらしい。二、三度手を縛っているロープをひっぱってみてから、ペチカは不安そうな顔でヴォーに言った。

「わ――私をどうするの――？」

ヴォーはニヤッと笑って、空中で足を組み直す。

「ちょっとしたいたずらに協力してもらおうと思ってるのさ」少し離れたところを指さして、ヴォーは言った。「あそこにある紫色の石、見えるか？」

首を少し持ち上げると、かろうじてヴォーの指しているものが見えた。円形の台座の上に、小さな子供ぐらいの大きさのクリスタルがのっている。クリスタルは澄んだ紫色の光を発していて、暗闇の中ではひどく美しく見えた。

「炎水晶っていってな、完成すると、周りの人間がみんな変になっちまうおもしろい石なんだ。見ものだぜ。まあ、小さなやつだから、たいした威力はないと思うけどな」ヴォーは淡々と説明してから、ペチカに軽い調子で言った。「——で、おまえにいけにえになってもらいたいんだよ。石を完成させるために」

あまりにもあっけらかんと言われて、ペチカはどう反応していいか分からない。ふいに体が持ち上がるのを感じてむりに後ろを見ると、湖のほとりで会ったケープの男がクイをつかんで、立てようとしていた。ケープがはずれて、男の顔が見える。——ペチカは悲鳴をあげそうになった。

黄色。ディーベの黄色だった。

「ああ。その黄色いのはイルワルド」ペチカがおびえているのを見て、ヴォーが説明する。「おれがとりついてる人間だ。心配しなくても、そいつは生まれつき肌が黄色いんだ。病気じゃないぜ」

じっとイルワルドを見つめたままのペチカの耳元で、ヴォーはひそかに付け足す。

「バカだけどな」

ヴォーはそう言って笑った。ペチカはむりに立たされて、クイごと石の土台に差し込まれる。体が立てられると、そこが階段状の建物の二段目であることがはっきりと分かった。ちょうど二本の巨大な滝の間である。床も壁も、周りはすべて古い赤いレンガでできている。

かなり高い位置だったので、ファラール山脈が一望できる上、壮絶な水煙の間から月と満天の星空が見えた。不安の中でも、ペチカのどこか一部分はその美しい景色に目を奪われていた。

「ヴォー」

赤いマフラーをひらひらさせながらのんきな顔で飛んでいる、その得体の知れない妖精の名をペチカは呼んだ。ヴォーが首をかしげながら振り向く。

「ひとつだけ教えて」汗をかいた手をにぎりしめながら、ペチカは言った。「私のこと、知ってるんでしょ? だったら教えて。私、誰かと一緒にいたはずなの。教えて! 誰といたの? 誰かいたんだよね?」

ペチカは真剣な目でヴォーをにらむようにして聞いた。この答えを得るためにここまで来たのだった。ヴォーは黙ってペチカの話を聞いていたが、聞き終わるとにやけた笑みをどこかへ消し去って、眉間にしわを寄せ、じっとペチカの目を見て言った。

「別に教えてやってもいいけどよ。思い出さない方がいいんじゃないか? おまえのことだまして逃げたようなやつなんだぜ」

「だまして――」ペチカは殴られたような衝撃を受けてつぶやく。「……逃げた……?」

「気にすんなって。まあ、人間なんてもともと都合のいいことしか覚えないようにできてる卑怯な生き物なんだよ。おれの名前思い出しただけでも、たいしたもんだよ」

「うそだ！　私、覚えてるもん！」ペチカは首を横に振って、もう一度大声で訴えた。「覚えてる！」

ヴォーは哀れんだようにつぶやく。

「そんなにむりすんなって」

ペチカがじっとうつむいたまま顔を上げないので、ヴォーは観念したものと思って、炎水晶の方へ向かおうとしたが、その前にペチカはもう一度大声で叫んだ。

「——大きな町！　大きな町にいたんだ！　本がいっぱいあって——」

ヴォーは宙に浮かんだまま、飛んできたペチカのつばを無意識にぬぐった。

「火があって——何かが燃えてて——」

そこまで言ったところでペチカは口ごもり、答えを求めるようにあっちこっちを目で探したが、その答えは見つからなかった。くやしそうに下唇をかんで、ペチカはもう一度うつむく。

「思い出せない！　なんで!?　なんで思い出せないの!?」

強く力を入れた下唇から、血が一滴あごを流れ落ちた。頭の中の一番大事なところがまっ白になっている。まるでそこにあったものを塗りつぶすために、白いペンキがかけられたようである。

「どうせ、思い出せるのはどれもちょっとしたイメージだろ？　いくらがんばっても、それ以上はむりだよ」

ヴォーはうなだれるペチカの前で一回肩をすくめてから、炎水晶の方を見た。イルワルドがクリスタルに向かってブツブツ話しかけているのが目に入って、ヴォーはため息をつく。

「悪いな。おまえに恨みはないんだけど、勘弁しろよ」

そう言って、ヴォーは炎水晶の方へ戻ろうとする。ペチカが再び顔を上げた時には、もうかなり離れていて、水音で声が届かないのは分かっていても、ペチカはかまわず大声で叫んだ。

「いたんだもん！　私、忘れてない！　絶対いたんだ！　誰かがほっぺたを温めてくれたんだ!!」

水煙の向こう側の紫色の光の中で、ヴォーは炎水晶の上に浮かんで、人さし指の先に炎を集めている。ペチカにはそれがなんだか遠い光景に映った。

「だれか……」ペチカは聞かれることなく、一人つぶやいた。「……いたんだ……絶対……」

ヴォーはイルワルドに離れるように手で指示してから、指先に集まった炎をどんどん細く縮めていって、髪の毛のような細さになった時、それを炎水晶へ放った。炎の矢は炎水晶のてっぺんをとらえて、吸い込まれるように中へ入っていく。炎が着弾したあとには、針で開けたような小さな穴が開いていた。そして、その小さな穴から、液体のような黒い光がにじみ出してくる。

「いるんだ……きっと……」

もはや炎水晶のことも、ヴォーのことも忘れて、ペチカの心はその場を遠く離れていく。赤い森を越え、南クローシャ山脈を越え、トリニティーの町へと戻っていた。森の木々をかき分け、ポッカリと開いた広場に出ると、川沿いの小さなボロ小屋で何の楽しみもなく、朝起きて水をくんで、たき火をおこす女の子の姿が見えた。来る日も来る日も女の子は同じことをくり返していた。たき火がパチパチと鳴る音と、お湯の沸くグツグツという音。女の子はいつも独りぼっちだった。周りには誰もいない。本当に誰もいなかった。

ペチカのほっぺたを涙がこぼれ落ちる。

誰もいるはずがないじゃないか。――なんてバカなんだろう。

初めから想像だったんだ。

全部勝手に想像しただけだったんだ。

炎水晶からあふれ出した黒い光は床に流れ落ちて、空中で腕組みをしているヴォーの下を通って、ペチカの方へと近づいてくる。ペチカはうつろな目で、自分には関係のないことのように、それをながめていた。あれがここまでやってきた時、何が起こるのかは分からなかったが、意識がひどくぼんやりしていて、少しも怖くはなかった。それで楽になれるのなら――もう寂しい思いやみじめな思いをしなくてすむのなら、それでもいいと思った。

黒い光が足元まで流れ込んできて、自分が縛りつけられているクイの土台を呑み込んでも、まだ恐怖は感じなかった。感覚が全部自分のものでなくなってしまったような不思議な感じだった。ペチカは下を見ようともせず、じっと遠くを見ていた。今がダブレなのか、もうプレに入っているのか分からなかったが、夜遅くなのは確かである。星空の下で静まり返った無人の大地がどこまでも広がっている。何もない暗闇に唯一、いくつかの光が集まっているところがあった。距離から言って、おそらくアロロプールの町なのだろう。その小さな光のひとつひとつの下にはきっと、ペチカのことなど想像もできない人々がいるはずだった。今頃、暖かい毛布の中にいて、まちがってもこんな寂しい水門に人がいるなどとは思わずに、あしたのことを考えている人たち――きっとその人たちにはこの世界がこんなに空っぽには見えないはずだった。

ふいに足の先にしびれるような冷たさが走った。そこから氷水のようなものが流れ込んでくる。とたんに体がいうことを聞かなくなり、足の先から命が吸われていくのが分かった。瞬間、かすかに恐怖のようなものが脳裏をよぎったが、ペチカは「お母さん――」とつぶやいて、その恐怖をやり過ごした。これが終われば、もう寂しい思いをしなくてもすむのだ。

黒い光はせり上がるように足の先からペチカを呑み込み始める。冷たさが広がっていった。

ペチカはひたすらお母さんのことを考えた。口の中で無意識に「お母さん」とくり返す。お母さんだけいれば、それでよかった。きっと、もうすぐお母さんに会える。お母さんに会ったら、またオムレツを作ってもらおう。そして、眠る時には暖かい毛布をかけてもらって、そして、お母さんは牛乳スープの匂いがして、そして、お母さんは笑ってくれて、そして――

お母さん？

ペチカは一瞬、それが誰だったか忘れたような気がして、頭を振る。何を言ってるのだろう。

冷たさがひざのところまで上がってきて、黒い水の中へ沈んでいくような感じがした。いっしょうけんめいお母さんの姿を浮かべると、それはなんだかひどくぼやけていて、お母さんがどんな顔をしていたのか思い出せなくなった。暗闇がどんどん上ってくる。静かな恐怖がこみ上げてきた。すがるようにお母さんの顔を思い出そうとしていたペチカは、ふいに自分が思い出そうとしている人物が誰なのかまた分からなくなって、もう一度頭を振って、やっとの思いで思い出したが、またそれを失った。――今度はまったく思い出せない。

「いやだ――」

体が半分近く闇の中へ呑み込まれていた。意識がどんどんうすれていく。何もかもが暗くなっていく。

「やだ！　独りぼっちはやだ――!!」

ペチカは初めて自分を呑み込んでいく暗闇が安らかで心配のない場所ではなく、冷たく、暗く、果てしなく孤独なところなのだと気づいた。肩をすくめるヴォーと、勝ち誇ったようにうなずくイルワルドから遠く離れた世界へとペチカはひきずり込まれていく。

お母さんのことも、トリニティーのことも、何もかもが遠くなっていった。気がつくと自分の名前も思い出せず、ペチカは自分であったものが溶けて、散らばっていくのを感じた。誰でもいいから、誰かのことを思い出そうとしたが、誰一人現れてはくれなかった。自分が今までしたことのすべてが闇の中へ消えてしまって、もうここには何もなかった。空っぽだった。

空っぽ。まっ暗。

何もなし。

「ペチカ」

声。

たったひとつ。小さな声。

「ペチカ。ぼくのこと、忘れちゃった？」

優しい声。

「忘れちゃったのかなあ……」

小さな温もり。

なんだろう。

これ。

ほっぺた。

ほっぺたが温かい。

とっても温かい。

忘れてない。

「忘れてないよ」

ペチカはつぶやいた。

黄色い光が少しずつ広がっていく。

それにつれて闇がうすれていくのが分かった。

「忘れない」

ペチカはほっぺたを包む温かい光を放ってくれている、その小さな小さな存在に気がついた。ほのかな黄色い明かりの中、そこにいる小さな妖精の顔がゆっくりと、本当にゆっくりと、はるか意識の奥底から戻ってきた。ペチカは静かにつぶやく。

「……忘れなかったよ、フィツ」

その瞬間、ペチカの胸ポケットが突然目もくらむ光を放った。ポケットから黄色い光があふれ出し、四方の黒い闇を消し去りながら、天まで届く勢いで広がっていく。ペチカの前の白い世界にすべての色が一斉に戻ってきた。形が現れ、輪郭が浮かび上がる。トリニティーも、大嫌いなトリニティーの人々も現れたが、それでもかまわなかった。おばあちゃんのことも、ロバのテディーのことも思い出した。そして、無数の記憶が洪水のように頭の中へ流れ込んでくる。

長い眠りから覚めたように、ペチカはゆっくりと目を開けた。

「……フィツ……？」

胸のポケットがまるで光の噴水のようだった。黄色い明るい光。ペチカはお母さんの写真によく似た笑顔を浮かべて、もう一度つぶやいた。

「……やっぱりいたんだ……私、ずっと分かってた……」

ペチカのポケットから妖精フィツが現れた。

光は完全に水門を包み込んで、上空までふくれ上がった。アロロプールのホテルの客室からなら、きっと暗闇に巨大な光の玉が現れたのが見えただろう。辺りの森で寝ていた鳥や獣たちはあわてて起き出してきて、何事かと水門を見上げていた。――光はやがて少しずつ落ち着き始める。

「フィッ……どうして……」

ペチカを縛っているロープをフィツが光で焼き切ると、ペチカは宙に浮いているフィツに言った。フィツは少し照れたように、早口で答える。

「さっき地下道に入る前に目をつむったでしょ。あの時、こっそりポケットに入ったんだ。でも、ペチカが倒れた時にはさまれて、今まで気を失ってたんだよ」

フィツはまだ意識が完全に回復していないペチカにほほ笑んだあと、思い出したようにヴォーとイルワルドを見る。イルワルドはまともにフィツの光を見てしまったらしく、「ディーべになる！」とさわぎたてながら、目を押さえていた。ヴォーの方もおよそ思いもつかないフィッの出現にあぜんとして、光にくらんだ目をこすっている。

「今のうちに逃げよう」

フィッは水門の内側へ入るトラップドアを指さしながら言って、まだうつろな目のペチカに走るようにうながした。おぼつかない足取りだったが、ペチカはやっとの思いでなんとか動き出し、ヴォーがいくらか視力を取り戻すまでにはまともに走れるところまで回復していた。

ペチカがいなくなっていることに気づくと、ヴォーはすぐに手の中に火の玉を作って、ペチカを探し始めた。ちょうどトラップドアへ駆け込もうとしているペチカの姿が視界に入ったとたん、ヴォーは火の玉を放ったが、狙いはかなり大きくはずれて、水門の壁に直撃した。トラップドアを閉めようとしていたペチカの上にレンガの雨が降りそそいでくる。

ふるえる手でトラップドアに内側からカギをかけると、ペチカは下へ続くらせん階段を見つけて、それを下り始めた。自分の肩にのって後ろを見張っているフィッの存在を、ペチカはまだ信じられずにいた。何もかもが非現実的で、どれが夢で、どれが現実なのか分からなかった。――たったひとつだけ確かだったのは、肩にかかるフィッのかすかな重さだけである。

「フィッ――」階段を駆け下りながら、ペチカは途切れる息の合間に聞いた。「なんで

——？」

　ペチカの肩につかまって、いつ追ってくるか分からないヴォーの姿を真剣な眼差しで探しながら、フィツは再び早口で言った。

「どうしても言いたいことがあって戻ってきたんだ。でも、ずいぶん探したんだよ」

　ペチカがらせん階段の下をのぞくと、最初にたどり着いた広間がそこにあった。相変わらず壁を四本の小さな滝が流れ落ちている。ペチカは広間から外へ続くいくつかの地下道のうち、自分が入ってきたのがどれだったかを考えながら、階段を駆け下り続けた。

「いつ——いつからいたの——？」

　ペチカの途切れ途切れの問いにフィツは意識半分で答えた。

「今朝、やっとペチカを見つけたんだけど、なかなか出ていけなくて様子を見てたんだ」

　ペチカは下の広間に着いて、外へ延びる五つの地下道の入口を見比べた。どれもよく似ていたが、ひとつの入口だけがほかよりもいくらか小さい。「あれだ」とペチカはつぶやいて、休む間もなく水の中へ降りると、ひざの高さの水をかき分けながら地下道の入口を目指した。

「フィツ……」ペチカは胸をかなり速く打たせながらフィツに言った。「私——」

　ふいにペチカは水の中に立ち止まった。肩が軽くなっている。さっきまでのフィツの重さがない。

「フィッ――!?」

振り向くと、いつの間にかフィッは数歩後ろで空中に浮いていた。まっすぐ上をにらんだままのフィッを見て、ペチカはすぐにフィッが何をしようとしているのかに気がつく。

「フィッ！　早く行こう！　ヴォーが来ちゃうでしょ！」

「だめだよ」ひどくまじめな顔でフィッは答えた。「炎水晶をほっとけないよ。あれは悪い石なんだ」

およそ自分が思いもつかなかったことを気にしているフィッの正義感に、ペチカは腹が立つのと同時に、たまらない不安を覚えた。何か大切なものを失ってしまうような堪え難いいらだちに見舞われて、ペチカは思わずどなってしまう。

「バカなこと言ってないで行こうよ！」

「あの石をほっておくと、地上が大変なことになるんだ」

「そんなのどうでもいいでしょ！　ほかの人なんか死んじゃえばいいんだよ！」

「ペチカは先に行ってて」

フィッはそう言いきった。ペチカは一瞬言葉を失って、水の中で立ちすくんだまま、茫然とフィッを見つめる。フィッは気づかなかったが、ペチカのほおを一滴、涙がこぼれ落ちた。

「バカ!!」短い沈黙のあと、ペチカはまた声を張り上げる。「戻ったら殺されるよ、絶対！

私はいやだよ！　私は逃げるからね！」

フィツは上を向いたまま、それが当然だと言うように無言でうなずいた。

ペチカは今にも大声で泣き出しそうな顔で何かをこらえて、むりやり体を地下道の方へ向けると、わざと大きな水音をあげて歩き出した。

「ごめんね」

突然、フィツがつぶやく。その声は天井の高い広間に響いて、消える前に何度もくり返された。ペチカはフィツに背を向けたままでもう一度立ち止まる。

「だますつもりなんてなかったんだ。ごめん。――それだけ言いたくて戻ってきたんだ」

言い終えると、フィツは黄色い閃光を残して、再び昇り始めた。去っていくフィツを背中に感じて、ペチカは複雑な気持ちを押し殺すように歯を強くかみしめた。そして、また地下道の方へ水の中を歩き始めたが、数歩進んだだけで止まってしまう。

「バカ……死んじゃえばいいんだ……フィツなんか――」

目の縁から大粒の涙がいくつもこぼれ落ちた。それでも必死に泣くまいとして、ペチカの顔はぐちゃぐちゃになる。まっ赤な顔で声をつまらせ、息まで乱れていたが、ペチカはそれでも泣くのをがまんしようとしていた。一刻も早くこんなところを出たかった。炎水晶の中の黒いものにさわられた時の感覚が、まだタチの悪い風邪のように体に残っている。今度こそ止まらないつもりで地下道へ一歩踏み出したが、それだけで足を止め、きつく閉じた目からペチカはまた涙をこぼした。

「みんな死んじゃえばいいんだ——みんな——」

ペチカは泣きながら周りを見渡した。広間にはほとんど何もなかったが、片隅にガラクタの山が積み上げてある。何をしようとしているのか分からないまま、ペチカはそこへ駆け寄った。ガラクタの山の中に古い水路のパイプが転がっている。ペチカはそれを手に取ってみた。

「何やってるんだろ、あたし——」とつぶやいて、その横にひっくり返っているへこんだ鍋も頭にかぶる。そして、泣き続けながら、ふるえる足でらせん階段へと向かった。

「何やってるんだろ——」

ふいてもふいてもあふれ出してくる涙をぬぐって、ペチカは階段を駆け上り始めた。

百年もの間、ひたすら水にさらされてきたレンガの壁は、もうだいぶ傷んでいた。大きなひびがいくつも走っていたし、目に見えないような小さなひびになると、その数は無数といってもよかった。そこに直撃したヴォーの火の玉はその亀裂《きれつ》に最後の一押しを与えてしまっていた。じわじわと壁のひびから水がにじみ出してきて、レンガの床の上をうすく流れている。今はまだその量は靴の裏をぬらす程度だったが、もれ出る水の量は時が経つにつれ、確実に増えつつあった。

トラップドアから出てきたフィッツはヴォーを探すのに気をとられていて、その水に気づかないまま、炎水晶の立っているところへ向かった。ヴォーの姿はどこにもなく、フィッツは用心しながらも、今が炎水晶を破壊する絶好のチャンスとばかり、イルワルドだけが緊張した面持ちでそばにたたずんでいる炎水晶へと、レンガの広場を横切り始めた。

一発や二発の光の玉をぶつけても、たぶん炎水晶は壊せない。フィッツはそれを分かっていながら、右手に大きな光の玉をひとつ作って、炎水晶の前で止まった。フィッツの頭をペチカのさっきの言葉がよぎる。

戻ったら殺されるよ。

頭では分かっていたが、どうしてもその言葉はあまり身近に感じられなかった。地上ではあらゆるものがやがて消えるということは知っていたが、それがどういうことなのか、まったく実感がなかった。ただ、ひとつだけ——冷たくなっていたあの子猫のことを思い出す時だけ、何か今まで感じたことのない、途方もない絶望感が一瞬、心をかすめる。

フィッはそんな気持ちを振り払って、炎水晶の前にたたずむイルワルドに言った。

「そこをよけて！　ケガしても知らないよ」

イルワルドは両手を広げて、ふるえる声でフィッに叫ぶ。

「え、炎水晶は壊させんぞ！」

フィッは手の中の光の玉を大きくした。

「知らないからね」

イルワルドは「ひっ」と小さな声をもらして、それでもしばらくその場を守ったが、フィッが光の玉を頭上へ振りかざすと、頭を両手で押さえて、あわてて横へ逃げ出した。フィッは苦笑いを浮かべたが、イルワルドの後ろに隠れていたヴォーが姿を現すと、そのまま表情が凍りつく。ヴォーは右手に火の玉を作り終えていた。

「バカが」

ヴォーが投げた火の玉をよけることもできず、フィッはそれを羽の一枚に食らった。炎の広がる爆発音とともに羽は燃え上がり、黒い灰になって消し飛ぶ。バランスをくずして空中に浮かんでいられなくなったフィッは、まっ逆さまに床に落ちて、流れる水の中へしぶきを上げながら転がった。突然のことに動揺してわけがわからなくなっているフィッは、すぐにまた飛ぼうとしたが、片方の羽だけでは飛び上がることもできずに水の上を滑った。なんで飛べなかったのかが分からなくて、フィツはあわてて自分の羽を調べて、押し殺した悲鳴をあげる。

　フィツにとって、それは想像を絶する変化だった。永遠に変わることのない世界に時の始まりからいたフィツは、失うことも得ることもなかった。体の一部がなくなる——存在しなくなるということなど、一度として考えたこともなかった。

「ぼ、ぼくの羽がない——」

　まるで説明を求めるように、フィツは次の火の玉を作ろうとしているヴォーを見た。ヴォーはただ冷たく笑って、フィツにつぶやく。

「だから言っただろ。ここはおれたちの世界とは違うんだよ」そう言いながら、ヴォーは火の玉を振り上げた。「何だってなくなるんだよ、フィツ」

　完全に顔色をなくしたフィツは、ただあたふたとはうようにして逃げようとしたが、体じゅうがふるえていて、まともに進むことさえできなかった。徐々に増えつつある水流にはばまれて、何度も水の中へ倒れ込んでは必死に起き上がる。ヴォーはその姿を真上から見下ろして、楽しそうに笑い続けた。自分の身に何が起きているのかよく分からなくて、フィツの頭の中ではペチカの言葉だけが何度も行ったり来たりしていた。

殺されるよ。

殺されるよ。

殺されるよ。

「うわあああああ！」

人間だったらせいぜい靴の上までの水でも、地をはうフィッツには息ができないほどの水流だった。フィッツはみじめにその中をはいずり回りながら、なんとかヴォーから逃れようとしていたが、無駄な努力だった。ヴォーはふっと笑って、容赦なく二発目の火の玉を投げ下ろす。

フィッツがいた辺りのレンガがはじけ飛んで、瞬間的に火が広がったが、すぐに床を流れる水で消し止められる。フィッツは吹き飛ばされていたが、まだかろうじて息はあるようだった。ヴォーはわざと狙いをはずしていた。狙ったのはもう片方の羽だけだった。

まっ黒になった羽を手でかばおうとして、それが手のひらの上へくずれ落ちると、フィッツはたまらず悲鳴をあげた。そして、また腕の力だけで体をひきずるようにして前へ進もうとしたが、すぐに横からの水流に押されて、苦しそうに水を飲みながら、床の上を流される。

ヴォーは苦笑して、情けなさそうに首を振ると、三発目の火の玉を作り始めた。

「フィッツ。おまえ、まるっきり妖精の日に出てくる妖精だぜ。羽がない妖精なんてみじめなもんだな」

　はじけ飛んだレンガの破片のひとつに、かろうじてつかまっているフィッツが上を見ると、ヴォーがもう火の玉を振り上げていた。フィッツはまだ何も理解できていない顔でその場に固まる。何が起きているのかまったく分からなかった。

「死ねよ、フィッツ」

　ヴォーがそう言ったのと同時にトラップドアがバンと開く。

「フィッツ!!」

　水路のパイプを握って、頭にはヘルメットのつもりらしい鍋をかぶったペチカが、目をむいた表情で現れた。そして、フィッツが追い詰められているのを見つけると、パイプを振りかざしてわめきながら、やみくもにヴォーの方へ突進し始める。

「わあああああ！」

　涙と鼻水を垂らして、パイプをあっちこっちに振りながらバタバタと走ってくるペチカは、自分の足を踏んづけて、あっさり床に倒れた。しかし、パイプを振るのに夢中で、倒れたことにも気づかず、パイプを振り回し続けながら泣き叫ぶ。

「フィッツ！　早く！　今のうちにやっつけて！」

　突拍子もない出来事に、ヴォーはあっけにとられて動けなかった。少しずつ驚きから回復すると、ヴォーはため息をつき、目ざわりなごみでも見るようにペチカを見て、フィッツにとどめを刺すために作っていた火の玉をペチカの方へ振り上げる。

「うるさいんだよ、おまえは」

もうろうとする意識の中でレンガにつかまっていたフィッツは、ヴォーが何をしようとしているのか見たとき、考えるより先、とっさに光の玉を作っていた。そして、ほとんど無意識に、それをヴォーへと放った。放ったあとに初めて、フィッツは光の玉がいつもの黄色ではなく、まっ白な、ほとんど透き通るような色をしていることに気がつく。それがなぜか考えるひまもなく、白い光はヴォーの横をかすめ、その風圧だけでヴォーを数ベール吹き飛ばしたあと、床の一部を削り取って、それでも勢いは衰えることなく、遠くファラール山脈まで一直線に飛んでいった。光が山のてっぺんに当たるにぶい音がペチカたちのところまで聞こえてくる。

吹き飛ばされたヴォーは空中でかろうじて静止して、光の当たった山を見た。煙が夜空に立ち昇っていて、山の一部がえぐれている。光には直接当たっていないはずなのに、服が切り裂かれていた。フィッツはすでに二発目の光を手の中に集めていて、それをまっすぐヴォーの方に向けている。

「……動かないで……」フィッツはしぼり出せるだけの声でヴォーにそう命じたが、光の玉をにぎっている手は哀れなほど激しくふるえていた。「……動いたら投げるからね」

ヴォーの顔からは余裕が消え失《う》せていたが、かろうじて冷静さだけは保っているようだった。フィツの手のふるえに気づくと、光の玉から目を離さずにつぶやく。

「そんな手で狙いどおりのところへ投げられるのかよ、フィツ」

床を流れる水はまた少し量も勢いも増していた。つかまっているレンガのかけらもすでに水面下に呑み込まれていて、フィツはもう意識を保っているだけでせいいっぱいだった。どう考えても動き回る小さな標的に光の玉を当てることができないのは、誰よりも自分が一番よく分かっていた。フィツはゆっくりとふるえる手をヴォーの方から左へ向けた。

炎水晶の方へ。

「あれだけ大きいやつなら……だいじょうぶだ」

ヴォーの顔つきが変わる。

「おまえ、完成する前の炎水晶を外から割ったら、どうなるか知ってるんだろうな」

水を頭からかぶりながらも、フィツは光の玉を支える手を下げようとはしなかった。水流の合間に息継ぎをするようにしゃべるのがせいいっぱいだったが、フィツはなんとかヴォーに答える。

「中の黒い光が周りに飛び散るんでしょ。知ってるよ」

「ここにいる連中はまちがいなく全員呑み込まれるぞ」

「でも、ヴォーだって呑み込まれるよ」

フィッの手は激しく上下左右に揺れ、その体はほとんど水の下だった。あと1ダプレも経てば流されてしまいそうだったが、ヴォーはその拍子にフィッが光の玉を投げてしまうのを恐れ、動くことができなかった。得体の知れない緊張感がそこにいる全員の間に走る中、水の量は刻一刻と増していく。炎水晶を中心にフィッとヴォーとペチカとイルワルドはそれぞれ固まって、何かが起きるのを待った。

その何かが、次の瞬間に起こる。

一瞬、劇的に水流が増したかと思うと、水門全体がグラッと揺れた。そして、声をあげるひまもなく、水門の壁の一部が吹き飛んで、そこから大量の水が炎水晶の方へと一気に噴き出してくる。大きな波が土台ごと炎水晶をさらって、崖っぷちの方へ押し流した。ちょうどその進路にいたフィッは、炎水晶にはさまれた形でそのまま崖っぷちへとひきずられていく。

「フィツ!!」

噴き出した水の勢いで床に突き倒されていたペチカは、地面にしがみつきながらフィツの名前を呼んだ。水の噴き出した方向からはかなりはずれたところにいたものの、ペチカの軽い体では、その余波だけでも崖の向こうへ持っていかれそうだった。炎水晶はフィツを下敷きにしたまま、まっすぐ崖っぷちに向かって流れていったが、縁を越えてしまう前に、必死の形相のイルワルドが炎水晶に飛びついて、やっとの思いでそれを止めた。

　さすがに瞬時には動けなかったヴォーも、判断力が戻ってくると、すぐさま身動きのとれないフィツに火の玉を放とうとしたが、炎水晶に当たってしまうのが怖くて、それができなかった。イルワルドは死に物狂いで炎水晶を押さえ込んでいる。炎水晶自体が壁になって、フィツの周りはほかよりも水流が弱かったが、それでもフィツは苦しそうに水の中でもがき苦しんでいた。

　ペチカはレンガの床にしがみつきながら、炎水晶のところへ四つんばいで行って、フィツに向かって手を伸ばそうとした。しかし、床から手を放せば、たちまち水の勢いにつかまって、そのまま何十ベールも下の湖へ流されてしまいそうである。フィツは足を炎水晶にはさまれているらしく、逃げることができずに水をどんどん飲まされて、苦しそうに暴れていた。

「フィツ！　フィツ！」

　どうしていいか分からず、ペチカはただフィツを呼び続けるしかなかった。

「イルワルド。手を放せ」

　ヴォーが突然言った。水流を全身に受けながら、やっとの思いで炎水晶を押さえ続けているイルワルドは、信じられないという顔でヴォーを見る。

「何を言ってるんだ！　放せば落ちて割れてしまうぞ！」

「だから放せって。そしたらフィッも一緒に落ちて一巻の終わりだよ」

「いやだ！　これはわしの石だ！」

「放せって言ってるだろ」

ヴォーはそう言いながら火の玉をひとつイルワルドの背後で作り始める。イルワルドは
「ひっ！」と叫んだが、それでも炎水晶をつかんだまま、放そうとしない。

ペチカは必死にフィッの方へ手を伸ばそうとしたが、床から手を放したとたん横倒しにされて、すんでのところで流されそうになった。

「……ペチ……カ――」

フィッが消え入りそうな声で言っているのに気づいて、ペチカは「フィッ！　フィッ！」

とただ名前をくり返す。

「……逃げて……お願い……早く――」

「フィッ！　何言ってるの!?　フィッ！」

「逃げて――!!」

フィッが思わず叫ぶ。水流はさらに増した。水門全体が小刻みに揺れ始め、対面の壁は
次々にいろいろなところで割れて、どんどん水が流れ出している。壁そのものが今にもくず

れそうだった。

「ペチカ‼　逃げてっ‼」

フィツは水が口に流れ込むのもかまわずに、ペチカに叫んだ。ペチカは半狂乱で「やだよ！　やだよ、フィツ‼」と言い返したが、フィツは必死につけ加える。

「お願い——ぼくを信じてるんなら逃げて——」フィツは水に呑まれながら、ペチカに目で何かを伝えようとしていた。「ぼくを信じて！」

泣きながらフィツから離れると、ペチカは必死に水の流れに逆らって戻り始めた。水門が激しくふるえて足をとられたが、無我夢中で中腰まで立ち上がって、ペチカはやみくもに前へ駆け出した。自分の上げる水しぶきでまったく前が見えない。それでもフィツの言葉を信じて、とにかく走った。

ヴォーはペチカの行動に気づくことなく、イルワルドがどうしてもクリスタルを放さないことにいらだって、「このバカが——」とつぶやきながら、イルワルドの頭に向けて火の玉を投げようとしていた。——その時。

まるですべてがうそだったように、突然、水の流れが止まった。揺れはさらに激しさを増したが、すでにペチカのひざより上に達していた水の流れは、あきれるほど唐突に止まってしまう。夢中で動いていたペチカはそのことにもかすかに気がついただけで、ただ走り続けた。先は崖っぷちで、下は湖だったが、それもペチカの目には入っていないようだった。

「な――」

一人、空中に浮いて、この一瞬の沈黙に気をとられていたヴォーだけが見ている前で、水門の壁がはじけるように吹き飛んだ。そして、巨大な水の壁がその向こうからあふれ出してくる。

ペチカが走り着いた崖っぷちに下へのはしごがあったのは、奇跡としかいいようがなかった。水門が決壊したのを見て、ペチカはとっさにはしごに飛びつき、降り始める。わずかに遅れて、その上を巨大な波が通りすぎていった。

ものすごい勢いで襲いかかってきた水流で、炎水晶とフィツは崖っぷちから押し飛ばされ、空中へと跳ね上げられた。とっさに逃げようとしていたイルワルドだけは、下の湖へと放り出される。一人、空中で難を逃れたヴォーは、クリスタルとともに舞うフィツを見て叫んだ。

「あばよ、フィツ!!」

ヴォーは大声で笑ったが、次の瞬間、フィツがまだ手に光の玉を持っていることに気づいて、口を開けたまま凍りついた。

フィツとヴォーの目が合う。

フィツは一瞬だけほほ笑んだ。

ヴォーはそれですべてを悟って、「や――」とだけ口から発したが、同時にフィツが炎水晶に向けて光の玉を放つ。

轟音にかき消されたヴォーの悲鳴とともに、炎水晶が砕け、黒い光が稲妻のように中から飛び散った。フィツは瞬間的に闇に呑み込まれ、ヴォーは逃げようと振り返ったが、それ以上動くこともできないまま、四方へ目に留まらない速度で広がる黒い光に吸い込まれていた。無数の紫色のかけらが空中ではじけ飛んで、下の湖へ落ちる前に、黒い光は幻のようにスーッと消えていく。

やがて水門の中にたくわえられていた水がすべて流れ出すと、水流はおさまって、わずかな水だけが床の上を流れる程度にまで静まった。目を閉じて、はしごを数ベールほど降りたところに渾身の力でしがみついていたペチカは、流れ落ちる水流の内側に運よく入っていて、巻き込まれることなく、まだしがみついたままだった。音がおさまって、水がおさまって、揺れがおさまっても、ペチカはしばらく目を開けることができずにふるえていたが、やがて手がしびれてきて、それ以上つかまっていられないことを悟ると、おそるおそるはしごを登り始めた。ずっとにぎりしめていた手をはしごから放すと、手のひらはまっ赤になっていた。

なんとか上まで登り切って、水の残る床に転がった時、ペチカの目に最初に入ってきたのは、ほとんど跡形もなく吹き飛んだ水門の壁だった。内側は空洞になっていて、そこにたくわえられていた水はもうすべて下の湖に流れ落ちていた。

「……フィツ?」

やっと立ち上がるだけの力を集めて、ペチカは辺りを見回した。しかし、もうそこにはフィツも、ヴォーも、イルワルドも、炎水晶も見当たらなかった。一面にはただ散乱したレンガの残骸《ざんがい》と、その上を静かに流れる水しかない。流されずに残った炎水晶のかけらが、いくつかところどころで光っていた。

「フィツ……?」ペチカは二、三歩前に出て、小さな声でつぶやいた。

ファラール山脈から吹いてくる山風だけが、笛のような音でペチカに答える。

「フィツ?」ペチカはもう一度つぶやいた。

今までのことがすべてうそのように、そこには誰の気配もなかった。ペチカしかいなかった。ペチカは水門のまん中へぎこちない足取りで歩いていって、またぼんやりと宙を見た。静かだった。

「フィツーッ」

声は何度も山脈の峰々にこだまする。ヴォーの炎が燃え移ったところが、まだ煙を上げていた。

「フィツーッ」

返事はなかった。

（下巻につづく）

クローシャ大百科事典

【気候・風土】

クローシャ全土は現在、大きく三つの地域に分かれている。

東クローシャ（『風』の大地）

・主食――白パン、副食―テッキ
・宗教――ディティマール派（星派）／ヴァンスベール派（三天派）
・気候――安定していて過ごしやすい

四季のはっきりした過ごしやすい地域。北の水地から吹いてくる突発的な『海賊風』のため、気候が比較的変わりやすいことを除けば、大陸全土を通してもっとも生活しやすい気候帯といえる。ただし、ファラールの山脈群を越えると、とたんに民家がなくなり始め、無人の平野が広がっている。もともとは未開拓の荒地や森林を、南クローシャからやってきたディティマール人（第一次クローシャ北進）が切り開き、町を作ったと言い伝えられている。発明家アルテミールの功績も手伝って、農牧よりも二次産業が発達した東クローシャ地方はクローシャ近代化の担い手となった。

アロロタフの水源から湧《わ》き出る豊かな地下水で栽培された、かすみ穂の種を原材料とする塩味のパン（白パン）を主食とし、『テッキ』と呼ばれる様々な棒状の具材を白パンの間に挟んで食べる。代表的なテッキには、一旦干した肉をハチミツ水で戻した『ボーグル』。紙のように薄くのばして乾燥させたチーズをロール状に巻いて作った『ペッツル』などがある。白パンに挟む以外にもそのままかじるテッキや、切り分けてシチューの具などに用いるものなど、その種類は無数にある。町のテッキ屋の店内には長い円筒形のガラス瓶《びん》が並べられ、色とりどりの様々なテッキが中を飾る。デザートやスナック用のテッキも多く、それらは主に街の広場や大通りに並ぶ露店《ろてん》で焼きながら売られている。焼き砂糖を鎖状に巻いた『ルクル』と呼ばれるテッキは、子供たちや観光客に絶大な人気を誇るこの地方特産の名物である。

南クローシャ（『緑』の大地）

・主食――団子（ムーロン）、副食―スープ（ティルガッソ）
・宗教――ティマール派（太陽派）／アルティパス派（月派）
・気候――寒くて厳しい

かつてはクローシャ大陸の中心であり、クローシャ文明の発祥《はっしょう》の地であったが、宗教派閥の対立、疫病《えきびょう》などで数百年前に著しく衰退した。七百年ほど前から始まったクローシャ人の北進は現在も続いていて、南クローシャ地方は過疎《かそ》化が進む一方である。都市部に働きに出た男性たちの仕送りや、セールの編み物などをして家計を支える女性たちのわずかな稼ぎでやりくりしてどうにか生活している家庭が多い。総じて貧しく、食料の保存も原始的な方法に頼っている南クローシャでは、主にスープと団子（ムーロン）が食卓の中心となっている。代表的なスープに以下の三つがある。

・ティルガッソ

典型的なクローシャのスープ。様々な野菜や野草を煮込んだものに少量の干し肉、もしくは干し魚を加えてある。バリエーションは土地や季節によって実に様々。もともと『ティルガッソ』は『野菜から抽出《ちゅうしゅつ》した水』という意味だが、現在では広義の意味で『スープ』を指すことの方が多い。東クローシャなどでは高価な具材を多く用いたティルガッソが美食家に人気を博しているが、南クローシャで食べられているティルガッソはそれとはほど遠いしろものである。

・パスパーネのスープ

古く、その起源は『降天記』の中にも登場する、野菜と豆だけで作る素朴なスープ。乾燥したアコパラの木片を大量に煮込んでダシをとる。今でも南クローシャを中心として、代表的な庶民《しょみん》料理のひとつとして愛されている。パスパーネは『降天記』の中のリポポ・ライライラの三人目の子供の名前。彼女が病気になった時、このスープを飲んで回復したことから、パスパーネを飲んで育った子供は健康になると信じられている。

三天（太陽、月、星）を均等に崇《あが》める傾向が強い現代において、南クローシャの奥地では今も根強く太陽信仰が主流を占めていて、結果として閉鎖的な町や村を作り出す原因になっている。気候は全般的に寒く、寒期には大量の雪が降る。かつては豊かだった土も千年の農耕の果てにやせてしまっている。厳しい自然環境と戦い続ける南クローシャの人々は一般的に意志が強く、人情豊かだが、よそ者に対して極端に嫌悪感を示すことが多い。また、妖精《ようせい》や悪魔などの伝説を信じる傾向も強く、狂信的なカルト教団も多数存在する（詳しくは「宗教」のページを参照）。

・焼き砂糖のスープ
　焼き砂糖をさらに真っ黒に焦げるまで鍋で炒《い》った後、お湯を加えて、中に獣肉の筋などを大量に入れて、長時間煮込む。ティルガッソと並ぶ南クローシャの代表的なスープ。

西クローシャ（『砂』の大地）

・主食――豆、副食――干物
・宗教――ヴァンスベール派（三天派）
・気候――乾燥していて暑い

国土の六十パーセントが砂漠地帯か、それに類するもの。残り四十パーセントのうち、さらに二十パーセントが山間部という極めて厳しい環境を有する地域。少数の集落を除けば、ほとんど住民はいない。唯一《ゆいいつ》の長所は多くの鉱物資源が山脈や地下に眠っていることで、近年その運搬のためにクローシャ鉄道がケルバーブまで開通し、現在は試験運転が始まっている。

食料の栽培がほとんど不可能なため、九十パーセント以上の食料品や日用品を外からの輸入に頼っている。わずかに北の水地沿いにいくつかの放牧地帯があるが、自給自足もままならないほどの貧しい農場がほとんどである。

【町】（※町の場所は巻頭の地図参照）

アーティス

ファラール山脈で大量に産出されるパルコ石の集積所および中継地。聖ランゼス公の弟子だった力自慢のアーティスが、一行が南クローシャ山脈を越える際、行く手を遮《さえぎ》る巨岩を持ち上げ、全員を通す代わりに一人息絶えたという話が職人たちの伝説となり、自然と町の名に用いられるようになった。

アパール

クローシャ鉄道の終着点。ケルバーブ山などで採掘されたコーロ原石は、いったんここに集められてから、パーパスへと運ばれる。以前は採掘地から、各業者がそれぞれ独自にコーロを運び出していたため、盗賊などに襲撃される危険性も高く、値段の増減が激しかったが、現在はこういった方法がとられるようになった。また、ケルバーブの粘土を使って、この町で作られるアパーリス陶器は白くてツヤがあり、特徴的な月の模様をあしらっている。美しいアパーリス陶器は評価が大変に高いが、値段も極めて高価なものである。

アルテミファ

八本の橋で大陸とつながった浮島《うきしま》に作られた水上都市。かの大発明家アルテミールの手によって設計され、三十年以上の歳月をかけて建設されたが、設計ミスのため、百年後には水中に没すると予想されている。しかし、この町にロマンを感じる若者は多く、今も人々はこの町に集まり続けている。歌や文学などの芸術文化がますます栄えているのはこのためである。

アルファス

本の生産地として知られる町。町全体がアルファス製本というひとつの工場都市となっている。聖ランゼス公第一の弟子アルファスにあやかって名付けられたアルファス製本は、現在クローシャ中の製本作業を一手に担っており、町の住民は全員何らかの形でアルファス製本の仕事を請け負っている。ここで生産された書籍は主に学問の都ランゼスに輸送され、図書館や学校に収められているが、一部は巡業馬車で販売されている。各地に本を売りに来る華やかな巡業馬車は、子供から老人まであらゆる人々に愛されている。馬車による本の販売は、南クローシャの高い非識字者人口の比率のため、たびたび廃止案が出ているが、ランゼス学派からの強い反対意見のため、現在も馬車の本数を減らして運行されている。

アーロスタット

「道の終わり」の意味を持つ、クローシャ最西端の町。探検家エンデプランによって発見された時にはすでに無人であったという。ディーベ疫病によって住民が死滅《しめつ》したというのが一般的な見解だが、クローシャの歴史のどこにもこの町についての記述はない。誰が作ったのか、なぜ死滅したのか、真実は誰にも分からない。また、この町の向こうに「無限の草原」があると言われているが、その事実を確かめようと、さらに西へ向かった者たちに帰ってきた者は誰もいない。

エンデプラン

初めての大陸横断に成功した東クローシャの探検家エンデプランの故郷であり、大陸横断の出発点でもある。西クローシャの謎《なぞ》の解明に貢献した彼の功績を讃《たた》え、名付けられた。川沿いの小さな町だが、大陸横断時の貴重な資料などを収めた「エンデプラン館」が建てられ、近年若者層を中心とした観光客が急増している。

ケルネーブ

バルファーゲン山脈帯におけるコーロ採掘の中心地。労働者の町で、南のバルファーガスのように特別裕福というわけではないが、大都市に比べて物価が安く、特に本来高価であるコーロが安価に手に入るため、住民の生活は安定している。

スタットマール

西の鉱脈地帯と東の大都市のほぼ中間地点に位置し、以前はコーロ運搬のための中継地点に過ぎなかったが、クローシャ鉄道の開通によって駅が誕生し、よりいっそうの発展を見込んで、移住する人々が増えている。

タントムール

町の名は「糸の玉」の意。小さな町だが糸の原料となるタントの栽培は歴史が古く、今ではクローシャ全土の生産高の八十パーセントを占めている。山脈と森に隔てられた特殊な地域であるが、大陸の東の端に沿って北上するルートで大都市群にタントを供給しており、一説ではコーロ戦争以前に同ルートを使っていたとさえ言われている。運搬にともなう高い輸送費のため、収益そのものは少なく、住民の生活は決して裕福とは言えない。

ディプラート

ファラール山脈におけるコーロ採掘の拠点。東クローシャ地方唯一のコーロの採掘地でもある。しかし、質・量ともにバルファーゲン山脈帯産の方が優《すぐ》れているため、主に南のタントムール、トスニール、トリニティーなどの貧しい地域に安価で販売されている。また、この町はタントの中継地でもあるが、タントムールで生産されたタントをコーロ石と引き換えに安く買い上げ、高値で大都市に向けて販売する方法が、南部の人々の反感を買っている。

ディルティガス

コーロ原石が発見され、一獲千金《いっかくせんきん》を狙《ねら》う人々がこぞって西へ移住した際、最初にできた町。今ではコーロ採掘の中心地はケルネーブに移ってしまったため、すっかりさびれた感がある。これはケルネーブの方が採掘地に近く、また、まもなく開通するクローシャ鉄道の利便性にも優れていたからで、現在はチャンスを逃して落ちぶれた者たちが生きる町となっている。

トスニール

全般的に貧乏な南クローシャの中でも、もっとも貧しいと言われている町。治安が極めて悪く、様々な裏取引の舞台に利用されている。以前はバルファーゲン山脈帯から産出されたコーロ石が、運搬途中にトスニール近郊で盗賊団に強奪される事件が頻発《ひんぱつ》していた。

トリニティー

一帯を南クローシャの森と、南クローシャ山脈に守られた閉鎖《へいさ》的な町。気候は寒く、かつて豊かな水資源であった湖も現在では干上がっている。ほとんどの人々はトリニティー湖での漁業を生活の糧《かて》としているが、それだけでは十分な収入が得られず、副業としてかすみ穂の栽培や糸つむぎなどの内職で生計を立てている。古風な太陽信仰が主流で、今も「妖精の日」などの伝説を頑《かたく》なに信じる人も多い。

パーパス

聖ランゼス公の最後の弟子の名を取ってつけられた。クローシャ大陸の中心に位置し、すべての文化、流通、情報の要《かなめ》となっている最大の都市。太陽、月、星の三天信仰（ヴァンスベール派）に基づいた塔の文化は独特で、町の建物の九割は七階建てを超える塔である。町の東端にそびえ立つ「天界の塔」の内部は複雑怪奇な迷路になっていて、いまだかつて塔の頂上までたどりついた者はいない。近年、塔の二階までが観光用に公開された。

パルーシャ

名なし川の河口にある小さな田舎《いなか》町。大半の家庭では名なし川で捕れる魚を干し魚にして、大都市へ行商《ぎょうしょう》に出る。「名なし川」の名前の由来はこの町に伝わるおとぎ話からきている。貧しい娘がお金持ちの屋敷へ魚を売りにいったところ、「どこの川で捕れたかも分からない魚が食べられるか」といって追い返された。泣く泣く帰る途中でふと川の流れに耳を澄ますと「名のない川は名なし川」と川が歌っていたので、翌日屋敷へ行って「これは名なし川で捕れた魚です」と言うと、大変珍しがられ、お金はいくらでも出すから全部売ってくれと言われた。結局、娘は魚を売ったお金で大金持ちになったという。古代のクローシャでは物もしゃべることができたという伝説があるため、こういったおとぎ話が多く存在する。

バルファーガス

バルファーゲン山脈帯でのコーロ採掘に成功した富豪が、大邸宅を連ねる裕福な町。クローシャ全土の上流階級がすべてこの町に家を持っているとさえ言われる。コーロの採掘権をこの町の住民がほとんど握っているため「バルファーガスが動けば世界が動く」と言われる。

ファーゲン

ロンディア川の水質は他の河川に比べて極めて良質なため、近年研究所が開設され、海賊風との関係を中心に研究がすすめられている。研究は港町の読み手（水や風の動きを読むことを職業にする専門家）を集めて手探りの状態で始められているが、現段階ではまだ軌道に乗っていない。

ファルティカン

ファラール山脈の火山帯から湧き出した温泉地帯で、リゾート地として栄えている。北端大山地の自然と、水地の波音を両方楽しめる豊かな自然環境にあるため、主に観光事業が収益の中心となっている。しかし、近年クローシャ鉄道開通にともなって、西へのルートに観光客を取られ、大きな打撃を受けることが心配されている。

ポパナール

すでに居住人口はほとんどなく、パンパ草が生い茂る中にただひとつポパナール牢獄《ろうごく》だけが建っている。低地にあるため土壌《どじょう》が粗悪で、農作物の栽培には適さないが、ポパナール牢獄の囚人は水以外の食べ物を自分たちの手で作ることを義務づけられている。

マールアーロ

クローシャの歴史の原点である旧大陸人「レテロール」が初めて上陸したと言い伝えられている土地。彼らはこの地を中心とした南東地域に、農耕主体のティマール文化を形成し、三十以上の集落を作って、数百年に渡って栄えたとされる。現在では過疎化が進み、荒れ果てて、パンパ草の間に崩《くず》れ落ちた石の建物だけが過去の栄光を語り継いでいる。

ランゼス

南クローシャ最大の都市。聖エルファルト＝ランゼス公によって開拓され、学問の都として知られる。町の中央広場には、聖ランゼス公にちなんだ建造物が多く建てられている。特に聖ランゼス大図書館の蔵書数は十万冊を超え、クローシャ最大を誇る。町中の至る所に読書用のベンチがあり、学問を重んずる町の特質をよく表している。

ルルクール

大都市パーパスの喧騒《けんそう》からほどよく離れた場所にあり、気候も良く、生活するのにもっとも適した町との噂《うわさ》も高い。バルファーガスなどの豊かな町に屋敷を持つ人々が別荘をここに建てるケースが多い。だが、鉄道の開通にともない、さらに状況は急変しそうだ。

【歴史】

【歴史学者、ハイラルク・マインスターの紹介】

西クローシャ北部の貧しい村に生まれ、十五歳の時に東クローシャへ渡る。以来、三十年間商人としてコーロ貿易で巨万の富を得るが、四十六歳の時に突然全財産を聖ランゼス大図書館に寄贈し、まったくの無学であったが、学者の道へ転向する。猛勉強の末に五十歳で歴史学と考古学の学位を取得したマインスターは、ディーベ疫病に感染して七十一歳でこの世を去るまで、精力的に研究執筆活動を続けた。ランゼス学派に固有の事実関係重視の視点を離れ、人間的で温かい語り口の書物は今も多くの読者に愛され続けている。

代表作：『南のダプレ』南クローシャの文化を実際の生活体験から綴《つづ》った詩集。『アーロ(道)』クローシャ大陸の歴史研究書。以下に抜粋を収録。

序文／歴史

クローシャ大陸にどのくらい昔から人が住んでいたかははっきりとは分かっていない。最初に南クローシャの南端、マールアーロの岬《みさき》に出現したティマール文明の人々は一般的にレテロール（旧大陸人）と呼ばれている。しかし、彼らが誰なのか、いつ頃、どうやってそこに忽然《こつぜん》と現れたのか、そしてなぜティマール文明を築いたのか、そのすべてが謎に包まれている。分かっていることは、彼らは太陽を「力」の象徴として崇拝する原始的な文化を持った人々で、我々の先祖であるということだけだ。

このように、歴史の始まりは明確なものとは言えない。そして、そのあとに続く我々歴史学者が『史実』と呼ぶものも、ただ膨大《ぼうだい》な文献に刻まれた、誰のものとも知れない浅はかな記録の数々を勝手につなぎあわせたものである。ここにその浅はかなる記録書をまたひとつ後世へと書き残すが、願わくはこれを読む者たちがこの書から史実ではなく、事実を読み取ってくれることを望む。

ハイラルク・マインスター

第一節／クローシャ人の起源

千二百年ほど前、記録書として残っている最古の文献『妖精の日（聖ランゼス大図書館蔵）』の序章によると、『旧大陸人（レテロール）』としか記されていない人々が現在マールアーロ岬として知られている半島にたどり着いた。彼らはこの地をクローシャ（希望の大地）と名付け、千年前から九百年前ぐらいの年代にかけて、マールアーロ岬からトリニティー湖の南を抜け、パルナ湿原へと進出した。

今は南クローシャと呼ばれるその一帯に、マールアーロ岬を中心として、ティマール文化という農耕主体の生活形態が千年ほど前に誕生した。ティマールは三十以上の集落から成り、数百年に渡って栄えたと言われているが、現在同地域は過疎化が進み、トリニティー、トスニール、マールアーロ、ポパナールなどの貧しい村がわずかに点在するだけである。半島の中心にあるマールアーロ高原には、荒れ果てて、パンパ草の間に崩れ落ちて廃墟《はいきょ》と化した石の建物が、今も過ぎ去った栄光を寂しげに現代へ語り継いでいる。

レテロールの正体――彼らがどこから来て何者であったかは、有名なクローシャ史の『三つの謎』のひとつである。今日もこの謎を解くため、南クローシャのマールアーロ半島を中心に多くの考古学者や史学者が調査を続けているが、諸説入り乱れ、今もまだその謎は闇《やみ》に包まれたままである。ちなみに『三つの謎』のほかの二つは『聖ランゼス公の死に場所』と『天界の塔の製作者』についてである。

第二節／太陽と月と

　今日クローシャ大陸で「三天信仰」として一般に普及しているのは、もともと保守的な月派の人々が築き上げたヴァンスベール派（三天派）が原点となっている。しかし、歴史の始め頃、クローシャ大陸は『太陽神（力と光を象徴する）』を唯一神とする単一宗派であった。今では『美』を司《つかさど》る神として崇《あが》められている月も、当時は人間を誘惑する悪魔として『誘惑の女王』の名で呼ばれ、太陽神の敵とされていた。

　しかし、九〇〇年代の初頭、異常気象による干《かん》ばつのため、マールアーロの半島全域を襲った飢《き》饉《きん》により、人々の太陽神への信頼が揺らぎ、『月派』と呼ばれる少数の夜の信奉者が生まれた。初めは密教のひとつに過ぎなかった『月派』も、飢饉がますますひどくなるに連れて一大宗派へと成長し、飢えに狂った政府から『やつらのせいで太陽神が怒っている』と無差別に逮捕、処刑された。このため、月派の人々の半数は地下へ潜《ひそ》み、残りの者は未開の地を求めて、いまだ見ぬ西の世界へと旅立った。パルナ湿原にたどり着いた月派の者たちは、やがてケルバーブまで領域を延《の》ばす一大文明を築き上げることになる。後に文献にアルティパス文明と記される集落群の起源である。

闇を恐れる太陽信仰のティマール人と異なり、むしろ好んで洞窟《どうくつ》などを礼拝堂に用いていたアルティパス人は、礼拝堂建設中に偶然ケルバーブ山で化石燃料のコーロ石を発見する。このコーロを粉々に砕いたもの（砂コーロ）を用いたランプと、その貿易によってアルティパスはティマールを超える勢力へと拡大していった。


これがもっとも広く受け入れられているクローシャの起源とされる『物語』である。ティマール文化については様々な詳細な書物がランゼス学派の諸研究者によって発刊されているので、ここでは触れるつもりはない。代わりに、ほかのどこにも記されていないティマールについての記述を加えておこう。

民間伝承やフィクションとして片付けられるこの当時の本には（現在の研究ではティマールは創作という文化を持っていなかったことがほぼ確実となっているのだが）、多くの『もの』――つまり鍋《なべ》や壺《つぼ》のような『物』の中には人間の言葉を解し、時にみずからその言葉を操る物がわずかだが、存在したという。また、動物や植物も言葉を解する生き物としてとらえられていて、大木などに至っては、むしろ人間よりもはるかに知恵者として描かれている。

民族学者はこれらの記述を三天信仰の起源として、宗教的なものとして扱うが、その実、実際の記述を読んでみれば、それらが明らかに客観的な視点によって、観察記録のように書かれたものであることが分かる。また、今も残る多くの童謡・民謡の類《たぐ》いには物や動物、植物が話すといった内容のものが多く残されている。

最後に余談だが、二百年ほど前に行われたランゼスの大せり市の帳簿に『しゃべる花』が7万ビッツの価格で落札されたという記録が、聖ランゼス大図書館の公文書録の中に残されている事実を付け加えておこう。

第三節／コーロ戦争とディーベ疫病

アルティパスの繁栄とは裏腹に、ティマールは目に見えて衰退していった。コーロ貿易による一方的な貨幣の流出に加えて、より自由な世界を求めて西へ向かう者が増えてしまったのだ。急激な労働人口の減少に不安を感じたティマール政府は半島閉鎖令を敷き、国民の半島外への出入りを禁じた。このため、ますます国内でのコーロの値段は上昇し、かえって闇貿易が盛んになる事態を招いてしまうことになった。

このコーロ貿易の闇業者が正規の貿易馬車を襲ったことから両国間の緊張が一気に高まり、闇業者が雇っていた兵隊がたまたまティマールの下級兵士であったことから全面戦争へと発展してしまう。コーロ戦争は五年の間続き、両国の国土は著しく荒廃《こうはい》した。特にアルティパス軍が開発した砂コーロの発火力を利用した爆弾によって、ティマールは壊滅《かいめつ》的な打撃を受けた。

無法地帯と化したマールアーロの半島に追い撃ちをかけるように、ディーベ疫病と呼ばれる致死率八十パーセント以上の恐怖の伝染病が、不衛生な生活も手伝って、一気に半島全域に広がった。ティマール政府はもはや事実上の機能を失い、アルティパスに全面的な降伏宣言を強《し》いられた。植民地と化した上、外界からの食物や薬の輸入も完全にストップしてしまったティマールは死の世界と化した。腐乱《ふらん》した死体がそこら一帯に転がったままにされ、疫病の流行に拍車をかける。

この最中、ジューマという名の青年が『星の導き』を受けたとして、越えることが不可能とされていた南クローシャの山脈の向こうに『救いの地』があると説いて回った。ジューマの言葉はやがて口から口へと伝えられ、「星派」の起源となる思想を生むことになる。現在ではジューマが詐欺師《さぎし》であったことは明白だが、地獄に生きる人々には偽物の希望さえもかすかな望みに思えるほど、日常生活が悲惨だった。やがて死を覚悟して、多くの者が南クローシャの険しい峰々の向こうにあるという『救いの地』を目指して、決して帰ることのない旅へと出発していくことになる。

クローシャの歴史はディーベの歴史である。

クローシャ人は歴史の始まりからディーベに悩まされ、その撲滅《ぼくめつ》にすべての力を注いできた。歴史上の多くの出来事にはほとんど例外なくディーベがなんらかの形でからんでいる。このディーベ疫病の原因を、『妖精の日』として解釈している地方も南クローシャには存在する。これらの地方では肌が突然黄色くなって、やがて高熱を出して死に至るディーベは、人間の目には見えない妖精が運んでくるものとされ、肌が黄色くなるのは伝承にある『金色の雨』に打たれたからだと信じられている。——東クローシャではこのような寓話《ぐうわ》へのなぞらえは非科学的だと嘲笑《ちょうしょう》されているが、実のところ、ディーベの正体は今もって分かってはいない。

第四節／三天分立時代

道なき道を進み、断崖絶壁《だんがいぜっぺき》を登っては降りる過酷《かこく》な南クローシャ山脈越えは、まさに不可能な旅だった。次から次へと人々が死の谷へ落ちていく絶望の中で、奇跡は思いもかけない不思議な形で起きた。金品を巻き上げたところで、適当な時期に逃亡しようと目論《もくろ》んでいたジューマは、みずからのうその言葉を信じて最後まで歩こうとする人々に心を打たれ、いつしか自分でも山脈の向こうに『救いの地』があるのだと信じ始めていた。過酷な旅の中、小悪党だったジューマは誰もが認める本物の指導者へと成長していった。やがて、出発した時の三分の一の人数にまで減った時、南クローシャ山脈の向こうに美しい赤い森が見えた。

『救いの地』はあったのである。

朝焼けの中で赤い森を望む崖《がけ》にたどり着いたジューマは星の神に祈りを捧げた後、そのままの姿勢で息絶えたと言う。他の者に食料を与えるため、ジューマは実に十五日間もの長い間、水以外のものを口にしていなかったのである。

こうして豊かな自然と穏やかな気候の東クローシャにたどり着いた星派の人々は、そこに旧世界から完全に隔絶《かくぜつ》された新文明ディティマールを築く。恵まれた環境と人間によって荒らされていない豊かな地を得て、ディティマールが隆盛を極めるまでに長くはかからなかった。

一方、南では相変わらずの東西の対立に加えて、ディーベ疫病がアルティパスにまで勢力圏を広げたことで、ますます荒廃が進んでいた。もはや宗教など事実上消滅したような状態となった世界で、それでも無意味に太陽派と月派は争いを繰り返し、犠牲者を増やし続けた。

ディティマール人を名乗った星派の人々は頑なにこの旧世界を憎み、ジューマの遺志に背《そむ》いて、やってきた第二陣の北進人たちを赤い森の入口で皆殺しにしてしまう。

悪夢と化した世界はただ、救世主の出現を待っていた。

この時代は歴史学者の間で別名『空白の刻《とき》』とも呼ばれている、極めて歴史的資料が乏《とぼ》しい時代でもある。いや、乏しいのではなく、皆無と言ってもいい。いくら戦時中であったとはいえ、ここまで何も残っていないことはかえって不自然にすら思える。上記の内容もディティマール中期の作家、レーロスが書いた『ジューマ』に回顧録として書き記されているものを可能なかぎりの裏付けに基づいて書き直したに過ぎない。これがすべて創作寓話でないという保証はどこにもないのである。

ただ、この時代、南クローシャの人口が信じられないほどの激減を経験したことは確かである。わずかに発見されている当時のトリニティーの市民台帳を見ても、ある年に、まるで一夜にして消えたように、町の人口が減ったことが伺《うかが》える。比較的急激に死に至るディーベの仕業《しわざ》にしても、その減り方はあまりにも極端すぎる。多くの学者が今もこの時代の背景を探ろうと研究を続けているが、まるで天の意思がそれを拒《こば》んでいるかのように、資料は依然《いぜん》として発見される気配さえない。

おそらく、この時代、何か我々の想像を絶する出来事が南クローシャで起こったのだろうが、真実は永久に謎のままであろう。歴史にはそのような時期があって然《しか》るべきなのかもしれない。未来がすべて分かっていては、ただ退屈なだけになるように、過去もまた不透明で残されることを望むべきである。人の生涯《しょうがい》はどこから来てどこへ行くのかは知らされていない。それにはきっと何か計り知れない理由があるからだ。

第五節／聖ランゼスの旅

　時は乱世。世界は荒廃していた。特にコーロ戦争とディーベ疫病の二重の悪夢に見舞われたティマールは、実に人口の三分の一を失い、地獄と化していた。信仰心も優しさも忘れた人々はただ奪い合い、殺し合っていた。対して、南クローシャ山脈という巨大な自然の防壁に守られた東クローシャ（ディティマール人）は難を逃れ、時代と逆行するかのように大きく発展を遂げていた。かつて自分たちを追い出したティマール人への復《ふく》讐《しゅう》の思いと、ディーベ疫病への感染への恐怖から、ディティマール人は命からがら南クローシャ山脈を越えてきた人々を容赦なく国境線で殺した。そして、ディーベ菌の感染を防ぐため、その死体はまとめて貨車で谷底へと投げ捨てられた。

　このようなことが日常の風景となっている国境の町（現在のランゼスがあるところ）で聖ランゼス公は七七五年、国境警察の署長の息子として生まれた。子供の時からこの殺《さつ》戮《りく》を見せられて、「彼らは人間じゃない。人間の形をした火の妖精（悪魔）だ」と父親から教育を受けて育ったランゼスは、十二歳の誕生日までこのことに疑問すら憶《おぼ》えなかったという。

そんなある日、劇的な事件がランゼス公の人生観を一変する。役人の手を逃れた一人の女の子がたまたま裏庭で遊んでいたランゼスに助けを求めたのである。傷つき、恐怖しているその子をティマール人と知らず、納屋《なや》でいっしょうけんめい看病するランゼスは、年の頃もそう変わらないはずのその子が持っている知識の多様さに驚き、また尊敬を憶えた。そして、どんな生き物も虫一匹さえ殺そうとしない少女の考え方に戸惑《とまど》いながらも、やがてその優しさに魅《ひ》かれていく。しかし、ある日の夕方、納屋を訪れたランゼスはそこに少女がいないことを知る。待っていたのは父親だった。父親の制止も聞かずに処刑場へと急ぐランゼスだったが、彼の見ている目の前で少女は深い谷底へと落とされていく。想像を絶する恐怖の中にあったろう少女は、役人に押さえ付けられながら絶叫するランゼスに、ただ優しいほほ笑みを残して闇へと消えていった。

この日を境にランゼスはあらゆる手段を使って、処刑反対を訴え始める。その手段は十六の時にはついに処刑場に立てこもって、中から鍵をかけて役人を締め出すという行為にまで至ってしまう。署長の息子ということでなんとか見逃してもらっていたランゼスだったが、もはや村人はランゼスを反逆者として扱うことを譲らなかった。ランゼスの身を案じた母、テーマは村人が襲撃《しゅうげき》してくる前にこっそりランゼスを村の外へと逃がす。ランゼスの唯一の理解者でもあったテーマはランゼスに「多くを学びなさい。知らないから怖いのです。怖いから敵とするのです」と言い残し、ランゼスの代わりに村人に処刑されてしまう。

少女と母を奪った宗教を憎むランゼスは町に出てからも過激な野外演説を行って、何度となく殺されそうになる。ある日、警察官に後頭部を強く殴打《おうだ》されたランゼスは町外れの路地で生き倒れ、死を覚悟するが、そのランゼスを一人の教会の神父が救う。彼こそが後にランゼスの師となるエルファルト公だった。ランゼス、十九の冬のことである。

エルファルトの元で教会学校に通い始めたランゼスは徐々に宗教自体が問題ではなく、人々のその受け止め方が問題なのだと気がついていく。ランゼスは教会学校でめきめきと頭角を現し、後にランゼス学派と呼ばれる学問体系の基盤を二十一歳という若さで築き上げてしまった。母の遺言を全《まっと》うするかのように、彼はもっとも大切なことは知識を学ぶことであるとして、それまで文字にすら縁のなかった下級労働者にまで学問を広めようと努力した。彼が寝る時間を削って開いていた夜の学校にはあらゆる階級の人間が集まり、楽しく学問と宗教を学んだという。この学校に集まったものの中に、後に彼の右腕となるアルファス、そして、まだ年端《としは》もいかない子供だったパーパスの姿もあった。

「ティマール人は妖精でも悪魔でもない。国を開こう。皆で学ぼう」と唱えるランゼスの信奉者は徐々にその数を増やし、ランゼスが二十九歳の誕生日に大広場で行った『ランゼスの大演説会』には実に四千人もの聴衆が集まったという。しかし、この演説会が災いして、それまで若者の戯言《ざれごと》として放っていた国がランゼスの投獄、果ては処刑に向かって動き出した。そのことを事前に知ったランゼスは、必死で止める師エルファルトの言葉も無視して、「私は間違っていない」と自ら信奉者を数百人引き連れて役所へデモ行進を行った。いくら異端であろうと、国民を町中で平然と処刑するようなことは行わないだろうという計算がランゼスにはあったのだ。――しかし、それは間違いだった。

広場で次々に殺されるランゼス派の人々。自分を信じて目の前で死んでいく人々にランゼスは少女と母を重ね見たのだろう。半狂乱状態に陥った。右足を打ち抜かれ、絶体絶命のランゼスを再び救ったのが師エルファルトだった。彼はランゼスをかばって撃たれ、死の間際に「おまえはここで死んではならない。まだ、旅を続けろ。まだおまえの旅は終わってはいない（有名な『アンティアーロ・アンティラーゼ』という文句はこの時のエルファルト公の言葉だったと言われている）」と告げた。罪悪感と絶望感を抱えて町外れで倒れたランゼスが再び顔を上げた時、そこに警察の手を逃れ、あくまでランゼスとともに歩もうという九人の若者が立っていた。いずれも劣らぬ能力を持った強者たちである。彼らの励ましでランゼスは南クローシャへと渡って、今は断絶されたこの二つの世界を結び付ける担い手となることを決意する。

ひそかに町を脱出して南へ向かうランゼス一行の前に、当時まだ十四歳のパーパスという少年が現れた。彼は町でも有名な落ちこぼれで、何一つまともにできない子だと言われていた。「ぼくも一緒に連れていってください」と頼むパーパスを笑い飛ばして先を急ごうとする一行だったが、ランゼス公一人が彼の前で立ち止まって言った。「君は自分のことを愚《おろ》かだと思うかね」パーパスはためらわず首を縦に振った。するとランゼスは笑顔で手を差し出し、「ならば君は誰よりも賢い。ついて来たまえ」と、少年を誘った。

南クローシャ山脈を越える途中、一人、また一人とランゼスの十人の弟子たちは死んでいった。ある者は寒さから、ある者は飢えから——しかし、彼らはついに南クローシャにたどり着く。その時には十人が五人に減っていたが、誰もが最初に脱落するであろうと考えていたパーパスは、その五人の中にいた。

しかし、それはまだ壮絶な旅の始まりに過ぎなかった。南クローシャはランゼスの最悪の想像さえも超えて、まったくの無法地帯になっていた。命懸《いのちが》けの布教と演説の日々の途中、さらに二人の弟子を殺され、もはや力を失いかけていたランゼスをひっぱって旅を続けさせたのは、かつて自分の名前も読めなかった鍛冶《かじ》屋の職人アルファスだった。小さな種はやがて巨大な森へと育ち始めた。豊富な知識を生かしてディーベ疫病を各地で撲滅して回ったランゼス公を救世主として迎える動きが急速に南クローシャに広がったのである。そして、やがて十年という月日が経《た》った時、南クローシャの代表として、ランゼスたちは東クローシャとの和平を実現するため、帰郷する大任に就《つ》いた。

この旅の途中、アルファスもまたディーベに感染して、薬を呑《の》めば助かる可能性があったものの、同じくディーベを患《わずら》っていたパーパスに自分の分の薬をすべて与えた。

「最初に会ったとき、おまえを笑ってすまなかった」アルファスは昏睡《こんすい》状態のパーパスに告げるのだった。「愚かなのは私の方だった。そなたはまだ公のお供をせねばならない」

命懸けの交渉を覚悟して故郷の町へたどり着いたランゼスたちを迎えたのは、意外にもランゼスを救世主としてすでに信じ込んでいた人々の歓迎だった。その中にはかつて自らの妻を処刑したランゼスの老いた父の姿もあったと言う。ランゼス、四十二歳の里帰りだった。

少女と母と師が託した願いは実現された。しかし、アルファスをも失い、あまりに多くの犠牲《ぎせい》の上に成り立った平和に、ランゼスはただ自分の行動が間違っていたのではないかと苦悩する。

救世主の出現に湧く東クローシャをよそに、ランゼスはほとんど半身不随となっていた体を引きずって、その夜のうちに一人、まだ三天信仰のことを知らない西の辺境の人々のところへ向かった。町外れに差し掛かった時、ランゼスは不自由な右足がもつれ、転びそうになった。そのランゼスを二本のたくましい腕が支える。今やランゼスの倍の大きさに成長して、南クローシャ一の武人とまで呼ばれるようになったパーパスの腕だった。学問の徒としても、ランゼスと並ぶとすら言われたパーパスに、ランゼスはとても四十代には見えない年老いた笑顔で聞いた。

「パーパス、君はまだ自分が愚かだと思うかね」

パーパスは十五年前と同じく、ただ首を縦に振ったという。

その後の二人の消息についてはクローシャ史の最大の謎とされている。当時のランゼスの体ではほとんど歩くこともままならなかったはずだが、文献には、彼を見たという記述がその後数年に渡って何カ所にも現れる。後年発見されたパーパスの日記（最後のごく一部しか残っていない）によれば、彼が当時、西の果てとされていた辺境へたどり着いた時にはすでにランゼスの姿はない。ランゼスの十人の弟子のうち、もっとも愚か者と言われたパーパスは西の蛮族《ばんぞく》に文明をもたらした後、その地で亡くなった。彼の最後の記述にはこうある。

『私は少しは賢くなっただろうか？　今も毎朝のように公が私に問いかけてくる。否。私は今日もまた首を縦に振る。私はこのまま、明日か、そのまた明日か、この町にて朽ち果てるだろう。師よ。ここには天へと続く巨大な塔があります。ここへ私を導いたということは、あなたの元へ召されよということなのでしょうか。ならば私は行きましょう。しかし、私は今もまだ愚か者のままでありますす』

伝承によれば、彼はこの文を書いてまもなく、自らの言葉どおり、その地で長い長い旅を終えたという。天にも昇る塔の町――

現在のパーパスの町である。

聖ランゼス公の旅についてはこのほかにも諸説、数多く存在する。ここに描かれている内容はもっとも信頼性の高い文献を参考に書かれているが、ランゼス公の旅については極めて膨大な数の伝承や言い伝えが残っており、偽物《にせもの》も決して少なくないため、その足跡の完全なる再現は困難である。極端な学説になると、ランゼス公という人物は実存しておらず、『聖ランゼスの旅』は複数の人間が同一の名前を名乗って行った布教運動であったと主張するものもある。しかし、これらの伝承の数は聖ランゼスの絶大なる影響を裏付ける何よりの証拠とも言えよう。

第六節／新しい世界

聖ランゼスの旅を通して、復興への見通しが立ち始めた世界は、やっと互いを受け入れる余裕を持つことができた。三つに分かれていた宗派も、この頃を境にランゼス派の学者や神父を中心として、ひとつにまとまっていく。現在の三天信仰の基盤ができ上がったのがこの時代である。

苦労の末、南クローシャ山脈を越える道が開通し、南北での貿易も可能となって、ティマールの半島閉鎖令もアルティパスの植民地放棄を交換条件に撤廃された。ここに至り、クローシャ大陸は実に五百年ぶりにひとつにまとまったのである。

ランゼス（当時の最大の都市）に集まったティマール、ディティマール、アルティパスの代表者はそれぞれ国境を廃止して、『南クローシャ』『東クローシャ』『新クローシャ』という新しい名前を使うことに合意した（ランゼス条約）。

数年後、長年の仇敵だったティマール人とアルティパス人は念願の和解を果たし、『南クローシャ』として統一されることになった。同時にパーパス以西の未開の荒地を

『西クローシャ』と定めることも、この時に合意された。現在のクローシャ大陸の形がほぼ完成したのである。

第七節／文献戦役と開拓戦争

アロロタフの水門の完成や天才発明家アルテミールの登場などによって、東クローシャでは文明は急激な進歩を遂げ始める。アルテミールの最大の功績であるコーロ機関によって電気を作ることが可能になった人々は、いっそう夜の闇への恐怖を失い、東クローシャでは三天の統一がさらに進んだ。

一方で機械文明に対して否定的な保守派の学者を中心に『三天の分立』を唱える非ランゼス学派も誕生する。もっとも代表的なものはテセパラントによるルガラン学派である。もともと武人出身のテセパラントはみずからの意思を国民に示すため、聖ランゼス大図書館を焼き払おうと深夜のクーデターを起こした。このことから東クローシャでは三度に渡る文献戦役と呼ばれる内乱が勃発したが、その後、両派は一応の和平を得た。しかし、現在もクローシャでは両学派の対立と、そこから生まれる差別は水面下で続いている。

この時代、南クローシャと東クローシャでは盛んに西クローシャへの探検隊が結成された。いまだ手がつけられていない西クローシャを先に我がものにしようという目論みからである。一二二年にケルバーブ山を越えることに成功した南クローシャの探検家プリーペン、九八年に初の大陸横断に成功した東クローシャのエンデプランなどが有名だが、ほとんどの者は彼らほど幸運ではなかった。多くの探検家が見果てぬ楽園を心に描いて西へと向かったが、大部分は帰ってはこなかった。この虚しい競争もエンデプランの大陸横断後の有名な台詞《せりふ》「西にあるのは絶望だけだった」をひとつの句切りとして落ち着くようになる。

いまだ、西クローシャには未開の地域が数多く残っている。

第八節／現在、そして未来

そして、現代。世界の中心は大きく北へとずれて、単純に人口の総数で考えるならば、パーパスの町が世界最大の都市となった。アルテミールが建設半ばに死去した未来都市アルテミファは設計ミスのため、百年後には水地に沈むと言われているが、その思想や設計にロマンを感じる者は多く、たくさんの優秀な若者が沈みゆく町へ今も集まっている。今では新しい文化の発信源はランゼスからパーパス、そしてアルテミファへと移ってきているほどだ。クローシャ鉄道も実験的ながら開通にこぎ着け、世界の距離はますます狭いものとなりつつあるが、相変わらず宗派の対立、根強く残る旧ティマール人への差別意識、南北の貧富の格差などクローシャが抱える問題も多い。

後述

この書を閉じるに当たって、ひとつだけ書いておきたい。

途中、私はクローシャの歴史はディーベの歴史でもある、と書いているが、それほどこの地は何度もディーベの脅威にさらされている。薬が数多く発明され、石鹼《せっけん》石の普及によってディーベの恐怖がずいぶん和《やわ》らいだ今も、この疫病には不思議な点が多い。まず、その発生の仕方だが、ディーベが発生するのは決まって人間が多すぎて、激しい対立状態にあるような地域である。そして、疫病の消え方にも注目したい。――つまり、ある程度人口が減って、争い事が絶えるのにともなうように、自然と消滅していくのだ。

私は歴史学者であって、宗教家ではない。

従って、この事実を述べるに留《とど》まり、そこから何かを示唆《しさ》するつもりはないので、ここでこの書を終えることにしよう。


ハイラルク・マインスター著　『アーロ（道）』より抜粋

【自然と動物】

クルムール

俗称『赤豆』。実がうすい紅色をしているためなのか、赤い森に多く生息する植物のためなのか、由来は定かではない。寒期の初めに、ほのかな甘い味のする無数の赤い粒の実をつける。クローシャ大陸でもっとも馴染《なじ》みの深いジャムの材料。栄養価も大変高い。『水地の書』（著者不明）の中では、主人公ルーシャールは西の水地を二十日間いかだで漂流する間、ずっと赤豆のジャムだけで生き延びたと記載されている。

ジベタリス

中部クローシャの森林を中心に生息する小さな野ネズミの一種。体の倍近くあるしっぽを立てて走り回る姿はとても愛らしく、地域によっては屋内でペットとしても飼われている。アコパラの木の根などを掘って巣を作り、雑食で、繁殖力は極めて高い。眠る時は自分のしっぽの中に体を丸め込んで暖をとる。群れを統率する赤いジベタリスの伝承が中部クローシャに存在するが、これは幼いジベタリスの中に稀《まれ》にしっぽに赤い模様のあるものが生まれることに起因した寓話だと考えられる。

ポムル

主に中部から南部にかけて生息するクローシャの代表的な樹木の一種。アウクライアの森（赤い森）に育った品種が原種と言われ、北部に生えているものは正確にはその派生種（アルティポムル）である。原生のポムルよりもアルティポムルの方が全体的にサイズが大きく、原生ポムルは寒期に葉の色を薄い赤紫色に変えるが、アルティポムルは年間を通して常緑を保つ。

ポムルの実は大人の手のひらに余るほどの大きさのものが平均的で、外皮は厚く、葉と同じ緑色で、内側の食用の部分は鮮やかなピンク色の粒の集まりになっている。暑期から半寒期にかけては実の酸味が強く、基本的にはジャムやパイの具として使われるが、寒期に入ると甘くなるので、そのまま食卓に上ることが多い。ポムルは古クローシャ語のポパームル（幸福の追求）から来ている。

【文化と伝統】

アウクライアの森

中東部クローシャ（ファラール）に広がる巨大なアコパラの森林。優しく穏やかな気候帯に守られて、地域の住民に食料、燃料、原材料などの形で豊かな恵みを与えている。ほぼ全域に渡って人道が開通しており、馬車道も数本あるので交通の便がよく、『赤い森』の名前で慕《した》われている。アコパラの木が日に二度、大量の赤い樹液を空中に散布するため、その時には『赤い森』の赤い森たる所以《ゆえん》を目の当たりにできる。すべてが赤い霧で覆われる様は壮観で、『赤い森のくしゃみ』として知られるこの現象を見るためだけに遠くから観光客が訪れる。

赤団子／アコムール

アコパラの木の幹の内皮を石臼《いしうす》ですりつぶして、団子状に丸めたもの。串《くし》に刺して、しばらく陰干した後、焼いて食べるのが普通。乾燥させたものはアコパラの木の樹液で美しい赤色になるため、この名前で親しまれている。

アコパラ

主にアウクライアの森（赤い森）を中心として、中部から南部クローシャにかけて多く見られる常緑樹。幹の内皮は栄養豊かでくせがなく、貧しい地域では重要な栄養源となっている。ただし、内皮はそのままでは固くて食べられないため、石ですりつぶしたものを団子にして食べる（赤団子）。実もつけるが、一般的にはあまり食用には用いられていない。

アパーリス陶器

アパールの町を本拠地とする陶器文化。白くてツヤのある地味な陶器ながら、丈夫で実用的。値段も手頃である。月の模様が特徴的。

アムリアの花

赤、黄、白の三色の花をつける変わった観葉植物。花のそれぞれの色は太陽、月、星を表すものと考えられていて、祝宴などの飾りにもてはやされる。――極めて珍しいが、稀に黒いアムリアの花も存在する。これは大変な悪運をもたらすと信じられていて、過剰に毛嫌いされている。

アルテミファ祭

一年を通して二回、アルテミファにつながる八つの橋が完全に沈む二日間、孤島となったアルテミファは町を上げて大規模な祭りを行う。アルテミファ祭期間中は島への出入りはいっさい禁止され、市民以外は町へ入るのに入場料をとられることになる。

アルファス

ランゼスの最初の弟子。最初にランゼスの教えを乞うた時には自分の名前も読めない鍛冶屋の職人だった。しかし、すぐに頭角を現し、特に医学の分野で絶大な成果を挙げる。ディーベ疫病の原因が不衛生な生活にあることを突き止めた功績は大きい。東クローシャへ帰郷する途中の山道で永遠の眠りにつく。享年《きょうねん》四十一歳。アルファスの名を冠した東クローシャの町は製本で有名な町である。

アロロタフの水門

ファラール山脈最大の山であるアロロタフのふもとにできた湖（アロロタフ湖）から東クローシャの町々へ水を供給している水門。百年ほど前にアルテミールによって作られて以来、三度の改修工事を経て、現在はほぼ自動化されている。

糸つむぎ／タントワーズ

セールと呼ばれる布地を編むための簡単な編み機。糸を二本の棒の間に通し、それを降ろして上げる作業のくり返しで布を編んでいく。南クローシャの経済的に恵まれない地方では、子育て中の女性が外に働きに出られないため、糸つむぎを工場から契約によって借り受け、セールを編んでいる（この際の借用費が不当に高いことが社会問題となっている）。使用時のその独特の柔らかい棒の響きは、多くの子供たちの記憶に母親のイメージとして残っているため、糸つむぎは文学においては『母』を象徴するものとしてよく引用される（ex.『南のダプレ』／マインスター著より：「静かなる平原に沈む夕日は音なきものであればこそ、氏の心に母思う糸つむぎの音が響くのであった」）。

大羽鳥《おおはねどり》

山間部に生息する非常に大きな羽を持つ鳥。最大で羽の大きさは2ベールにも達する。民謡などには『太陽の使い』としてよく登場する。

海賊風

北の水地から季節や時刻によって突拍子もなく吹いてくる突風。その風力は様々なものに生かされていて、生活に欠かせないものであると同時に、様々な天災を引き起こす厄介者《やっかいもの》でもある。

かすみ穂

実に多くの料理法のある植物。値段も安く、アコパラの粉と並んで、南クローシャの食卓で主食を務める。

キャラメルティー

　都市部を中心に人気のあるお茶。クルムール茶を濃く煎《せん》じたものに液体のキャラメルをゆっくり溶かし込んで作る。優雅なイメージがあって、上流階級の女性に人気がある。

くさみどり

　繊維質の強いムームロンの草を赤土と練り合わせて原材料としているため、でき上がった壺には沈んだ緑色の模様が浮かび上がる。このため、これらムームロンの壺は一般的に「くさみどり」と言う名前で総称して呼ばれる。主に乾燥した食料品の貯蔵などに用いられている。

薫製のハム

　様々な種類の獣肉の比較的安価な部位をいぶし小屋で長時間煙にさらして作る保存食。元の肉の大きさの五分の一ぐらいになるまでいぶし続ける。もっとも質の高いものは、切ると断面が外側から内側へきれいなグラデーションとなっている。そのままお酒のつまみとしても用いられるが、白パンに包んだり、サラダのトッピングにしたり、その用途は様々である。

こしょうチーズ

非常にポピュラーなテッキ。干しチーズに砕いたこしょうをたっぷりと混ぜたもの。舌がしびれるほど辛いが、癖になる味。

コーロ石

ケルバーブやファラール山脈で採掘される化石燃料。火をつけると光を発しながら、極めてゆっくりと燃えていく。細かく砕いたものはさらに強い明かりを発し、しかも煙をほとんど出さない。砂状にまで砕いたコーロは『砂コーロ』と呼ばれ、燃料や明かりとして広く取り引きされている。また燃やし終わって白くなったコーロは強い消毒作用を持つ泡《あわ》を出すので、石鹼石という名前でやはり重宝されている。現在は採掘技術が進み、供給が安定しているが、歴史上何度となくコーロを巡る争いで戦争が起きている。

コロリ草

ドクジゴクほどではないが、よく見かけられる毒草。葉の表面にも強い毒素を持っていて、触れただけで皮膚がやけどをしたようになる。葉を煎じたものは致命的な劇薬となるため、一般に栽培や収穫は禁じられている。

すす払い棒

東クローシャの煙突掃除夫が使う煙突掃除用の特殊な道具。市販されていない。

石鹼石

コーロを燃やした後に残る白い石。固い壁面などにこすりつけると、消毒作用のある泡が発生する。石鹼石の普及によって、ディーベへの感染率は劇的に下がった。最初に石鹼石を発見したと言われるのはランゼスの一番弟子アルファス。ランゼス公の旅が成功した大きな要因にこの石鹼石が必ず挙げられる。

たいまつ

大陸西部やファラール山脈の奥地など、まだ近代文明が行き届いていないところでは、いまだに夜間の外出時にはたいまつの光に頼っているところが多い。カムラールなどの固い木の枝の先端にコーロ油に浸したうすい布を二重三重にきつく巻き付け、火をつける。巻き方の善《よ》し悪《あ》しで燃え尽きるまでの時間にかなりの差がある。このため、鉱山の町や西の水地の沿岸部では、たいまつの布を巻くことのみを専門に行う職人がいる。一流の職人になると、わずか数ベールの布で半日消えないたいまつを作ることも可能だと言う。

手こぎ舟

かつてはトリニティー湖で長網漁に用いられていた一人乗りの舟。現在は南クローシャ湖の水位が下がったため、漁は行われていない。このため、舟はよく路上に置かれ、中に用土を盛って花壇として使われている。オールも同様にシャベルとして用いられている。トスニール、トリニティーなどの町でよく見かける光景である。

陶器文化

大変高価なため、普及率は低いが、大きく分けて二つの流派の高度な陶器文化がクローシャ大陸には存在している。ひとつはケルバーブから切り出された粘土を用いて、アパールの町で作られるアパーリス陶器。白くてツヤのある光沢に、月の模様をあしらった、地味ながらも料理の引き立つ皿が印象的である。クローシャ鉄道を介して、パーパスの町を中心に流通している。

もうひとつが、東クローシャの郊外でアロロタフ山からの清土を利用して作られるファラール陶器である。アパーリス陶器に比べて鮮やかな色彩が特徴であるが、耐久性の面ではあまり丈夫とは言えない。アルテミファを中心に流通。

ドクジゴク

どこにでも生えている雑草で、触れても害にはならないが、体内に取り込むと猛毒と化す。ただし、火を通したものは完全に無害で栄養価も高いため、ティルガッソなどに用いられる。

生バター

ランゼスからパーパスへ続くサムリヤ街道沿いに点在する露店でよく売られている手作りのバター。上品な甘さと清涼感があって、後味が非常に良いため、遠くアルテミファからも商人が買い付けに来るほどの人気がある。普通、木の升箱で売られ、暑期は平均200~250ビッツ、寒期は150~200ビッツほどの値段で一箱が取引されている。

パスパーネのスープ

その起源は古く、『降天記』の中にも登場する、野菜と豆だけで作られる素朴なスープ。乾燥したアコパラの木片を大量に煮込んでダシをとる。今でも南クローシャを中心として、代表的な庶民料理のひとつとして愛されている。ちなみにパスパーネは『降天記』の中のリポポ・ライライラの三人目の子供の名前。彼女が病気になった時、このスープを飲んで回復したことから、パスパーネを飲んで育った子供は健康になると信じられている。

パン

団子類（ムーロン）と並ぶクローシャ大陸の代表的な主食。様々な原材料で様々なパンが作られているが、もっとも一般的なのは『白パン』と呼ばれるかすみ穂を原材料とした塩味だけの単純なパンである。どんな小さな町にもパン屋は必ずあるので、パン屋が町の集会場を兼ねていることも多い。南クローシャで作られて以来、爆発的な勢いでクローシャ全土に広まったキャラメルパンは、老若男女を問わず、庶民の間で大変な人気を得ている。

パンパ草

主に平原や高原に生えている代表的な雑草。生命力が極めて強く、暖かい気候下なら数日でひざの丈までに成長する。ただし、ある程度の高さまで成長すると、それ以上は伸びなくなる。

【宗教と学問】

聖エルファルト＝ランゼス公

一説では三天の使いとも信じられている、学問を広くクローシャ全土に伝えたランゼス家の公爵。七百年ほど前に町から町へ学問を伝え歩いた『聖ランゼスの旅』の足跡は、各地に今も学校、博物館、図書館などの形で残されている。また、公は南クローシャ最大の都市ランゼスを数百人の弟子とともに開拓し、後のランゼス学派の基盤を築いた。公が『ランゼスの大演説会』においてしめくくりに用いた言葉『学びし者に天は観する(Tesex louloushier les fontreq.「テセ・ルルシエール・レス・ホントレック」)』は広く学問を目指す者の合言葉として用いられ、ランゼスの町では至るところに公の像とともに刻み込まれている。

【その他】

天界の塔

パーパスの町外れにそびえ立つ、天まで続いているとされる謎の塔。塔の直径は30ベールにも達する。塔の建設を巡る謎はクローシャの『三つの謎』の一つに必ずあげられ、多くの探検家や学者が研究対象として挑んでいるが、いまだ答えの手がかりすらつかめていない。地質学者の測定では、塔の一階付近の壁は七千年以上も前に作られた可能性があるという。もちろん当時のクローシャにはまだレテロールが到達していないはずなので、人間はいなかった。仮に先住民族がいたとしても、なぜほかにひとつも遺跡が残っていないのか等、謎は残されたままである。

塔の中は左右だけでなく、上下にも分かれる複雑怪奇な迷路になっていて、多くの隠し扉や通路が散在するため、二階に上がることさえ困難を極める。現在、三十年の調査期間をかけて百名以上のランゼス大学の研究グループが頂上を目指しているが、やっと七十二階に到達したに過ぎない。窓がまったくなく、明かりを確保することが難しいため、調査は難航を余儀なくされている。すでに調査グループから複数の行方不明者も出ており、調査の取りやめを訴える声も大きくなりつつある。

近年、塔の二階までが一般に開放されて、有料の観光施設になった。二階のゴールまでたどり着けば高価な商品がもらえるという趣向で連日大変なにぎわいだが、実際に二階までたどり着けるのは一万組に一組ぐらいだろうと言われている。

三天の歴史

クローシャ大陸宗教分派史

太陽神信仰（ティマール文化）

「力と大きさ」を崇める。もっとも原始的な形でのクローシャの宗教観。

分派

絶対神教徒

あくまで太陽の力を唯一として、月を「誘惑の女王」と考える。もっとも古い宗派で極端に保守的で閉鎖的な思想を展開する。古来の南クローシャ国教会もこの派閥に属する。

長

分派

二大天教徒

太陽の『力』だけでなく、月の『美』をも大切とする民主的な派閥。主に職人、芸術家、若者などの間に広がる。

合体

派生

月の神信仰

『美』を尊び、力に頼る野蛮なティマール人を蔑視する。上流階級の間で爆発的な勢いで広まったため、思想的統一が成されず、多くの二次的な派閥を生む原因となった。

分派

月の神信仰（急進派）

太陽派に逆らい、『新天地』を求め、マールアーロ半島を離れて西のパルナ湿原へと向かった。元、太陽派の皇族で、食料難から追放になった者たちが中心階級となっている。

分派

月の神信仰（保守派）

他派閥の存在も認め、内なる美を本来の美とした。コーロ戦争の時、異端として多くが処刑されたが、後にランゼス公によって、『真の美しき民』と賞賛される。

派生

星派の源流

コーロ戦争時に太陽派の虐待にあった月派（保守）の人々が『力』に対抗できるものは『数』だけであり、美しさと無限の数を有する『星』への信仰を深めた。

再生

成長

ティマール(三大信仰・太陽派)

現代では多くの派閥が中心となる天を持ちながらも三天の並存を受け入れている中、頑なに太陽優位を唱える一派。信仰者は少ないものの、極めて宗教心の厚い者が多く、絶えず他宗派とのいざこざが絶えない。南クローシャの古く、貧しい地帯では未だに根強いティマール信仰が行われていて、極端な町では夜間に火を灯すことさえ禁じられている。

アルティパス(三天信仰・月派)

北へ逃れた急進派の月派が形成した文化。闇の中にこそ光があるという思想性が鉱山の発見、強いてはコーロ石の発見、利用へとつながった。闇の中で人工的な光を発することをむしろ悪視する傾向のあった初期の太陽派には、この考え方が特に対立の原因となった。しかし、砂コーロを使ったランプの便利さを知るやいなや、太陽派は手のひらを返したようにコーロ石の採掘権をアルティパス人から奪おうとした(コーロ戦争)。

ヴァンスベール派
(三天信仰)

一時はほとんど存在を消した月の神信仰の保守派であったが、ランゼス公の絶賛と文化的革命によって『美しさ』を欲する余裕を得た東クローシャ都市部の市民階級の間で、徐々に復活を遂げていった。現在では三天信仰のもっとも中心的役割を担う派閥となっている。

ディティマール(三天信仰・星派)

戦役を逃れるため、南クローシャ山脈を越えるという、当時では不可能とされていた行軍を実行して(第一次クローシャ北進)、赤い森以北に独自の民主的で平和な文化を築いた。独裁政権の恐れから君主制を持たず、他の宗派よりも数百年早く科学文化を受け入れた。天才アルテミールの功績も手伝って、現在では他宗派の地域よりも圧倒的に進んだ文化レベルを誇っている。しかし、一方で宗教的概念はどんどん希薄になっているため、この宗派は現代では三天信仰の一派としてとらえるより、地域名として考えられている。

この作品は一九九九年四月小社より刊行されたものを
文庫化にあたり二分冊したものです。

童話物語《どうわものがたり》（上）

大《おお》きなお話《はなし》の始《はじ》まり

向山貴彦《むこうやまたかひこ》・著　宮山香里《みややまかおり》・絵

平成13年7月25日　初版発行
平成30年7月25日　6版発行

発行人――石原正康
編集人――菊地朱雅子
発行所――株式会社幻冬舎
〒151-0051東京都渋谷区千駄ヶ谷4-9-7
電話　03(5411)6222(営業)
03(5411)6211(編集)
振替00120-8-767643
印刷・製本―株式会社　光邦
装丁者――高橋雅之

幻冬舎文庫

ISBN4-344-40129-8　C0193　む-4-1